Fangfang

FANGFANG

(O AQUELLO QUE CAMBIÓ NUESTRAS VIDAS PARA SIEMPRE)

Paloma Robles

ALREVÉS
BARCELONA-2018

Primera edición: octubre del 2018

Para Josep Forment, siempre con nosotros

Publicado por:
EDITORIAL ALREVÉS, S.L.
Passeig de Manuel Girona, 52 5è 5a
08034 Barcelona
info@alreveseditorial.com
www.alreveseditorial.com

Printed in Spain
ISBN: 978-84-17077-62-4
Código IBIC: FA
DL B 20832-2018

Impresión:
QPprint

Para mis padres y mi hermano Daniel

Nana

Eran ya más de las doce y los niños estaban durmiendo cuando Nana vio el prefijo extranjero reflejado en la pantalla de su teléfono móvil. Estaba sentada sobre un taburete de metal cojo en la única pieza del oscuro sótano que desde hacía años se había convertido en su residencia.

—Mamá, te llamo para darte malas noticias.

Nana dejó a un lado los ahorros que guardaba dentro de una caja de zapatos.

—Es Ming. Se ha quedado sin trabajo. Su jefe, ¿te acuerdas que te hablé de él? Pues lo ha echado. Así, sin más. Anteayer por la mañana lo citó en su despacho, le dijo que no le renovaban el contrato.

Yan aguardó unos instantes.

—Y, además, sin darle ninguna explicación —dijo después—. Por lo menos podría haberle dicho que lo sentía, ¿no? Pero ni una palabra.

—¿Y qué vais a hacer ahora? —preguntó Nana.

—Nada. Buscar empleo otra vez, qué remedio.

Durante un breve instante de silencio, Nana anticipó en su mente las siguientes palabras de su hija. Mientras tanto, las yemas de sus dedos recorrían el relieve gastado de sus billetes y monedas. Había dejado de contar, y clavaba su mirada extraviada en un punto fijo de la pared.

—Y eso no es lo único. Lo peor es que ya no vamos a poder mandarte dinero para la guardería de los niños, con mi sueldo solamente, y papá en casa...

Nana intentó tragar saliva, pero tenía la garganta seca.

—Te llamaba precisamente para decírtelo. Lo entiendes, ¿verdad? No es que no quiera...

—Sí, claro que lo entiendo —dijo Nana—. No te preocupes. Nos arreglaremos.

Como de costumbre, zanjados los asuntos prácticos, ya no encontraron nada más que decirse, y un silencio incómodo reinó a través del auricular.

—¿Cómo está tu padre? —preguntó Nana por fin.

—Como siempre. Ming lleva unos días de muy mal humor y se pelean por la televisión.

—No me imagino a tu padre peleándose con nadie.

—Ya te lo he dicho muchas veces. Ha cambiado. Cuando no está ido, está protestando por algo. Además, tú no puedes saberlo. Hace años que no lo ves.

—¿Se ha vuelto a escapar de casa? —preguntó Nana, para cambiar de tema, mientras cerraba los ojos intentando evocar el rostro de su marido.

—Últimamente no, pero cualquier día nos vuelve a dar la sorpresa. Ahora le ha dado por quitarme las joyas y los pendientes y enterrarlos en las jardineras de la terraza.

Nana volvió a experimentar una ambigua sensación de culpa. Sentía que su hija le recriminaba en silencio los años que llevaba haciéndose cargo de su padre. Quiso hablarle de la premonición que había tenido esa misma mañana, pero no alcanzó a articular sus palabras.

—Sé paciente con él. Está enfermo —fue lo único que dijo.

Yan volvió a retomar el tema del dinero.

—Entonces, podrás arreglártelas, ¿verdad? Me refiero, aun si no te enviamos el dinero. Solo será un tiempo, hasta que Ming vuelva a encontrar trabajo.

Nana contempló los muros desnudos de la habitación, las grietas por donde salían las cucarachas y el hedor que se colaba por la ventana de aquel sótano.

—Sí, nos las arreglaremos —dijo con calma.

¿Acaso no conseguía arreglárselas siempre?

—Y, por lo demás, ¿qué tal todo? ¿Has vendido muchos bolsos, últimamente?

Nana revolvió dentro de la caja de cartón y palpó tres o cuatro miserables monedas, fruto de sus últimas ventas.

—Sí, he vendido algo.

—¿Y Fangfang?

—Está bien. A ver si vienes a visitarla algún día. Sigue siendo tu hermana.

No quería insistir, y también deseaba a toda costa evitar que su voz sonara plañidera o cargada de reproche.

—Y quiero ir, mamá. A verla a ella y a verte a ti también, pero hasta ahora no he encontrado el momento. Ahora, después de lo de Ming lo vamos a tener más difícil.

Nana no respondió.

—¿Te pasa algo, mamá?

—Estoy bastante cansada. Y estas llamadas internacionales te van a salir caras. Sobre todo, si tu marido se ha quedado sin trabajo.

Su marido, había dicho. Por un instante hasta había olvidado su nombre.

—Pero no me has contado nada de los niños.

Nana giró la vista hacia sus nietos, que dormían abrazados sobre el mismo colchón.

—Están bien —dijo—. Ting duerme mejor. Y Baobao está cada vez más mayor. Aunque un poco maleducado.

—A ver si mejora nuestra situación y voy pronto a conocerlos. Después de todo, estamos a poco más de una hora, y estoy segura de que hay vuelos baratos.

—Sí, seguro —contestó Nana, sin apartar la vista de su caja de cartón. Revolvió una vez más entre las escasas monedas. ¿Qué haría a partir de ahora? Al margen de no poder pagar la guardería de sus nietos, tampoco estaba segura de alcanzar a pagar las facturas y llegar a final de mes.

—Mamá, ¿de verdad que estás bien?

—Estoy cansada, eso es todo. Si quieres, hablamos otro día.

Colgaron. Nana permaneció aún varios minutos inmóvil en mitad de la sombría penumbra, con los puños cerrados encima de la caja de cartón, sin saber qué hacer.

***

El colchón estaba colocado directamente sobre el suelo y Nana flexionó las piernas con esfuerzo para ponerse en pie. Escuchó el crujido de sus desgastados huesos y, tras apoyar una mano sobre la pared, caminó descalza hacia la pequeña cocina de gas. Se detuvo a mitad de camino, y volvió al pie del colchón para calzarse las chanclas de plástico, escudriñando el suelo en busca de cadáveres de cucaracha. La habitación estaba a oscuras. Del otro lado del colchón, Fangfang, boca abajo, dormía profundamente, al igual que Ting y Baobao, a un par de metros de distancia, y sobre un colchón más pequeño.

Nana se enfundó la chaqueta de punto que colgaba del respaldo de una silla y encendió el fuego. Se acercó a la única ventana del sótano, que comunicaba con un patio sin luz, y estiró el cuello todo lo que pudo tratando de atisbar un parche de cielo. Por encima de su cabeza solo vio las cuerdas con ropa tendida de los vecinos del edificio. Sobre el alféizar descansaban un manojo de apio y otro de espinacas fofas, sus tallos sujetos con un elástico, salpicados de excrementos de paloma. Nana observó con atención las hojas mustias y arrugadas, lamentándose de no tener frigorífico, antes de volver a cerrar la ventana y regresar al pie del fuego, donde hervía ya la vieja cazuela con el arroz. Cortó unas cuantas hojas de espinaca y removió con una cuchara de palo. Acercó el rostro al vapor que salía de la cazuela, y después, las palmas de las manos, por delante primero, después por detrás, sintiendo cómo el calor reblandecía sus músculos abotagados. Colocó cuatro cuencos sobre la mesa. Tres de ellos aún mostraban claramente las líneas resquebrajadas que unían sus mitades. Aguantaban bien a pesar de que hacía ya dos años que los habían pegado con pegamento después de que Fangfang los arrojara al suelo en uno de sus arrebatos. Por aquella época, Ting era aún muy pequeña. No dejaba de llorar, y Fangfang se enrabietaba, echándose a gritar y barriendo a manotazos todo lo que se le ponía por delante. Así había roto los cuencos. Pero no solo era el llanto lo que la molestaba. También el agua de la cisterna y el crujido de las hojas de periódico. Los médicos, hacía ya muchos años, le dijeron a Nana, con gestos, mediados por las confusas palabras de un intérprete que tampoco entendía del todo lo que decían: «Aumento de sensibilidad hacia los sonidos». Si hacía memoria, también podía recordar otras de sus advertencias: pérdida de concentración, fotofobia, pataletas. Después surgieron otras cosas, de las que nadie le puso sobre aviso, y a las que ya se había acostumbrado. Cuando, por ejemplo, alargaba la mano para ofrecerle algo a Fangfang y esta se quedaba mirándola y parpadeando, incapaz de juzgar la distancia a la que se encontraba. O cuando salían a pasear y ella echaba a correr calle abajo como si persiguiera sombras invisibles.

Ya iba siendo hora de comprar otros cuencos, pensó. En cualquier tienda de chinos de «Todo a Cien» vendían cuencos a menos de un euro, pero se resistía a remplazar cualquier objeto que conservara alguna utilidad, por muy viejo o usado que estuviera.

En ese momento, se escuchó el llanto de Ting. Baobao se restregó con los puños las legañas y tiró del pelo de su hermana, entre risas. Después se levantó, la dejó allí llorando, y corrió descalzo hacia el colchón donde dormía Fangfang.

—¡Ponte ahora mismo las zapatillas! —le gritó Nana, pero el niño, que a sus cuatro años corría aun tambaleándose con torpeza, no le hizo el menor caso. Baobao zarandeó a su madre, pero Fangfang se dio la vuelta con un gruñido. Al ver que no le hacían caso, se desplazó corriendo hasta el enorme saco de arroz que descansaba sobre el suelo al lado de la cocina de gas, y sumergió las manos dentro, llenándose los puños y arrojando granos a diestro y siniestro.

—¡Baobao! —gritó Nana.

Mientras tanto, Ting seguía llorando, y Fangfang, que se había desperezado y estaba sentada con las rodillas dobladas sobre el colchón, con cara de sueño, comenzó a aplaudir con entusiasmo y a reírse a carcajadas a la vista del espectáculo.

Nana se llevó las manos a la cabeza. Desplazó la mirada entre sus tres frentes, sin saber adónde dirigirse primero, hasta que finalmente agarró a Baobao por la muñeca con resolución y le propinó tres fuertes cachetes en las manos.

—¡Te tengo dicho que el arroz es un alimento y no un juguete!

El niño, con los ojos cerrados y la boca abierta, lloraba con una fea mueca en el rostro. Nana, sin pensárselo dos veces, abrió la puerta del mueble donde guardaban los cubiertos, sacó una cuerda, y con un fuerte nudo ató la muñeca de Baobao a la pata de una mesa. La cuerda le cortaba la circulación, y él se retorcía como un gusano. Cuando terminó de barrer, Nana se acercó a Ting, y la cogió en brazos para que se callara. En ese momento, se escuchó el silbido del agua hirviendo desbordando la cazuela.

Nana se acercó corriendo, cortó el fuego, pero el suelo estaba ya encharcado de agua.

—Date prisa en ponerte las zapatillas y ven a desayunar —dijo, dirigiéndose a Fangfang.

Esta seguía con una sonrisa tonta en los labios, sin mover ni un músculo, contemplando divertida la caótica escena.

—¡Fangfang, ¿me estás oyendo?! ¡Vamos a llegar tarde!

Nana sirvió la mezcla de arroz, espinacas y agua dentro de los cuencos. Examinó con una cuchara su textura, demasiado líquida, como de costumbre.

Fangfang se levantó, arrastrando los pies, y se sentó en el taburete metálico donde desayunaba cada mañana, balanceando el tronco de izquierda a derecha, al ritmo de un mecánico compás, y en actitud ausente.

Baobao se había cansado de llorar. Nana desató sus manos y lo sentó en otro taburete junto a la pared. La mesa metálica lacada en gris estaba descascarillada, las patas de metal, oxidadas, y en una de sus esquinas se sentó Nana con Ting en brazos.

—Venga, a comer, y rápido —dijo con severidad.

Lo primero que hizo Baobao fue escupir una bocanada de líquido sobre la mesa.

Nana le dio un cachete en la mejilla, y el niño se echó de nuevo a llorar.

—¿Se puede saber qué estás haciendo? Cómetelo ya, aunque no te guste. Es lo que hay, y vete acostumbrando, y vosotras también, porque de ahora en adelante vamos a tener que apretarnos más el cinturón.

No hubo más protestas. Sumergieron sus rostros dentro de los cuencos, sorbiendo ruidosamente el caldo, tranquilos por fin, hasta que Fangfang alzó de repente la cabeza como un animal en guardia. Sin pestañear, y con una mueca de entusiasmo que transfiguró súbitamente su rostro, señaló una esquina del cuarto cerca de la cocina de gas. Nana giró la vista en esa dirección, y vio las dos enormes cucarachas tiesas sobre el suelo de piedra. Fangfang corrió hacia allí y, dando un salto, las aplastó de un pisotón, tapándose los oídos al escuchar crujir sus caparazones bajo las suelas de goma de sus chanclas. Después se puso a dar palmas. Baobao y Ting se echaron a gritar, mientras Nana los contemplaba con expresión de derrota. De repente, sintió una flaqueza, un enorme peso sobre los hombros, a pesar de que el día no había hecho más que empezar.

Tras dejar los cuencos vacíos sobre el fregadero, Nana colocó el contenedor de plástico sobre la mesa y se acercó al colchón donde Fangfang había vuelto a echarse de costado, con las rodillas dobladas y las palmas de las manos bajo las mejillas.

—Ahí te he dejado la comida. No se te olvide.

Fangfang sonrió, abrió la boca, como si fuera a decir algo. En esa posición, tenía aspecto de animal marino. Baobao y Ting esperaban ya en la entrada con sus gorros y sus zapatos. Nana encendió la radio y la colocó, como cada mañana, junto a Fangfang, que se echó a reír nada más escuchar la voz del locutor. Nana contempló unos segundos sus ojos negros vacíos de expresión, que parecían siempre mirar a un punto lejano, los músculos de su rostro tensados en esa familiar e indeterminada sonrisa, y sintió lástima por tener que irse. Cuando era pequeña, Fangfang creía que las voces de la radio provenían de gente que vivía dentro, y después de más de treinta años, convertida en una adulta, Nana tenía la intuición, por ese gesto hechizado y la forma en que reía, de que volvía a estar convencida de ello.

—Ya sabes, volveré dentro de unas horas.

Pero Fanfang no le hacía caso. Muchas veces, no estaba segura de que comprendiera lo que decía. Nana se dio la vuelta, y cuando abrió la compuerta desvencijada del mueble donde guardaba los bolsos que ella misma confeccionaba para vender a la entrada del metro, se detuvo en seco, petrificada por una visión. Cerró los ojos, y cuando volvió a abrirlos tras varios segundos, su marido ya no estaba ahí. Lo había visto de nuevo, de hombros caídos, con ropas anchas y viejas, y esa expresión desamparada que Nana no podía quitarse de la cabeza cada vez que invocaba su recuerdo. Se estremeció. Hacía ya años que no hablaban.

El mismo helador presentimiento del que había querido hablarle a Yan la noche anterior contrajo sus músculos. Hubiese preferido no ver nada. De pequeña, los vecinos del pueblo le arrojaban piedras, con la esperanza de exorcizar así su extraña facultad de ser visitada por el espíritu de las personas que estaban a punto de morir. Había nacido con ella. Nunca se había equivocado. A veces eran un par de meses, otras, días o semanas, pero la corazonada era infalible.

Nana permaneció inmóvil frente a la bolsa de plástico con los bolsos, sus músculos agarrotados, hasta que un grito de Baobao, que reclamaba su atención, rompió por fin el silencio.

Colocó a los dos niños juntos en el cochecito y salió de casa tras un último vistazo a Fangfang. Miró el reloj. La guardería estaba a tan solo unos cientos de metros, pero ya llegaban tarde. Nana empujaba el cochecito con sus robustos brazos, dando tumbos sobre el asfalto accidentado, mientras los dos niños reían con tanto salto. Se conocía de memoria esa zona del centro de la ciudad. Hacía más de veinticinco años que se movía entre el supermercado, el parque y la boca de metro donde los fines de semana los jóvenes españoles se reunían para hacer botellón. Pero aquel día, sentía algo diferente, un temblor en los brazos, una consistencia diferente en el asfalto. Quería llegar lo antes posible a la guardería, dejar a los niños, colocar sus bolsos sobre una sábana a la salida del metro, entre el café de la esquina y el quiosco, para centrarse en el trabajo y dejar de pensar en A'Lei. ¿De veras iba a tener la poca vergüenza de morirse así, sin más, sin darle una sola explicación? ¿Sin hacerle partícipe de lo que había sucedido dentro de su cabeza en los últimos veinte años? Aquello, más que preocupación, le causaba mal humor y contrariedad, al igual que la sospecha, que ya venía albergando desde hacía tiempo, de que la vida carecía de orden y sentido.

Aún recordaba cómo se fue apagando lentamente tras lo sucedido con Fangfang. Y cómo Yan había sugerido llevárselo a Portugal, en principio unos meses, que finalmente, sin que nadie supiera cómo, acabaron convirtiéndose en quince años. Nana sospechaba que algo turbio atormentaba desde hacía tiempo a su hija Yan, un sentimiento de responsabilidad tal vez, de deuda hacia sus padres, de culpa por no haber nunca hecho ni sentido suficiente por Fangfang, y sospechaba también que aquello explicaba en parte la disposición que mostró desde el principio para cuidar de su padre.

El patio que rodeaba el edificio amarillo de la guardería estaba ya vacío cuando llegaron. En ese momento, volvió a pensar en la llamada de su hija. ¿Cómo conseguiría arreglárselas para salir adelante si tenía que sacar a los niños de la guardería? No contaba con nadie para cuidarlos, y no le quedaría más remedio que dejar de trabajar. Nana consultó la hora, y segundos después empujó con prisas el carrito sobre la gravilla hasta llegar a la puerta del aula en cuyo interior un montón de niños con mandiles formaban un círculo alrededor de unos colchones. La profesora, una chica joven con vaqueros y expresión despierta, la recibió con las manos en jarras.

Hizo un gesto enfadado, golpeando con la uña del dedo índice la esfera de su reloj de muñeca, y Nana sonrió tonta y exageradamente. Esa era su forma de comunicarse, y aquel mensaje se repetía casi a diario. La profesora ya se había acostumbrado. A esa, y a muchas otras cosas. El primer día de curso, Nana se llevó a casa una carpeta de plástico con las normas del colegio. «No entender, no entender», le había dicho Nana a la profesora ese día, agitando el fajo de papeles en un gesto azorado, no queriendo asumir la responsabilidad de acatar unas normas que no era capaz de comprender.

—Tarde, los niños vuelven a llegar tarde —dijo esta vez la profesora, volviendo a golpear la esfera de su reloj.

Nana, sin abandonar su imperecedera sonrisa, inclinaba ahora la cabeza con gesto deferente. Ni aun hablando un español perfecto hubiese sido capaz de explicarle los verdaderos motivos por los que llegaban tarde.

—Tiene que intentar levantarlos antes, todos los días se pierden la asamblea, y además me revolucionan a los demás. No puede ser. Si no quieren levantarse porque tienen sueño, hay que acostarlos antes.

—Sí, sí, sí —contestó, sin saber de qué le hablaban, y confundida por su tono paternalista.

—Y aprovecho para recordarle que sería conveniente que alguien les hablara en español. Para que se vayan acostumbrando. No querrá que cuando sean mayores les pase como a usted. Si van a vivir aquí, lo van a necesitar, y lo que practican en el colegio no va a ser suficiente.

Algo de aquello sí entendía. Lo del español. En una de las reuniones que convocaron en otra ocasión, con intérprete, le dijo algo parecido.

Quería salir de allí lo antes posible, y forzando un poco más su sonrisa, volvió a pedir disculpas y se marchó. No tardó en llegar a la boca de metro, cojeando por un dolor en el tobillo que le molestaba desde hacía meses. Extendió la manta sobre el asfalto y colocó uno por uno los bolsos: los de punto, el de tela vaquera, que había confeccionado recortando unos tejanos rescatados de un basurero, el de algodón, de color rojo, hecho con los restos de una camiseta, de los que ya llevaba vendidos otros dos, a pesar de que en un principio pensó que no tendrían éxito. Un joven africano con camisa de cuadros y rostro reluciente vendía también bolsos y cedés a un par de metros. Se saludaban cada día, sin más, con un gesto de mano. Al principio, él observaba sus artículos con hostilidad y recelo, frunciendo el ceño, y ella, los bolsos de él, de imitación de cuero con broches dorados, hasta que comprendieron que no tenían por qué hacerse la competencia. Nana atraía a muchos curiosos, y a chicas jóvenes, que le hacían preguntas a las que no sabía contestar. Se conocía los números del uno al cien y lo único que era capaz de articular eran los precios.

Ese día, vendió poco. Hacía viento y un montón de nubes negras se desplazaba a gran velocidad por el firmamento. El pensamiento de A'Lei no se le quitaba de la cabeza. Ella, generalmente paciente y resignada, no dejaba de mirar el reloj esperando la hora de marcharse. Una mujer se detuvo frente a su manta.

—¿Cuánto cuesta este?

—Todo siete euros —contestó Nana.

Había puesto todos los bolsos al mismo precio para ahorrarse complicaciones.

—Pero no tienen forro —dijo la mujer, metiendo la mano dentro del bolso.

Nana se encogió de hombros, no entendía lo que decía, y la mujer se marchó sin más. Cuando dieron las dos, recogió sus cosas y caminó pensativa hasta llegar a una calle peatonal flanqueada de bares, tiendas de tatuajes y comercios de ropa moderna regentados por jóvenes con pendientes y pelo largo. Veinticinco años atrás, cuando ellos alquilaron su local, había sido una calle sucia con camellos y drogadictos. Ese mismo local, situado en la esquina de una plaza, era ahora propiedad de una pareja de chinos de su edad. Con los años, los nuevos dueños habían ahorrado para comprar el establecimiento de al lado y así ampliar el negocio. Nana saludó a Ling y a Long, que estaban viendo telenovelas chinas conectados a un ordenador detrás del mostrador.

—Nana, cuánto tiempo —exclamó Ling al verla—. ¿Qué te trae por aquí?

—Pasaba por aquí, y quería entrar a saludaros.

—Mira cómo se está poniendo el día —dijo Ling—. Cuando empieza a llover, siempre se nota menos clientela.

—Dímelo a mí, que estoy en plena calle.

Ling rio, como si la cosa tuviera gracia. Long salió de detrás del mostrador y le ofreció una botella de agua y una Coca-Cola.

—No, no, gracias.

Él insistió.

—No tomo bebidas con gas.

—No importa, entonces coge la botella de agua, y dale la Coca-Cola a Fangfang.

Después rebuscó en las estanterías y le entregó tres bollos industriales envueltos en plásticos.

—No, no, muchas gracias, de verdad. No me gusta el dulce.

—Para los niños, entonces.

Sabía que de nada servía insistir. Se metió con prisas las bebidas y los bollos en el bolso y dio las gracias, avergonzada, preguntándose, como de costumbre, si ellos pensarían que había venido para pedir limosna. Tampoco comprendía por qué acababa en esa tienda cada vez que algún recuerdo o pensamiento la conducía a A'Lei.

Nana sabía que no había sido culpable de que su negocio se viniera a pique, pero era consciente también de que un negocio no se saca adelante abriendo a las once de la mañana y atendiendo a los clientes medio borracho tal y como empezó a hacer A'Lei. Después de todo, no tenía nada que reprochar a Ling y a Long. Ellos aceptaron el traspaso cuando las cosas dejaron de funcionar, trabajaron duro para sacar adelante a sus dos hijas, que ahora tenían la misma edad que Fangfang y Yan. Aun así, Nana no podía evitar contemplar fascinada la prosperidad del negocio, la afluencia de clientes, las estanterías rebosantes de mercancía que reponían a diario y los fajos de billetes que asomaban cada vez que abrían la caja para cobrar a algún cliente. Había perdido cosas mucho más valiosas que ese negocio, pero, aun así, no podía evitar recordar lo bien que les había ido, a pesar de los días interminables de trabajo sin descansar. Ahora todo eso podría ser suyo. La culpa no había sido exclusivamente de A'Lei. Todo se vino abajo a raíz de lo sucedido con Fangfang, y aquello, precisamente, la certeza de que todo había sido producto de la mala suerte y no de su pereza o mala gestión, era lo que hacía sentir a Nana que, después de todo, ese negocio aún les pertenecía un poco. Sabía que Long también vivía con esa misma convicción mezclada de remordimiento. A diferencia de su mujer, él dejaba entrever un vago sentimiento de culpa, como si la prosperidad de su negocio no le perteneciera legítimamente, como si un par de bebidas y unos bollos fuera lo mínimo que pudiera hacer para compensar lo que les había usurpado.

—¿Y qué tal va todo en casa? —preguntó Ling.

—Bien, como siempre. Yo vendiendo bolsos, Fangfang en casa, los niños en la guardería.

—¿Y dejas a Fangfang en casa sola toda la mañana?

—Sí. Se queda escuchando la radio, durmiendo un poco, le dejo la comida.

—Ah...

Long asentía con un gesto de cabeza, exagerando su cortesía, mientras que Ling se esforzaba por dibujar una sonrisa falsa que tensaba su rostro y todos los músculos de su cuello.

Normalmente, no preguntaban por Fangfang. Preferían centrarse en Baobao y Ting, para evitar comentarios embarazosos.

—¿Y los niños, se han acostumbrado a la guardería? Es imprescindible que vayan desde pequeños. Ya verás qué pronto aprenden español, no como nosotros. Los nietos de una amiga ya hablan perfectamente.

—Sí, seguro —contestó Nana, pensando precisamente que pronto se vería obligada a sacar a sus nietos de allí.

—¿Y A'Lei qué tal anda por Portugal? Seguro que tu hija vive en un sitio precioso.

—Sí, un sitio precioso —contestó Nana con voz apagada.

—Ahí está mejor que aquí, sobre todo ahora. Suerte ha tenido de irse. ¡Si yo pudiera!

Nana guardó silencio. Ya no se molestaba en rebatir esos comentarios, en recordarle lo que había tratado de explicarle cientos de veces, que A'Lei se había marchado a Portugal porque estaba enfermo, y no de vacaciones. Ling solo trataba de evitarse momentos embarazosos, pero Nana creía que ya se conocían desde hacía veinte años y que iba siendo hora de imponer algo de sinceridad a sus conversaciones. Pero Ling insistía en pintar la vida de Nana mucho mejor de lo que era. En alguna ocasión hasta llegó a decirle que tenía suerte de trabajar vendiendo bolsos al aire libre porque dentro de la tienda, en verano y sin aire acondicionado, pasaban mucho calor. Normalmente, Nana la dejaba hablar, pero en aquella ocasión, tal vez porque había empezado el día con mal pie, su actitud le revolvió el estómago.

—Nuestras hijas también quieren marcharse fuera de España. Ahora, con la crisis, aquí no hay trabajo. Pero primero tienen que acabar los estudios, después ya veremos.

Nana, exasperada por aquella conversación, desvió la mirada hacia el fondo oscuro de la tienda, donde vio a una chica agachada colocando cosas.

—¿Habéis contratado a alguien?

—Sí, hace unos meses, nos ayuda con la mercancía, y los fines de semana, sobre todo por las noches, para atender a los clientes. No sabes cómo se pone esta zona.

—Pero no podemos pagarle demasiado —comentó Long.

Como siempre, él minimizaba sus logros, le quitaba importancia a lo que tenían, por respeto a la penuria de Nana.

Nana pensó que detrás de ese mostrador hubiese debido encontrarse ella, junto con A'Lei, hablando de Fangfang que había cursado una carrera universitaria, y que también, como los hijos de Ling y Long, tenía planes de marcharse a otra ciudad. Se sintió extrañamente vacía y desposeída de su propia vida. Hacía años que no había vuelto a sentirse así. Un profundo mareo le hizo llevarse las manos a la cabeza.

—¿Estás bien? —escuchó la voz de Ling, pero todo le daba vueltas.

Long le trajo una silla; se sentó, un sudor frío humedecía sus manos. Le ofrecieron agua.

—Estoy bien, estoy bien —dijo por fin—. Tengo que irme, me estará esperando Fangfang.

—Quédate un poco más, descansa un rato.

—No, no —insistió Nana, que lo único que quería era marcharse de allí.

Cuando se dio la vuelta, con su bolsa de plástico en la mano, imaginó que ellos la miraban, sacudiendo la cabeza, con lástima, comentando su mala suerte y suspirando aliviados por no encontrarse en su lugar. Nana los odió. Aceleró el paso, apretando las mandíbulas. No quería ser objeto de lástima. Se había jurado a sí misma muchas veces que no volvería más a esa tienda, porque lo único que conseguían esas breves visitas era recordarle la textura amarga y defectuosa de su existencia. Cuando llegó a casa, encontró a Fangfang recostada sobre el colchón, exactamente en la misma posición en que la había dejado.

—¿Has estado ahí toda la mañana?

Fangfang no respondió. Tenía los ojos abiertos, pero parecía medio dormida. En invierno, solía encontrarla así, y el camino de regreso a casa los mediodías, sobre todo en aquellas ocasiones en que pasaba por la tienda de Ling y Long, suscitaba en ella un sentimiento de culpa. El contenedor de plástico con la comida estaba vacío. Su hija era como una dócil mascota que veía transcurrir las horas de la mañana a base de comida y de sueño. No había dejado ni un solo grano de arroz.

—Mira lo que te he traído —le dijo enseñando la lata de Coca-Cola y una madalena—. He estado en nuestra antigua tienda. No sé ni para qué voy, lo único que saco de esas visitas son un par de bollos, mareos y mal humor.

Sabía que Fangfang no prestaba atención, que a sus oídos aquellas palabras eran una monótona secuencia de sonidos sin significado, igual que las voces de los locutores de radio con los que llenaba las horas del día. Pero le daba igual. Ella seguía hablando. Estaba convencida de que sí entendía algunas cosas. Cuando tenía hambre, Fangfang se frotaba el estómago. Cuando estaban fuera y quería volver a casa, juntaba los brazos sobre su cabeza formando un triángulo que simulaba un tejado. Ahora, sin embargo, Nana hablaba menos que antes. Años atrás, le contaba todo lo que se le pasaba por la cabeza, con esperanza de que volviera a reaccionar, hasta que comprendió que no servía de gran cosa.

—No está bien pensar mal de las personas, pero no puedo evitarlo. Siempre me pasa lo mismo. Me entran ganas de... no sé de qué... Debería dejar de ir.

Nana sacó el contenedor con arroz que había preparado por la mañana y probó unos cuantos granos con los palillos. Siguió enfrascada en su monólogo.

—¿Ves?, no tengo hambre. ¿Quieres tú lo que me sobra?

Pero Fangfang ya se había incorporado y, sentada con las piernas cruzadas sobre el colchón, saboreaba su madalena.

Nana le acercó la Coca-Cola. Desde siempre le gustaron las bebidas gaseosas, algo a lo que ni ella ni A'Lei lograron nunca acostumbrarse. Contempló largamente a su hija, sus piernas delgadas bajo el viejo chándal de tela gris, su vientre plano pero, sin embargo, ya dos veces encinto, su pecho sin apenas relieve pero firme, su espalda arqueada y el rostro concentrado sobre la madalena y la lata. Era más hermosa que las hijas de Ling y Long. Nana las había visto, chicas gordas con facciones vulgares. Muchas veces, Nana se quedaba ensimismada pensando en su hija y preguntándose qué clase de vida se le había escurrido de las manos.

Hizo un gesto de mano, como si espantara una mosca, para alejar esos pensamientos.

Poco a poco, a medida que se serenaba, que se dispersaba la consternación ocasionada por aquella visita a la tienda, crecía su remordimiento. No, no tenía derecho a responsabilizar a nadie de sus desdichas. Ling y Long nunca le habían hecho nada, se limitaban a vivir su vida, y para ellos tampoco había sido fácil. No podía exigirles más, igual que tampoco podía esperar que vivieran en primera persona las desgracias ajenas.

—A lo mejor debería volver a la tienda y regalarle un bolso a Ling.

Apartó su contenedor de comida y colocó uno por uno todos los bolsos sobre la mesa.

—Y si le diera alguno, tal vez debería ser el vaquero. Es el más bonito, ¿no crees?

Lo levantó, mostrándoselo a Fangfang, pero no recibió respuesta.

Sí, regresaría a la tienda esa misma tarde, antes de recoger a los niños de la guardería. Escogería el bolso más bonito, el que más trabajo le había costado terminar y del que se sintiera más satisfecha. Era como un sacrificio, una ofrenda para expiar sus malos pensamientos. Ling aceptaría, y ella dejaría de sentirse culpable por haberla odiado y por haber deseado que su vida fuera distinta.

Durante unos segundos, respiró aliviada, y casi de buen humor, pero enseguida, con un pálpito, frunció el ceño al volver a acordarse de A'Lei. Sobre ella planeó de nuevo aquel turbio sentido de culpa. Su hija Yan llamaría en cualquier momento con la noticia, y ella no tendría más remedio que fingir sorpresa pero sin ocultar su pena.

Había convivido con la culpa siempre, como un lastre, hostigada por la idea de que era ella con sus visiones quien precipitaba esas muertes. En el pueblo, de pequeña, le habían tirado piedras, escupido, insultado, y en una ocasión una banda de niños la amarró al tronco de un árbol e intentaron quemarle el pelo con un mechero. De más mayor, el comentario que solía recibir de sus compatriotas exilados, entre risas que disimulaban sus verdaderos pensamientos, era que, al fin y al cabo, en el pueblo en el que había nacido, todos tenían fama de brujos o mentirosos.

Vertió dentro de la cazuela los restos de su comida y se acercó a Fangfang, que se había terminado la madalena. Sobre su piel pálida, alrededor de sus ojos sin pestañas, estaban pegadas unas cuantas legañas.

—Hoy tampoco te has lavado la cara —dijo Nana, frotando un dedo con saliva sobre el rostro de su hija.

Nana pasó la mano por el colchón cubierto de migas y tiró a la basura la lata de Coca-Cola vacía. Después inspeccionó el reloj, le hizo un repaso a la casa, pero todo seguía en su sitio. En dos de las esquinas cerca del cuarto de baño, descubrió cuatro o cinco cucarachas muertas, y miró a Fangfang.

—Ya veo que te has entretenido con otras cosas, además de escuchar la radio.

Su hija comenzó a dar palmas. Nana barrió los cadáveres, que depositó encima del cogedor, y se dispuso a fregar los contenedores de plástico sobre un barreño. El grifo goteaba, y ella colocaba el barreño debajo para ahorrar agua, pero era un agua terrosa y turbia que no dejaba la vajilla ni las ropas limpias.

—Entonces, está decidido —dijo, dándole la espalda a Fangfang—. A la vuelta de la guardería pasaré de nuevo por la tienda de Ling y Long.

***

La muerte de A'Lei coincidió con la noticia del desahucio. Nana acababa de regresar de la guardería, los niños dormían la siesta, y estaba cortando un ramo de apio sobre la encimera cuando se oyeron fuertes golpes en la puerta.

—¡Nana!

Nana reconoció la voz del propietario. ¿Qué querría ahora? No estaban a final de mes y, que ella recordara, no le quedaba nada pendiente de pago.

—¡Ya voy, ya voy!

Se limpió las manos con un paño de cocina y se encaminó hacia la puerta.

Wang entró sin pedir permiso, como hacía siempre, con esa sonrisa que dejaba asomar sus dientes amarillos por el tabaco. Tras echar un vistazo general al sótano, le preguntó cómo estaba.

—Bien, bien, todo bien.

—¿Tu hija? ¿Los nietos?

—Todos bien.

Nana esperó con impaciencia a que terminara su ronda de preguntas de cortesía y le comunicara de una vez a qué había venido. Al cabo de unos instantes, Wang se puso serio, y sacó una carta del bolsillo interior del abrigo.

—No me mires con esa cara. No he venido a reclamarte dinero, está todo al día, pero traigo malas noticias.

Nana se dejó caer sobre una silla.

—¿Malas noticias? ¿Tú también?

—¿Por qué? ¿Ha pasado algo?

—No, nada. Espera, siéntate antes de decir nada. ¿Quieres tomar algo?

Wang se sentó, pero declinó la invitación de Nana, que de todos modos, al margen de unas cuantas hojas de té verde casi seco, no tenía nada que ofrecerle.

—¿Ves esta carta? Acabo de recibirla. Van a derruir el edificio.

—¿Y eso qué significa?

Wang hizo una pausa.

—Que no vas a tener más remedio que marcharte de aquí.

Nana se quedó tiesa. Llevaba ya quince años viviendo en ese sótano, y a pesar de que Wang no la había ayudado nunca en nada, tampoco había hecho nada para ponerle las cosas más difíciles. Una habitación en pleno centro de Madrid por doscientos euros al mes, y sin fianza, a pesar de las cucarachas, de los olores... Estaba convencida de no poder encontrar en ningún otro lugar un chollo semejante.

—No es que te esté echando, ni mucho menos, A'Lei era un gran amigo mío, sabes que nunca te haría eso...

Sí, claro que la estaba echando, otra cosa distinta era que le estuvieran echando a él también. Nana no tenía paciencia para sus explicaciones, ni ganas de escuchar el mismo estilo de discurso obsequioso del que probablemente se había servido para prosperar en sus negocios.

—¿Y qué voy a hacer yo ahora?

Clavó sus ojos en Wang, como si él tuviera la respuesta.

—No lo sé. A mí también me ha tomado por sorpresa. Al parecer necesitan el espacio para algo oficial. Tendrás que buscarte otra cosa.

—¿Y tú no puedes ayudarme?

—Nana, ¿hace cuánto que nos conocemos? Sé perfectamente por todo lo que habéis pasado, ya te lo he dicho, A'Lei era amigo mío... Por cierto, ¿cómo está?

—Está bien, bien, como siempre...

Estaba harta de que la gente que había conocido a A'Lei hablara de él en pasado.

—Nos conocemos desde hace años. Sabes que si pudiera hacer algo por ti lo haría. Pero no puedo.

—No tengo dinero para alquilar otra cosa. ¿Dónde voy a encontrar algo por este precio?

Wang se encogió de hombros y encendió un cigarrillo. Estaba siempre fumando, vestía un traje azul de chaqueta que parecía de segunda mano y hacía por lo menos seis meses que no pasaba por una peluquería. Cualquiera que lo viera no hubiese sospechado que era dueño de cuatro pisos en Madrid y que vivía de las rentas. Había llegado a España hacía dos décadas y había tenido la suerte de realizar exitosas operaciones comerciales con las que obtuvo un gran margen de beneficio. Nana sabía poco más de él. A'Lei lo invitaba a casa de vez en cuando por la época en que ellos llegaron a España, y desde que se había marchado a Portugal, Nana lo veía puntualmente el primero de cada mes cuando se presentaba en la puerta para cobrar el alquiler. Siempre tenía palabras amables para ella, le preguntaba por los niños y por Fangfang, pero lo primero que le exigía era el dinero, y a pesar de que hacía alarde de estar muy ocupado, en quince años no se había retrasado ni un solo día a la hora de cobrar.

—¿De verdad que tú no tienes otra cosa para mí?

—¿Te refieres a otro piso? Por desgracia está todo alquilado.

Nana sabía que era una forma diplomática de decirle que cualquier cosa que tuviera no estaba al alcance de sus posibilidades. A menudo, pensaba, Wang la trataba con cierta condescendencia. Era a la vez una condescendencia machista, como si por ser mujer estuviera menos al corriente de ciertas cosas, pero también el producto de un sutil desprecio hacia su condición social. Ahora daba profundas caladas a su cigarrillo, sin mirarla a los ojos, sin dejar de inspeccionar las paredes del cuarto, ese cuarto que él, con toda seguridad, reconocía inhabitable pero que no tenía ningún escrúpulo en alquilar. Nana supo que, igual que nunca había hecho nada por ella, tampoco ahora le haría el favor de alquilarle alguno de sus pisos por el ridículo precio de doscientos euros que era lo máximo que ella podía pagar.

—Seguro que encuentras algo. Mira en el periódico chino. Ahí suele haber pisos más baratos. ¿No lo lees de vez en cuando? Hay cosas interesantes.

Pero Nana ya no lo escuchaba.

—¿Cuánto tiempo más podemos quedarnos aquí?

—No sé. Tres meses, como mucho cuatro.

Nana asintió, resignada, con un gesto de cabeza. En ese momento, se escuchó un ruido en el otro extremo de la estancia. Ambos se giraron y vieron a Fangfang totalmente desnuda en la puerta del baño. Estaba ahí, petrificada, con una sonrisa, mientras el agua de la ducha resbalaba por sus muslos salpicando un poco el suelo.

Permanecieron quietos, sin parpadear, hasta que Nana reaccionó y, farfullando algo para sus adentros, se precipitó hacia donde se encontraba su hija. Wang agachó la cabeza, fingió hurgar dentro de sus bolsillos, como si buscara algo, durante un largo instante de confusión. Al ver que su madre llegaba con una sábana, Fangfang se debatió, soltó un grito y, escurriéndose de entre sus brazos, corrió a refugiarse encima de su colchón. La habitación estaba en semipenumbra, pero eso no logró disimular el impacto producido por su desnudez. Wang seguía mirándose las puntas de los zapatos, de tanto hurgar en sus bolsillos se le habían caído al suelo la carta y algunas monedas.

Nana se acercó a Fangfang. Había superado ya esa época en la que creía tener que pedir disculpas por los comportamientos de su hija, pero, aun así, por respeto hacia su cuerpo, trató de cubrirlo con una sábana.

—Tienes el pelo empapado, y ni siquiera te has secado con una toalla —le dijo, dándole la espalda a Wang pero sin dejar de sentir cómo este las miraba de reojo.

—Bueno, creo que me marcho —dijo.

—Espera, quédate, no te irás sin tomar algo —dijo Nana por cortesía.

—Déjalo, tengo prisa. Solamente acuérdate de lo que te he dicho. Estaremos en contacto.

Nana lo dejó marchar. Tras cerrar la puerta, le escuchó tropezar al subir corriendo las escaleras. Después, la casa quedó en silencio. Una vez a solas con su hija, sacudió la cabeza. Al retirarle la sábana y contemplar su cuerpo joven, de piel tersa, sin la más mínima imperfección, chasqueó la lengua.

—Con ese cuerpo que tienes hubieses podido encontrar un buen marido, alguien de fiar, no como ese otro holgazán que lo único que nos ha dado han sido problemas, hijos que no podemos mantener, y miseria, nada más que miseria, a cambio de una promesa que ni siquiera estoy segura de que vaya a cumplir. Pero ¿sabes una cosa? —Nana seguía frotando la cabeza de Fangfang con meticulosa concentración—. Escúchame bien lo que te digo, como se le ocurra abandonarte cuando yo ya no esté presente, te aseguro que voy a venir desde el otro mundo solo para vengarme.

Volvió a pensar en Wang.

—Si no te hubiera pasado lo que te pasó, ahora seguramente podrías estar casada con alguien como él. ¿No has visto cómo te miraba? —Nana le cepillaba el cabello, deslizando cuidadosamente el cepillo desde la raíz hasta las puntas para no hacerle daño—. No es guapo, y es mayor que tú, pero tiene dinero, que, después de todo, es lo más importante, para qué vamos a engañarnos, sobre todo en tu situación.

Fangfang cerraba los ojos, se dejaba peinar. Nana terminó de secar su espalda con una toalla, y concluyó, esta vez ya como hablando para sí misma.

—Pero ya es tarde para eso, qué le vamos a hacer…

***

Esa misma noche, el teléfono sonó cuando estaban ya todos dormidos.

Lo primero que Nana escuchó fueron las interferencias, y el ruido de calle, de motor de coches.

—Mamá, mamá, ¿estás ahí?

—Claro, dónde voy a estar, ¿qué pasa?

—Es papá.

Su voz sonaba entrecortada, jadeante.

—¿Qué pasa con tu padre?

—Se ha caído…, estaba en la bañera, y se ha caído.

De repente se echó a llorar.

—Yan, tranquilízate y explícame lo que ha pasado.

Pero Nana se había quedado lívida como una lámina de papel. No tuvo que esperar a que su hija le comunicara la noticia.

—No sé cómo ha podido suceder. —Hablaba casi a gritos, no se sabía bien si debido a la excitación o a los ruidos de la calle, o a ambas cosas a la vez, con una voz entrecortada por los sollozos—. Se estaba duchando, como todas las noches, todas las noches se ducha, y yo le había dicho que no se pusiera de pie, se lo he dicho muchas veces, pero no me hace caso.

En ese momento, Nana escuchó la voz de Ming, el marido de su hija, al otro extremo del aparato.

—A'Lei ha fallecido —dijo con serenidad.

Nana no contestó.

—Ha sido un accidente. Se ha resbalado en la bañera. Yan está muy afectada.

Lo primero que Nana pensó, con un escalofrío, fue que su presentimiento se había cumplido y que ya no volvería a verlo más. En ese instante, lo echó de menos, de la manera más simple e inmediata, igual que lo echaba de menos cuando eran novios en China y lo esperaba en casa por las noches hasta que salía de trabajar.

—No sabemos muy bien qué hacer con él.

—¿Que no sabéis qué hacer con él? Pues incinerarlo, ¿no? Eso es lo que se hace con los muertos —dijo Nana, contrariada.

—Sí, sí. No me refería a eso. —Ming calló. Después dijo—: Habíamos pensado que viniera usted mañana.

Nana no conocía a Ming. Había hablado alguna vez con él por teléfono, pero no lo suficiente como para hacerse una idea de quién era.

—Sí, pero el billete, ¿qué pasa con el billete? Sé que te has quedado sin trabajo.

—No pasa nada. Ya lo he hablado con su hija.

—Bueno, bueno...

—Dentro de un rato volveremos a llamar, para darle los horarios. Espere, Yan quiere volver a hablar con usted.

—Mamá. —Se sorbió los mocos, ya se había serenado, pero el ruido de coches persistía a través del aparato—. Mañana por fin nos veremos.

—Hubiese preferido que fuera en otras circunstancias.

—Sí, claro. —Yan hizo una pausa.

—¿Dónde está ahora? Tu padre, me refiero.

—En casa. Ming está tratando de contactar con un conocido que trabaja en una funeraria. A ver si pueden hacerle un buen precio.

—¿Un buen precio?

—Sí. No sabes lo que cuesta aquí incinerar.

Aquellas palabras chirriaron en la cabeza de Nana, pero sabía que el dinero no era suyo y que no tenía derecho a protestar.

—Pero es tu padre —fue lo único que añadió—. Hay que darle el homenaje que se merece.

—Claro. Pero Ming se ha quedado sin trabajo, ya lo sabes.

Por enésima vez pensó que ya era demasiado tarde para explicarle que en China las cosas se hacían de forma diferente.

—¿Has pensado ya dónde vas a dejar a Fangfang y a los niños?

Nana no estaba segura de haber entendido bien la pregunta.

—¿Cómo que dónde voy a dejarlos?

—Sí, mañana, cuando vengas para acá, me refiero. —Yan tartamudeó. Comprendió inmediatamente dónde estaba el problema—. Mamá, no sé si podemos permitirnos pagar cuatro billetes.

—No puedo dejar sola a Fangfang. No está en condiciones de ocuparse de los niños. Ni tampoco de sí misma.

—¿Ni siquiera un día? —insistió Yan.

—No, ni siquiera un día, ni siquiera una hora —contestó Nana, firme, y elevando el tono de voz—. Además, Fangfang es tu hermana, y te lo recuerdo, también es su padre.

Nana quería zanjar aquella conversación, aclararse las ideas, dedicar las últimas horas de aquel día al recuerdo de A'Lei. Una sensación ácida le abrasaba el estómago.

—Escucha, no te oigo muy bien, si quieres hablamos más tarde cuando estés en casa, o mañana por la mañana.

Colgaron. Por mucho que Nana intentó serenarse, algo la mantenía en tensión. Aquella llamada, la frialdad y el pragmatismo con que Yan hablaba de todos los preparativos para la incineración habían conseguido generar en ella un gran desasosiego. En realidad, pensó Nana, Yan había tenido siempre la fea costumbre de hablar de dinero, de precios, de lo caro que era esto, pero eso formaba parte de un todo, de ese carácter siempre alerta y calculador que había impedido un genuino acercamiento entre ellas.

No durmió en toda la noche. Cuando a las dos de la madrugada volvió a sonar el teléfono, Yan le anunció que ya tenían comprados cuatro billetes, y que podía recogerlos en el aeropuerto.

***

«Coge un taxi hasta el aeropuerto, te daremos el dinero cuando llegues», le había dicho Yan antes de colgar. Nana presionaba fuertemente el billete de cincuenta euros entre las yemas de sus dedos, como si tuviera miedo de perderlo, y no le quitaba el ojo al taxímetro.

Durante todo el trayecto, sintió que algo la carcomía por dentro. No era la muerte. Después de todo, ya se había hecho a la idea desde el momento de la premonición. Era la falta de dignidad con la que A'Lei abandonaba el mundo, sin que ella pudiera hacer nada por evitarlo. Antes de salir de casa había vuelto a contar las monedas y los billetes de su caja de cartón, pero sin esperanza. Ahora solo pensaba, con prisas, como si fuera una obligación que tuviera que cumplir sin demora, en cómo iba a arreglárselas para ahorrar dinero y trasladar sus cenizas al pueblo, donde se había jurado, aunque para ello tuviera que vender sus órganos, que recibiría una ceremonia digna.

Tras bajar del taxi, facturar y atravesar todos los controles, llegaron a una puerta de embarque. «Lisboa», decía la pantalla azul del ordenador. Nana solo había cogido un avión en su vida, desde China hasta Madrid, y de eso hacía ya más de veinte años. Se acordaba de cómo le mariposeaba el estómago al despegar y de las azafatas chinas con gorros y uniformes azules y rojos. A'Lei la estaba esperando con una sonrisa en la puerta de llegadas, la ayudó a arrastrar su maleta, mientras ella miraba a todos lados: los letreros en español, los rostros occidentales, las vitrinas de las cafeterías con bocadillos de tortilla de patata y jamón serrano. Ahora era Fangfang la que miraba a izquierda y a derecha, a los hombres de negocios con sus periódicos financieros y sus maletines de cuero, a los aviones estacionados detrás de las cristaleras y a punto de despegar.

—Fangfang, ¿sabes adónde vamos?

Habían salido tan precipitadamente de casa que ni siquiera le había dado tiempo de explicárselo. Al comprobar que su hija seguía mirando los aviones y no le hacía caso, Nana se acercó a ella y le sujetó la barbilla con los dedos.

—¿Me estás oyendo? ¿Sabes adónde vamos? Vamos a casa de tu hermana. Hay malas noticias. Tu padre ha muerto.

Fangfang no movió un solo músculo del rostro.

—¿Me entiendes?

Fangfang sacudió la cabeza, tratando de esquivar la presión de sus dedos, y soltó un gemido.

—¿Es que no te acuerdas de tu padre?

Fangfang se limitó a girar de nuevo la cabeza, y volvió a contemplar los aviones, señalando con el dedo cada vez que alguno se ponía en marcha y retrocedía iniciando el camino hacia la pista de despegue.

Nana recordó la última conversación que tuvo Fangfang con su padre, veinte años atrás, la mañana en que esta se levantó para acudir a la clínica y él le preguntó adónde iba tan temprano. «He quedado con un amigo para hacer unas compras.» Ni siquiera se molestó en elaborar una mentira más creíble, pensaba ahora. «¿A estas horas? Que yo sepa no hay ninguna tienda abierta a estas horas. ¿Y a qué hora vas a volver?»

Nana se había levantado temprano para recibir la mercancía de la tienda, y A'Lei se lo contó más tarde: la forma misteriosa en que se había marchado, sus escuetas palabras. Nana no le dio mayor importancia. Después de todo, ese comportamiento en Fangfang no era nada fuera de lo habitual. Sin embargo, la conversación se le quedó grabada y durante años se estuvo preguntando si no hubiese sido más sabio alarmarse, prohibirle que saliera de casa, si de haberse mostrado menos absorbida por el negocio hubiese sido capaz de detectar algún indicio de algo y evitar la tragedia. Ahora, contemplando a Fangfang, que no había manifestado la más mínima reacción ante la noticia de la muerte de su padre, no podía evitar volver a evocar aquella escena, con arrepentimiento.

Nana empujó el cochecito con los niños y le dio la mano a Fangfang para ponerse a la cola de los pasajeros que se agolpaban ya delante de la puerta de embarque. El avión parecía lleno. Alguien le dio un toque en el hombro por detrás. Una mujer se dirigió a ella en español, pero Nana agitó la mano con vehemencia para dar a entender que no comprendía. La mujer señaló la puerta de embarque, después el cochecito de Ting y Baobao. Al poco rato se armó un pequeño revuelo y la cola de pasajeros se fue abriendo para dejarle paso. Nana, confundida, permaneció donde estaba, hasta que, para su inmenso asombro, alguien la acompañó hasta la puerta.

La mujer que se sentó a su lado en el avión resultó ser la misma que le había dado un toque en el hombro hacía tan solo unos minutos.

—Los niños tienen prioridad —le dijo en español, señalado a Ting y a Baobao, y Nana sonrió con esa sonrisa tonta y acartonada que tenía ensayada para esas ocasiones. Quiso decirle que en toda su vida nunca nadie le había dado preferencia.

***

Yan la estaba esperando en el aeropuerto, con los brazos cruzados, vestida con un chándal color gris y unas deportivas negras. Hizo un gesto de mano cuando los vio, y pareció aprovechar los segundos que tardaron en caminar hasta ella para escrutar el aspecto de cada uno.

No se abrazaron, tan solo una sonrisa, como si se hubiesen visto el día anterior, o como si quisieran obviar la evidencia del tiempo transcurrido desde su último encuentro.

—Ming ha ido a comprar café y bebidas —dijo Yan.

Nana contempló rápidamente su aspecto aseado y moderno y su melena con reflejos caoba. No se parecía en nada a Fangfang. Su rostro era atractivo, pero era un atractivo puramente cosmético que no tenía que ver con la belleza natural de Fangfang. Lo primero que Yan hizo fue agacharse para saludar a sus sobrinos. Les dijo un par de palabras, Baobao reaccionó con un manotazo, y se echó a llorar.

—Tiene muy malos modales —dijo Nana a modo de disculpa, después de darle un cachete en la mejilla—. No sé qué hacer con él.

Yan se demoró con los niños, formuló un sinfín de preguntas, que si se habían portado bien durante el viaje, si habían comido, si habían hecho amigos en el avión, seguidas de muchos comentarios; que parecían llevarse muy bien, que estaban más mayores de lo que imaginaba. Mientras tanto, Fangfang, a cierta distancia, contemplaba embobada el aeropuerto.

Yan, en cuclillas delante de sus sobrinos, se incorporó por fin para dirigirse a su hermana. Se mantuvo muy tersa, con la espalda muy recta y una mano detrás de la cintura, como si en vez de un reencuentro estuviera viviendo una confrontación. Con la otra mano libre esbozó un tímido saludo.

—Hola.

Fangfang sonrió, levantó la mano a su vez.

Nana agachó la cabeza.

—No te reconoce.

—Es normal, ¿no? Hace mucho que no nos vemos —contestó Yan.

Yan observó con atención a su hermana. Ella tampoco, pensó Nana, la reconocía.

Nana percibió cómo Yan trataba de zafarse de aquella escena, como si quisiera terminar lo antes posible, como si no quisiera ser protagonista de ese reencuentro cuya importancia probablemente intuía pero del que prefería desentenderse.

Enseguida llegó Ming con dos vasos de café de Starbucks y botellas de zumo para Nana, Fangfang y los niños. Yan hizo las presentaciones. Ming, alto y exageradamente delgado, albergaba un ligero parecido con su casero, pensó Nana, pero su aspecto era mucho más limpio y cuidado. Llevaba unos vaqueros oscuros y una camisa rosa de marca.

—Ya iba siendo hora de conocernos —dijo, alargando una mano para saludar a Nana—. Aunque hubiese deseado que fuera en otras circunstancias.

Su tono era formal y su discurso estudiado, como el de un hombre acostumbrado a hablar en público en reuniones de negocios.

Yan se ofreció para empujar el carrito de los niños hasta el vehículo que los esperaba en el aparcamiento mientras trataba de mantener un diálogo plano pero fluido: el precio de la gasolina, el coche pequeño que tenían y en el que no sabía si cabrían los seis. Nana caminaba de la mano de su hija, casi arrastrándola, porque Fangfang no dejaba de volver la vista, fascinada por la vida del aeropuerto.

Ming condujo por autopistas medio vacías, haciendo algún comentario esporádico acerca del tráfico. El paisaje de carreteras donde a lo lejos se veían edificios viejos y abigarrados de aspecto decadente era similar al de Madrid. Nana no había viajado a ningún país de Europa, pero intuía que allí todas las ciudades eran iguales. Mientras Yan contemplaba discretamente a Fangfang a través del retrovisor, Nana espiaba desde el asiento trasero sus ojos negros, inteligentes, encuadrados dentro del marco rectangular del espejo.

—¿La encuentras muy cambiada? —preguntó Nana.

—¿A quién?

—¿A quién va a ser? A tu hermana.

—No, no, casi nada. Está igual.

Nana rio.

—No me mientas. Seguro que si la vieras por la calle no la reconocerías.

—Si la viera de lejos, tal vez no.

—Y a mí seguro que también me encuentras más vieja.

—No, tampoco. Os veo a todos bien.

—¿Te acuerdas de la última vez que nos vimos?

—Claro. El día que me vine a vivir a Portugal.

Habían ido a comer a un restaurante chino para la despedida. A'Lei había bebido más de la cuenta, brindó por el futuro de su hija, y Yan insistió en que no le gustaban las ceremonias, y que además regresaría a menudo para visitarlos. Pero hacía ya más de quince años, y jamás había vuelto.

—Tu hermana tenía diecinueve años, si no recuerdo mal, y tú solo dieciocho, fue tres años después de su accidente.

Yan no contestó, y Nana, que percibió la tensión, no volvió a hablar del tema. En una ocasión, por teléfono, su hija le había gritado que estaba harta de hablar del pasado. Nana comprendió, por el ademán cauteloso y a la vez algo horrorizado con que contemplaba a su hermana, que seguía sin querer hablar de lo sucedido.

Siempre decía «eso», «el accidente», «lo sucedido», tal vez porque no encontraba la forma de referirse a ello, y a veces se decía que simplemente hubiese debido llamarlo «aquello que cambió nuestras vidas para siempre».

Yan y Ming vivían en el cuarto piso de un edificio antiguo en el centro de la ciudad. El edificio no tenía ascensor, y mientras subían en fila las escaleras, Nana anticipaba su inminente encuentro con A'Lei. Yan le había explicado que le habían hecho hueco en el salón, cubierto con una mortaja, a la espera de su llegada. Ya habían hablado con la funeraria y tenían contratada la incineración. Nana estaba tan concentrada en su objetivo que ni siquiera prestó atención al apartamento de su hija. El salón estaba al final de un pasillo, tras una puerta de cristal esmerilado. Dentro hacía frío. Las ventanas estaban abiertas y las cortinas blancas ondeaban con el viento.

—No te quites el abrigo —dijo Yan, invitándola a entrar—. Está todo abierto. Por el olor, ya sabes.

Pero Nana no sabía a qué olían los muertos. Su padre había fallecido en el pueblo años atrás y ella no había podido reunir dinero para volver a China y acudir al funeral. Había oído que era algo nauseabundo y que cortaba el hálito, pero le costaba imaginar la imposibilidad de mantenerse al lado de sus seres queridos solamente por ese motivo. Durante los días en que acompañó a su hija Fangfang en el hospital, cogiéndola de la mano, se le pasó muchas veces por la cabeza que pudiera morir, pero estaba segura de que de haber fallecido en mitad de la noche hubiese tenido cosas más importantes que pensar antes que abrir las ventanas con el propósito de airear el ambiente.

Yan cerró la puerta y Nana se quedó a solas dentro del cuarto en semipenumbra. Se acercó con pasos vacilantes hacia A'Lei. A unos metros de distancia distinguía ya su rostro lívido y plácido bañado por el tenue resplandor que filtraban las cortinas. Allí estaba, con el pelo casi blanco, las mejillas más hundidas y el cuello arrugado, pero por lo demás el mismo de siempre. Tenía aspecto desaliñado. Una barba de tres días. El pelo sucio y despeinado.

—Cuánto tiempo —fue lo primero que dijo, antes de concederse un largo instante para recorrer todos los rincones de ese cuerpo que hacía tanto que no veía.

Después se inclinó, levantó la mortaja y se aferró a aquellas manos gruesas y heladas cruzadas sobre su regazo. Tenía la piel fría y áspera y los huesos deformados por la artrosis.

—Lo siento, A'Lei. En los momentos claves nunca estamos en el lugar en el que debemos estar.

Esa era precisamente la frase que él pronunció aquella mañana cuando llamaron de la clínica para anunciarles que Fangfang estaba en coma, y ellos salieron corriendo, surcando en taxi un Madrid de calles sórdidas y desiertas, sin saber ni siquiera en qué clínica se encontraba, ni qué había ido a hacer allí.

Escuchó ruidos del otro lado de la puerta cerrada; el llanto caprichoso de Baobao, la risa alegre de Fangfang, y el ronroneo de una televisión. Nana deseó por un instante no tener que volver nunca más a cruzar aquella puerta, permanecer aferrada a las manos de A'Lei, en un lugar seguro, más allá de los retos que imponía el presente. Pensó en el camión siempre cubierto de barro que A'Lei conducía en China y que aparcó a las puertas de casa de sus padres el día en que fue a formalizar con ella su noviazgo. Él tenía diecinueve años, ella dieciocho. Muchas noches conducían por carreteras oscuras, durante horas, hasta la ciudad más cercana, y se colaban sigilosos en el campus de la universidad. Tumbados sobre el césped, contaban las estrellas, o contemplaban el ir y venir de los estudiantes que salían de la biblioteca. Envidiaban la vida de esos jóvenes, y discutían lo que les hubiese gustado estudiar. A'Lei, de espíritu aventurero, aun consciente de que sus padres nunca podrían pagarle unos estudios, soñaba con convertirse en arqueólogo, aunque tampoco estaba seguro de que existiera alguna carrera con ese nombre. Se burlaba de sus propias limitaciones, y repetía siempre, con optimismo y resignación, «en otra vida será». A Nana le hubiese gustado estudiar algún idioma, y ahora, evocando aquello, delante de A'Lei, que había consumido por fin su vida sin consumar ninguno de sus sueños, no podía evitar sonreír.

—¿Cómo pude tener la pretensión de querer estudiar idiomas —dijo— si después de veinte años en España todavía no hablo ni una palabra de español?

«Bueno, en otra vida será», pensó ella también, haciéndoles homenaje a las palabras de A'Lei, y poniendo así punto final a ese paréntesis de la memoria.

Estaba dispuesta ya a cubrir de nuevo su cuerpo con la mortaja y abandonar el salón cuando vio el tatuaje grabado en su antebrazo izquierdo. Las letras negras, el nombre y el número de una calle tiznando su piel casi hasta la altura del codo.

Cuando salió de la habitación, tras cubrir el rostro de su marido y cerrar las ventanas, solo pensaba en eso. Yan la estaba esperando en la cocina. Los niños jugaban en el suelo con unos muñecos de plástico y Fangfang veía la televisión con Ming en la sala de estar, en completo silencio. Yan la contempló con gesto abnegado.

—¿Cómo lo has encontrado? —le preguntó.

—Distinto —contestó Nana. Y después, yendo directamente al grano—: ¿Qué es eso que tiene en el brazo?

—¿Te refieres al tatuaje? Tuvimos que hacerlo, no dejaba de escaparse, y no había quien lo encontrara.

—¿Desde cuándo lo lleva? No me habías dicho nada.

—Espera. ¡Ming! Ven un momento. ¿Desde cuándo lleva mi padre el tatuaje con nuestra dirección?

Ming apareció en la puerta de la cocina.

—Que yo recuerde, debe de hacer cuatro o cinco años.

Nana no se atrevió a reprocharle nada en su presencia. Ming se marchó enseguida, y Yan volvió a ponerse a jugar con los niños.

—Podrías haberme dicho algo.

—Se me debió de olvidar —dijo Yan, sin levantar la vista.

—¿Cómo se te ha podido olvidar algo así? Es algo horrible. Parece una pieza de ganado, un paquete de mercancía.

—La última vez que se escapó no lo encontramos en tres días. Nos volvimos locos. Al final nos llamó la policía. No tuvimos más remedio.

—¿No había nadie en casa para vigilarlo?

—A veces sí. Otras no. Nosotros trabajamos todo el día.

Nana percibió inmediatamente la tensión exasperada en su voz. «Nosotros trabajamos y gracias a eso podemos enviarte dinero todos los meses, ¿recuerdas?», podía haber dicho igualmente.

Por primera vez, Nana se preguntó qué tipo de vida había llevado A'Lei en esa casa, y si después de todo no hubiese sido más feliz con ella en Madrid. Si tal vez allí, junto a ella, y a pesar de la casi indigencia en la que vivían, hubiese conservado por lo menos la dignidad que la vida en ese apartamento parecía haberle arrebatado. Se imaginó a su hija y a su yerno saliendo temprano por la mañana, y a A'Lei sin compañía, en esa casa de muebles oscuros y sin luz.

—Todo el día aquí solo, pobre —murmuró Nana para sus adentros—. Seguro que con los años se volvió más loco de lo que ya estaba.

Pensó que Yan no había oído sus palabras, pero esta dijo:

—Si tenías dudas, nunca debiste consentir que viniera a vivir aquí.

La tensión invisible volvió a reinar, suspendida en el silencio. El rostro duro de pómulos y barbilla salientes de Yan desafiaba ahora a Nana.

—Ya sé que siempre fue una obligación para ti, que nunca quisiste tenerlo aquí.

—Mamá, no hace falta que trates de insinuar como siempre que no he querido a mi padre, igual que no dejas de insinuar que no quiero a mi hermana. No es eso.

—Nunca he dicho algo así.

—Aquí las cosas no son como en China, y yo he crecido aquí. Aquí los hijos tienen su vida, no tienen la obligación de cargar con los padres.

—Eso es precisamente lo que quería decir. Que para ti siempre fue una carga.

—¿Qué pretendías que fuera? Llevo quince años viviendo con una persona que se supone que es mi padre pero que ni siquiera me reconoce.

—Entonces ¿por qué lo hiciste? ¿Por qué te ofreciste a traerlo aquí?

Nana aguardó en silencio a que su hija le diera respuesta a una pregunta que llevaba años carcomiendo su mente. Allí estaba, con su melena y su tinte de peluquería, en aquella casa poco ostentosa pero donde no faltaba de nada, ni las galletas de chocolate de marca extranjera, ni las botellas de licor importado en el mueble con cristaleras del salón, ni siquiera, estaba segura, el alisador de pelo en el cuarto de baño. Porque, pensó Nana contemplando el impecable peinado de su hija, no era posible lucir ese cabello sin uno de esos aparatos.

—Tienes una melena muy bonita —le dijo sin pensarlo.

—Gracias —contestó Yan, más dócil, aunque vacilante.

—Deberíamos hacer lo posible por llevarnos bien. Sobre todo ahora, en estas circunstancias.

Yan asintió. A pesar de esas palabras, Nana quería regresar a su casa. No se sentía cómoda allí. En realidad, pensó, ellas nunca se llevaron bien. Existía un vacío entre ella y su hija, un espacio muerto. Incluso en los mejores momentos, cuando Yan era pequeña, y a pesar de la cordialidad y las buenas formas, nunca gozaron de una genuina intimidad.

—La verdad es que siempre hemos discutido, lo llevamos en la sangre —dijo entonces Nana con una media sonrisa.

Tal vez había cosas que nunca podrían cambiar, como el hecho de que Yan había crecido en Europa y ya no conservaba nada de sus raíces chinas. Incluso en su mandarín fluido se colaba ocasionalmente alguna palabra fuera de contexto.

—Sí, tenemos que intentar llevarnos bien. Ven, que te enseño el cuarto donde vas a dormir.

La condujo a una habitación amplia con grandes ventanales tamizados por un estor. No había muebles, tan solo un armario enorme vacío, una mesilla de noche, una cama de matrimonio y un colchón más pequeño en el suelo que Yan señaló nada más entrar.

—Es para los niños. La cama grande es para ti y para Fangfang.

Nana palpó el colchón, la miró con sorpresa:

—Es muy blando.

Yan se encogió de hombros.

—En Europa son todos así.

—En el pueblo en China dormía en el suelo. ¿Te lo puedes creer? Después de tantos años, todavía no me he acostumbrado. —Nana rio, pero como siempre que mencionaba su pueblo natal, Yan no hizo el más mínimo comentario.

—Os dejo un rato. Los niños tendrán que descansar. Y enseguida vendrán los de la funeraria.

Fangfang se reunió a los pocos minutos con ellos en la habitación. Cerraron la puerta. Nana retiró la colcha del colchón y contempló las sábanas con olor a detergente de máquina, un olor distinto al de la pastilla de jabón lagarto con la que ella lavaba a mano la ropa. Respiró el olor hogareño a madera y los tibios efluvios de la calefacción, y se sintió rara. Se sentó en el borde de la cama, con miedo a ensuciarla, hundió su mano sobre la almohada de plumas, y contempló durante varios segundos cómo esta volvía a inflarse tras retirar la presión.

O sea que en ese cuarto había dormido A'Lei durante diez años, contemplando cada mañana con sus ojos vacíos y su rostro inescrutable las cumbres de los edificios viejos y las estrechas y tortuosas calles que se adivinaban en la distancia a través del cristal.

Nana descubrió entonces un papel sobre la mesilla de noche. Se acercó, y vio que dentro de un sobre de plástico con publicidad estaban sus billetes de avión de vuelta. Comprobó la fecha: el día siguiente.

Se dejó caer sobre el colchón, con los brazos inertes y las palmas levantadas. Un sabor amargo hormigueaba en su garganta. Trató de serenarse. De qué se lamentaba, si después de todo hacía cinco minutos estaba pensando que deseaba marcharse de allí lo antes posible. Sí, pero ¿tan pronto? Claro, su hija tenía cosas que hacer, Ming se había quedado sin trabajo, no era el mejor momento para visitas. Sin embargo, pensó también que, si aquel no era el momento, nunca más lo sería.

En ese instante, escuchó que llamaban a la puerta.

—Mamá, vamos a comer algo, tenemos que estar listos para cuando vengan, he pensado que es mejor que descanséis luego.

Nana, aún aturdida, y con los billetes en la mano, asintió con un gesto de cabeza.

En la cocina olía a pan tostado y a carne. Nada más sentarse a la mesa, Nana se quedó mirando el filete de ternera con patatas que le habían servido en el plato. Después contempló el tenedor y el cuchillo, el pan cortado en rebanadas sobre un cesto de mimbre. Esperó a que los demás empezaran.

—A los niños habrá que cortarles la carne en trocitos. ¿Lo haces tú o lo hago yo?

—Hazlo tú, mejor —se apresuró a decir.

Nana observó de reojo la destreza con que su hija manejaba el tenedor y el cuchillo. Con los hombros caídos, las manos sobre su regazo, no se atrevía a imitarla.

Baobao y Ting agarraban el tenedor con el puño, sin pudor, pero Nana temía que en su caso esa falta de destreza fuera vista como un gesto de mala educación.

Al final no tuvo más remedio que preguntar:

—¿No tenéis palillos?

Yan, con un trozo de carne en la boca, permaneció un instante quieta y sin masticar.

—¿Palillos? Se me había olvidado. —Ella y Ming se miraron—. Me temo que aquí ya nos hemos acostumbrado a comer con tenedor.

Se echó a reír, y Nana agachó la cabeza, tratando de disimular su rubor. Cortó un trozo de filete con torpeza y se lo metió en la boca, masticando lentamente. Ming le alargó la panera. A Nana no le quedó más remedio que coger una rebanada, por educación. Se la llevó a la boca con pulso vacilante e hizo ademán de roer la corteza.

—Nosotros ya no comemos chino —dijo Yan, mirándola con curiosidad—. No sé si te gusta esta comida.

Cuando Ming se levantó y abrió la nevera para coger una cerveza, Nana atisbó los botes de mahonesa y de kétchup, las Coca-Colas.

—Sí, está bueno —dijo—. Cuando Yan era pequeña y vivíamos en Madrid —añadió mirando a Ming—, ya le pedía a su padre dinero todos los fines de semana para ir al McDonald's.

Ming se echó a reír, pero fue una risa forzada y falsa, que pareció inocular una sustancia venenosa en mitad de aquel silencio. Yan le había cortado también el filete en trozos a Fanfang, pero con ademanes algo bruscos y con precipitación.

De repente, Nana se levantó y dijo:

—¿A qué hora vienen los de la funeraria?

Todos se la quedaron mirando. Yan consultó su reloj.

—Dentro de un rato, ¿por qué?

—Quiero echarme un momento en la cama, no me encuentro muy bien. ¿Os importa ocuparos de los niños y de Fangfang?

—No, por supuesto que no —se apresuró a decir Ming, levantándose a su vez—. ¿Está usted bien? ¿Necesita que le llevemos algo?

Nana dio a entender que no con un gesto de mano.

—Déjala, no pasa nada, han sido muchas emociones fuertes —dijo Yan.

Nana se giró hacia su hija. Por unos segundos, algo feo y turbio regurgitó en su estómago, junto con las ganas de gritarle que no, que no era por las emociones por lo que se marchaba, sino porque no le gustaba la comida. Cuando llegó a la habitación, se echó encima de la cama. Hacía demasiado tiempo que no se hallaba sola consigo misma, lejos de los niños y de Fangfang, concentrada en el zumbido de su pensamiento, los latidos de su corazón. La cabeza le daba vueltas, el sentimiento era similar a lo que había sentido en la tienda de Ling y Long. No comprendía cómo podía experimentar esa misma mezcla de frustración y rabia en presencia de su hija. Sin embargo, contemplando las paredes, cerrando los ojos para reconstruir la casa en la que se encontraba y todos los episodios que se habían sucedido desde aquella mañana, comprendió que las cosas no estaban saliendo bien. Su reencuentro con A'Lei, el brazo tatuado, el billete de avión de vuelta, la actitud de Yan hacia Fangfang, y finalmente esa mesa llena de comida occidental.

Nana recordó la ocasión en que Yan regresó del colegio cuando era pequeña diciendo que los chinos comían carne de rata. Era lo que le habían contado sus compañeros de clase, y a raíz de eso estuvo dos semanas sin probar bocado en casa. Hubiese podido escoger esa anécdota y contársela a Ming durante el almuerzo, en vez de la del McDonald's, pensó. Al fin y al cabo, reflejaba con más exactitud el temperamento y la identidad que poco a poco y ya desde pequeña se venían perfilando en su hija. Ella era, después de todo, una mujer occidental, con un profundo rechazo hacia su cultura, que lo único que conservaba de chino eran los rasgos.

Nana miró el reloj. El sol se colaba a través de las ventanas. Tampoco a eso estaba acostumbrada. Le dolían menos los huesos, tan habituados a la humedad y el frío del sótano de Madrid. Dentro de poco llamarían al timbre y el personal de la funeraria se llevaría a A'Lei. Podría levantarse para compartir esos últimos momentos con su marido. Ya no lo vería más. Sin embargo, las piernas y los brazos le pesaban como cadenas. No quería verlo. Ya lo había visto lo suficiente. La imagen de su barba desaliñada y de aquel tatuaje se le había quedado grabada, suplantando el lugar de otros recuerdos más felices en su memoria. Ella sabía mejor que nadie que las últimas escenas son las que permanecen para siempre, y por eso no quería concederle a esa fea y distorsionada última imagen de A'Lei el beneficio de prevalecer sobre todos los años de vida a su lado y sobre el pasado que habían compartido. Con Fangfang había sucedido lo mismo. En la memoria dominaba el recuerdo del triste, oscuro y dramático final.

Cuando sonó el timbre, Nana sintió su corazón latir con más fuerza. Escuchó los pasos en el pasillo, la voz de Ming, después Yan, que llamó a su puerta y entró sin esperar.

—Se lo llevan. ¿Vas a querer verlo por última vez?

—No.

Su voz sonó cavernosa y hostil. Yan vaciló un instante, después se marchó. Nana cerró los ojos, escuchó más voces, golpes, la puerta que se cerraba. Hubiese deseado recabar las fuerzas necesarias para reunir a Fangfang frente al cadáver de su padre por última vez, pero sabía que esta no sería capaz de reconocerlo, y por eso tiró la toalla, para evitarse el disgusto.

La casa quedó vacía y en silencio. Yan y Ming se retiraron a su habitación, Fangfang permaneció en la sala de estar, mirando la televisión con el sonido apagado, y Nana, tras acostar a los niños en el cuarto, aprovechó para dar una vuelta por el apartamento. Los pasillos sin luz cubiertos de alfombras con flecos, la predominancia de tonos oscuros, las paredes forradas de librerías con libros en portugués y en español. No había ni un solo libro en chino. De pequeña, Yan se negó a acudir a la escuela china los sábados. Por eso no había aprendido a leer ni a escribir. Dijo que ninguno de sus amigos del colegio iba a clase de chino, que eso ya no le serviría para nada. Al final sus padres cedieron. Después de todo, iban a vivir en España, y lo importante sería que aprendiera español. Ella, aparentemente, nunca echó en falta conocer la caligrafía de su idioma natal. Lo extraño era que hubiese acabado casándose con un hombre chino como ella.

Paseando por la casa, Nana llegó al salón, que estaba vacío. Alguien había vuelto a abrir las ventanas, las cortinas ondeaban con el viento, y se respiraba un cierto desorden. Allí faltaba algo. Había un hueco invisible dejado por el cadáver de A'Lei, como si su cuerpo extendido hubiese estado allí siempre, y ahora la habitación se hubiese rebelado contra su ausencia. Nana se sentó, esperó allí, no supo cuánto tiempo, hasta que vio entrar a su hija.

—¿Qué haces ahí? ¿Por qué no has querido despedirte cuando se lo han llevado?

Nana se encogió de hombros.

—Qué más da. De todos modos, ya le había dicho adiós.

Yan se dio la vuelta. Nana pudo haber dado más explicaciones, más detalles acerca de todo lo que estaba rondando su cabeza, pero la tensión intermitente que dominaba las relaciones con su hija coartaba sus movimientos. Se respiraban las prisas, la exasperación, la distancia, y ahora, con A'Lei ausente, sentía más que nunca la necesidad de marcharse de allí.

—¿Cuándo traerán las cenizas? —preguntó Nana.

—No las traen. Tenemos que ir a recogerlas mañana por la mañana. Pasaremos por allí antes de llevaros al aeropuerto.

Lo dijo con toda la naturalidad del mundo, como si el hecho de haber reservado el billete para el día siguiente no exigiera ninguna explicación.

—¿Y qué vamos a hacer con las cenizas?

—No sé —dijo Yan—. Yo había pensado que te las quedaras tú. Querrás llevarlas a China la próxima vez que vayas.

—Ahora no tenemos dinero para ir. Ni creo que lo tengamos en mucho tiempo.

—¿Y el marido de Fangfang? ¿No os pagó el billete las dos últimas veces?

—Sí, pero ya no puede hacerlo. Él tampoco tiene dinero. Y tampoco nos conviene. Las dos únicas veces que ha visto a Fangfang la ha dejado embarazada.

Yan no contestó. Nunca había preguntado por el matrimonio de su hermana. Fruncía el ceño con escepticismo cuando se hablaba del tema, no comprendía la motivación de esos acuerdos a los que había llegado su madre con un desconocido.

—Pues si tú no tienes intenciones de ir a China, imagínate yo —zanjó, dándose la vuelta.

***

Nana nunca llegó a pensar que una urna con cenizas pudiera pesar tanto. Le faltaban manos para empujar el carrito con los niños y vigilar a Fangfang.

—Tendría que facturarlas —dijo cuando llegaron al aeropuerto.

—No sé —contestó su hija, mirando a Ming—. ¿No será peligroso que se rompa la urna?

—Lo digo porque pesan.

—Yo no te lo aconsejo. Además, el billete que tienes es de bajo coste y no permite facturar.

—Bueno —dijo Ming—, podríamos pagar la facturación aparte.

Se miraron, pero nadie volvió a decir nada, y Nana comprendió enseguida la reticencia de Yan.

Caminaron hacia el mostrador de la aerolínea. A su alrededor, los viajeros alargaban el cuello comprobando las pantallas, arrastraban maletas, sacaban pasaportes y tarjetas de embarque de sus riñoneras.

—¿Lo tenéis todo? —preguntó Yan, mirando el reloj—. Yo os aconsejo que entréis enseguida, por si hay cola después en el control de pasaportes.

—¿A qué hora empiezas a trabajar? —preguntó Ming.

Yan volvió a mirar el reloj.

—Todavía tengo tiempo.

Sin embargo, sus palabras no se correspondían con sus gestos. Miraba constantemente los carteles, no le quitaba el ojo a su reloj.

Yan había pedido un día y medio libre en la oficina donde trabajaba de telefonista para una empresa que hacía negocios con China, un trabajo que le exigía hablar chino, pero no leerlo ni escribirlo.

—Yo creo que os debéis marchar cuanto antes —dijo Nana—. Vamos a meternos enseguida, no me gusta llegar a los sitios en el último momento.

—¿Sabrás encontrar la puerta de embarque?

—Sí, no te preocupes por mí.

Se dijeron adiós sin ceremonias, sin volver a hacer alusión al dinero ni a su próximo encuentro, las dos urgentes preocupaciones que nublaban el pensamiento de Nana.

Nana imaginó la vuelta a la rutina de su hija, sus desayunos con café, tostadas y mantequilla, sus salidas y entradas, indiferente o tal vez incluso aliviada ante el vacío dejado por A'Lei.

—Hasta la próxima, Fangfang —dijo Yan, como si estuviera hablando con una niña pequeña, apoyando una mano sobre el hombro de su hermana, pero casi sin rozarla.

Cuando se dio la vuelta, sintiendo las miradas de su hija y de su yerno sobre su espalda, Nana fue consciente de la patética figura que presentaba ante el mundo, harapienta, cargada con una urna de cenizas, y rodeada de dos niños chillones y una hija medio tonta.

—¡Hasta la próxima! —volvió a escuchar a sus espaldas, cada vez más lejos.

«El día de mi entierro —pensó entonces, con dolor—. Esa será la próxima vez.»

Fangfang

Nada más entrar en el salón, Fangfang anticipó la bronca que le esperaba. La sonrisa triunfal que colgaba del rostro de su hermana, su madre, de pie con los brazos cruzados, y su padre, con las gafas metálicas sobre la punta de la nariz, intentando descifrar el cuaderno de notas de la última evaluación.

—Has suspendido todas las asignaturas —anunció su madre con severidad.

—Todas no. Ha aprobado gimnasia —corrigió Yan.

Fangfang fulminó a su hermana con la mirada.

—¿Quién te da derecho a hurgar dentro de mi mochila?

Yan no movió ni un solo músculo de la cara.

—Te la has dejado abierta, qué quieres.

La mesa estaba puesta: los cuencos de arroz, la arrocera humeante aún conectada al enchufe de la pared, sobre el suelo, la calabaza hervida y los trozos de cerdo con pimiento, cebolla y salsa de ostras.

—¡Eres una entrometida, ¿quién te da derecho?!

Fangfang se abalanzó sobre su hermana y le tiró del pelo. Yan se echó a gritar, defendiéndose con arañazos, hasta que su madre tuvo que intervenir, zanjando la pelea con una bofetada para cada una.

—Sentaos ahora mismo a cenar —ordenó.

Yan obedeció. Fangfang seguía de pie, con la vista en el suelo, y la cabeza girada, sin poder dominar su rabia.

—Yo no tengo hambre —dijo.

—¡Que te sientes ahora mismo, te he dicho! —gritó Nana.

Mientras tanto, su padre había tomado asiento tras depositar las notas sobre una vieja cómoda. Nana sirvió el arroz en los cuencos.

—Tu hermana ha aprobado todas las asignaturas, y tú ninguna, ¿cómo se explica eso?

—Porque ella es tonta.

—Ya basta, Yan, no estoy hablando contigo. Además —prosiguió, volviéndose de nuevo hacia Fangfang—, ¿cuándo tenías pensado entregarnos las notas? ¿El año que viene? ¿Cuánto tiempo llevan dentro de tu mochila? Si no llega a ser por tu hermana, a lo mejor ni nos hubiéramos enterado de que tienes que repetir.

—No puedo repetir. Y aunque pudiera, no iba a hacerlo. No pienso volver a ese colegio.

A'Lei contempló a su hija con asombro.

—¿Por qué no vas a poder repetir?

—Son las normas. Pregúntaselo a los profesores. Es así.

—¿Sabes tú algo de eso? —Nana se giró hacia Yan, pero esta se encogió de hombros—. Voy a tener que acercarme al colegio un día de estos para ver qué pasa. Y tú, Yan, vas a tener que acompañarme para traducir lo que dicen.

—¿Otra vez? —protestó Yan—. A ver si aprendéis de una vez español.

Empezaron todos a comer salvo Fangfang.

—¿A qué esperas? —ordenó su madre, señalando su cuenco de arroz.

—Ya te he dicho que no tengo hambre.

—Me da igual que no tengas hambre. Come, te digo.

Tras unos minutos de silencio, A'Lei volvió a dirigirse a su hija:

—Dinos cuál es el problema. ¿Cómo es posible que hayas suspendido todas?

—El problema, el problema... —interrumpió Nana—. ¿Cuál va a ser el problema? Que es una vaga y no estudia, nada más.

—¡Ya te he dicho que no es eso! ¡No entiendo nada de lo que se dice en clase!

—¿Y tu hermana, entonces? ¿Cómo es que tu hermana no tiene esos problemas? Nada más llegar aquí empezó a sacar buenas notas.

—Basta ya, Nana, tratemos de guardar la calma.

El padre de Fangfang, con la espalda arqueada sobre su cuenco de arroz, manejaba con lentos movimientos los palillos. Llevaba una camisa blanca medio desabrochada y amarillenta, tan gastada que se le transparentaba la piel por debajo. Él trataba siempre de racionalizar, de temperar las discordias otorgando la palabra a todos los presentes, y aunque lo que menos soportaba Fangfang era el temperamento y las exigencias de su madre, también la mansedumbre y las buenas formas de su padre la sacaban de sus casillas.

—Ya os lo he dicho, es que es tonta, la pobre —volvió a intervenir Yan.

—Basta ya —dijo A'Lei, más serio. Y después, mirando a su mujer—: ¿No te dijo la profesora, una vez, que Fangfang está en un curso muy difícil? ¿No fue eso lo que te dijo?

—No me acuerdo. Solo he ido a una reunión, y me hablaron en español. Pero me da igual lo que dijeran. Ya lleva aquí casi dos años, ¿no es tiempo suficiente para aprender?

—¿Te recuerdo cuántos años llevas tú, que no hablas ni una palabra? —le increpó Fangfang.

Nana se puso de pie, y amenazó con pegarle a su hija otro guantazo. Entonces, esta agachó la cabeza y cerró por fin la boca.

A'Lei quedó pensativo, con los palillos suspendidos en el aire. Su barba de tres días empezaba a verse salpicada de canas y tenía bolsas bajo los ojos. Parecía mayor de lo que era.

La ventana del salón estaba abierta y fuera, en pleno centro, se escuchaban gritos y motores de coche.

—A los dieciséis años no creo que se sea tan mayor como para no poder aprender un idioma —volvió a protestar Nana.

Su rostro intransigente recorrió todos los platos de comida, hasta que se decidió a atacar el cerdo con verduras. Sujetaba los palillos con firmeza, casi como si fueran armas de guerra, y sus movimientos eran cortos y rápidos, bruscos, totalmente opuestos a los de su marido.

Fangfang contaba los granos de arroz, sin levantar la vista de su cuenco.

—Si no hubierais tenido la estupenda idea de venir a España, no habría suspendido todas las asignaturas. Seguiría en China, sacando buenas notas como antes.

A'Lei dejó los palillos sobre la mesa redonda de madera lacada y sin mantel y terminó lentamente de masticar antes de contestar.

—¿Es que todavía no sabes por qué vinimos? ¿No sabes que todo lo que hemos hecho ha sido por vosotras, para que tengáis una vida mejor?

—Si de verdad ha sido por nosotras, por mí podemos volvernos a China.

—De eso ni hablar —dijo Yan.

Fangfang decidió ignorar totalmente la expresión confusa y afligida de su padre. Siempre se aferraban al mismo discurso: que lo habían hecho por su bien, que solo querían lo mejor para su futuro, pero ¿alguna vez les habían preguntado a ellas lo que querían? ¿Alguna vez se habían detenido a pensar lo que supuso para ella abandonar a todos sus amigos de China para volar hacia un país desconocido? Y todo ello sin posibilidad de negociación. Su madre le plantó la decisión de emigrar con la misma rotundidad definitiva con la que plantaba los platos encima de la mesa.

Estaba cansada. Se tomó un par de trozos más de comida para contentar a sus padres y anunció que se marchaba a la habitación.

—Si te vas a tu cuarto, no vuelvas a salir de ahí en toda la tarde. Y cuando vaya para allá, te quiero ver estudiando.

Fangfang asintió. No se molestó en explicarle que había sido precisamente la profesora quien había sugerido que era mejor abandonar los estudios. Había pedido hablar con ella a solas unos minutos a la hora del recreo. Con dieciséis años ya estaba en edad legal para dejar de estudiar, dijo, y teniendo en cuenta los últimos resultados de sus evaluaciones, sugirió que se dedicara a otra cosa o que se pusiera a trabajar.

Se encerró en su habitación y se echó en la litera de arriba. El escritorio estaba lleno de libros de texto de su hermana. Al principio habían compartido el pupitre, pero Fangfang ya no se molestaba en hacer los deberes, o los hacía rápido, en la mesa de la cocina o en el salón. Contempló desde la litera la letra aplicada de Yan, los párrafos de los libros subrayados con regla y rotuladores fluorescentes de varios colores. Fangfang lo había intentado. Durante un tiempo le fue bien en matemáticas. Los problemas eran fáciles en comparación a lo que estaba acostumbrada en China, pero con la lengua, la historia y las demás materias había sido diferente. Ya había tirado la toalla. Ahora se sentaba al final de la clase con un libro y un total desinterés por todo. A veces envidiaba a su hermana, pero no por las notas, sino porque para ella todo parecía sencillo, porque allí donde ella fracasaba, Yan siempre parecía triunfar.

En ese momento, su hermana entró en la habitación y, sin alzar la vista hacia Fangfang, tomó asiento en el pupitre.

—Eres tonta. Se iban a dar cuenta de todas formas. Incluso si no te hubiera hurgado en la mochila —le dijo—. En el fondo, hasta te he hecho un favor.

Fangfang se giró sobre el colchón, de cara a la pared.

—No es cierto. No se hubiesen dado cuenta. Nunca se enteran de nada. Además, ¿qué hacían los dos en casa a estas horas?

—¿No lo sabes? Han cerrado una hora la tienda exclusivamente para echarte la bronca.

Fangfang prestó el oído y comprobó que la casa se había vuelto a sumergir en una profunda calma. Ya no se escuchaban ruidos de cacharros ni de grifos. Reinaba, como todas las tardes, el más absoluto silencio.

—Mamá hasta ha dicho que a partir de ahora va a dejar la tienda todas las tardes solo para vigilarte.

—¿Ahora precisamente que acaba el curso? Además, ya no voy a volver a estudiar. Y me extrañaría que mamá dejara la tienda para algo. El día que se muera seguro que la encuentran ahí metida.

Fangfang escuchaba cómo el sonido del lápiz de su hermana se deslizaba con fluidez sobre el cuaderno de ejercicios. Se tapó los oídos.

—De verdad que no lo entiendo. Tampoco es tan difícil si pones un poco de tu parte. Solo tienes que dedicarle un poco de tiempo a estudiar.

Fangfang no contestó. Hacía tiempo que había dejado de darle explicaciones a su hermana. Que las clases se le hacían imposibles, que no sabía de qué hablar con sus compañeros. Pero Yan no parecía entender nada de todo eso.

Había perdido la esperanza de llevarse bien con ella. Hubo un tiempo muy remoto en que solían caminar juntas hacia la escuela en China, cogidas de la mano, y compartían los panecillos al vapor que su madre metía envueltos en bolsas de plástico dentro de sus mochilas. Cuando los partían por la mitad, Fangfang nunca dudaba en entregarle el trozo más grande a su hermana. Por las noches, varias veces a la semana, Fangfang llenaba de agua el barreño de madera que les servía de bañera en el pueblo, ayudaba a Yan a introducirse dentro y le frotaba la espalda con una pastilla de jabón, mientras esta no dejaba de tiritar, sentada en cuclillas y con las piernas encogidas.

Pero desde que se trasladaron a España, todo había cambiado.

Sus padres le habían repetido cientos de veces que no pudieron traerlas juntas a España, y que si optaron por ir primero a buscar a Yan, fue porque era la más pequeña. Lo decían para recalcar el mérito de su sacrificio, «porque tú eras más mayor, y más fuerte, más sensata, estabas en posición de entender por qué nos marchábamos», pero Fangfang no se dejaba embaucar por esas palabras. Al fin y al cabo, solo se llevaban un año, y no creía que hubiese mucha diferencia. A veces se preguntaba por qué decidieron separarlas, si no hubiese sido más fácil traerlas más tarde pero por lo menos al mismo tiempo. No tenía la respuesta a esa pregunta, pero intuía que ninguno de sus padres creyó oportuno dejar a la abuela sola a cargo de dos niñas pequeñas.

Los cuatro años que estuvo separada de su hermana se le antojaban ahora dos siglos. A menudo, cuando estaba junto a ella, tenía la sensación de que no la conocía, de que la distancia había erigido entre ellas un muro que con cada día que transcurría aumentaba su grosor. Le hubiese gustado entenderla, y al principio lo intentó, pero ya había tirado la toalla.

Fue su padre quien vino a buscar a Fangfang para traerla de regreso. Viajaron juntos en avión, y él, parco en palabras, no compartió con ella ningún detalle acerca de su nuevo lugar de residencia. Tan solo reiteró, durante casi dieciséis horas de viaje y dos transbordos, lo bien que iba a estar allí y lo mucho que habían ansiado todos la llegada de ese gran día.

A la mañana siguiente después de su llegada, su padre la estaba esperando en la cocina delante de la mesa del desayuno y con una enorme sonrisa.

—Me he tomado el día libre para enseñarte Madrid —anunció con satisfacción.

Eran las nueve de la mañana y le explicó que irían solos de excursión porque su madre tenía que ocuparse de la tienda y su hermana aún no se había levantado. Recorrieron en coche varios barrios de los alrededores. Fangfang, callada y soñolienta, asentía con la cabeza mientras su padre señalaba con el dedo los lugares que iban atravesando: el mercado, la estación de metro, el barrio chino. Ni se bajaron del coche ni visitaron ningún parque o monumento, y Fangfang concluyó que, o bien aquella ciudad carecía de interés, o bien su padre no tenía ni la menor idea de dónde llevaba viviendo durante más de cinco años. Tomaron unos tallarines en un local chino y regresaron a casa tras un par de horas. Ahí concluyó todo. El apartamento seguía vacío, y su padre anunció que tenía que volver a la tienda para ayudar a su madre. El cielo se había nublado y estaba comenzando a chispear.

—Nos vemos esta noche —le dijo antes de irse.

Fangfang sintió una tremenda desolación. Aquella fue la primera y la única vez que fue de excursión con alguno de sus padres, la única vez que se tomaron un par de horas libres fuera de la tienda para compartir tiempo con ella. Fangfang no tardó en comprender, a raíz de esa pobre y mal organizada excursión, cuál era el tipo de vida que llevaban.

Sus padres trabajaban dieciséis horas al día. Aunque hubiesen querido, no hubiesen podido enseñarle nada porque sus conocimientos de Madrid no iban más allá de los límites de su negocio. Pero la vida de Yan, en cambio, era totalmente distinta. Tenía amigos españoles, salía, hablaba perfectamente el idioma. Además, había adquirido un papel imprescindible en el seno de la familia. Era ella quien servía de intermediario entre sus padres y los clientes, quien los acompañaba a hacer cualquier trámite administrativo, quien atendía las llamadas en español que recibían en el local. Se convirtió, de la noche a la mañana, en protagonista del universo familiar, y fue precisamente el orgullo y la autosuficiencia que generó ese nuevo papel lo primero que llamó la atención de Fangfang a su llegada.

Yan le explicó cosas de gran utilidad acerca de España: por qué las tiendas cerraban los domingos, por qué los coches cedían el paso a los peatones en los pasos de cebra, por qué no era necesario hervir el agua antes de beberla como en China, o por qué los restaurantes no abrían hasta pasado el mediodía. Sin embargo, al margen de aquello, Fangfang siempre sintió que faltaba algo, que la relación que mantenían era distante y de naturaleza exclusivamente enciclopédica, una relación en la que Yan le explicaba cosas sin que Fangfang preguntara nada, en la que faltaba de parte de Yan un interés por aquellos aspectos que Fangfang sí consideraba importantes, como por ejemplo qué tal se sentía en España y si le estaba costando adaptarse al país.

Pocos días después de su llegada, Yan abrió el armario y contempló con asombro las ropas viejas y usadas con las que había aterrizado su hermana: un jersey marrón con brillantinas medio despegadas y un pantalón de tela azul.

—Tenemos que ir de compras. Estas ropas son horribles, y aquí no se llevan. Como vayas al colegio con esto, todo el mundo se va a reír de ti.

Regresaron de los almacenes con dos faldas vaqueras, camisetas de tirantes de colores chillones y una chaqueta azul de imitación cuero. Fangfang lo extendió todo encima de la cama mientras su hermana observaba los conjuntos con satisfacción.

—Ahora ya estás lista para la vida aquí.

Pero Fangfang se quedó mirando las nuevas adquisiciones como si tuviera delante un traje de astronauta.

—No sé —le dijo—. Yo nunca he vestido así.

—Pues por eso mismo. Ya es hora de empezar a tener más estilo.

Y así, sin darle más vueltas al asunto, Yan dirigió sus pasos hacia la cocina para comer algo.

—¿Tienes hambre? —le gritó desde allí, mientras Fangfang seguía como atontada y con la vista fija en su nuevo vestuario—. Todavía me queda un poco del dinero que me ha dado mamá. Si quieres vamos al McDonald's a por una hamburguesa.

Fangfang apareció en la cocina con los hombros caídos. También había McDonald's en Pekín y Shanghái y en otras ciudades de China, pero no en el pueblo donde vivía con su abuela.

—¿No hay restaurantes chinos? ¿No podemos ir a tomar unos tallarines? —preguntó con timidez.

Yan agitó el brazo con gesto despectivo.

—Ni hablar de eso. Aquí la comida china es malísima. Tendrás que ir acostumbrándote a otras cosas.

Fangfang se comió las patatas fritas, pero se dejó la hamburguesa a mitad. Algo parecido sucedió con la ropa. Se la puso un par de días para ir al colegio, pero sentía como si fuera por ahí desnuda y todo el mundo la señalara. Caminaba por los pasillos del colegio pegada a las paredes y agachaba la cabeza por la calle para evitar cruzarse con otras miradas. Al cabo de una semana volvió a sacar del armario sus pantalones azules y su jersey marrón de brillantinas. Quiso explicárselo a su hermana, pero no supo cómo hacerlo sin ofenderla, y al final optó por no decir nada. Cuando Yan la vio por primera vez aparecer en el salón con la misma ropa que había llegado de China, se quedó petrificada de asombro.

—¿Otra vez con eso?

Fangfang, avergonzada, se encogió de hombros y murmuró una disculpa:

—No es que no me guste lo otro. Es que con esto estoy más cómoda.

Yan no hizo ningún comentario, pero miró a su hermana de arriba abajo con una mezcla de decepción y desprecio. A partir de ese momento, las cosas cambiaron.

Su hermana comenzó a mirarla de soslayo, a espiar sus movimientos a cada momento como si fuera un bicho raro. Fangfang sabía que la había defraudado, que la veía con nuevos ojos, que si al principio había albergado ilusiones acerca de la relación que podrían llegar a mantener, ahora su imagen a sus ojos había quedado irreversiblemente condenada a la de una paleta de pueblo.

Con su padre logró mantener, al menos durante un tiempo, una relación medianamente estrecha. Él la había ido a buscar a China, la había traído de vuelta, había hecho el esfuerzo de llevarla a conocer Madrid, y en medio de tanto extrañamiento y tan poca empatía con el resto de sus familiares, Fangfang sentía por lo menos algo de simpatía y de agradecimiento hacia él. También le traía cosas de la tienda, alguna lata de refresco, bollos o paquetes de chicles. Algunas noches, tarde los fines de semana, cuando su madre y su hermana ya estaban durmiendo, se sentaba a su lado para ver la televisión. Habían comprado en el barrio chino un dispositivo que se conectaba al televisor y que les permitía ver todos los canales que se emitían en su país, y él permanecía las horas muertas delante de la pantalla, con el volumen muy alto, viendo concursos y telenovelas. Rara vez intercambiaban palabras.

Un día, pocos meses después de su llegada, Fangfang se lo quedó mirando durante un rato con mucha atención.

—¿Por qué te acuestas tan tarde? —le preguntó.

—No tengo sueño. No sé por qué, cuanto más cansado estoy menos sueño tengo —respondió sin apartar la vista de la pantalla.

—En China trabajabais menos, no entiendo por qué habéis venido aquí.

—¿Que no lo entiendes? —Apartó por fin los ojos del televisor.

—No.

—Por vosotras, por ti y tu hermana, para daros un futuro mejor.

Fangfang se encogió de hombros, poco impresionada por sus palabras.

—¿Acaso no vives mejor aquí que en el pueblo, en una casa más grande, con agua caliente y ascensor?

—No sé… Echo de menos a la abuela.

—Date tiempo, acabas de llegar. Mira tu hermana, lleva aquí más tiempo y ya ni se acuerda de la vida en China.

—Yo no soy como mi hermana —contestó Fangfang con sequedad.

Hubo un breve silencio.

—Ya verás cómo dentro de seis meses te vuelvo a preguntar lo mismo y ya ni te acuerdas de esta conversación. Volvemos a hablar de ello en seis meses, y si sigues echando de menos China, buscamos una solución. ¿Trato hecho?

Transcurrieron algo más de seis meses, casi ocho, cuando Fangfang volvió a abordar a su padre con ese tema. La escena fue casi la misma, ambos en el salón, la televisión a todo volumen, pero en esa ocasión su padre cansado, ojeroso, oliendo a sudor seco y a polvo del almacén.

—¿Papá?

Llegó tímidamente por detrás, como hacía siempre, y se sentó en la butaca a su lado.

—¿Sí?

—¿Te acuerdas de lo que me dijiste hace unos meses? ¿Que volveríamos a hablar si seguía echando de menos China?

—No estoy seguro, pero algo recuerdo.

Fangfang sintió su corazón palpitar con fuerza. Hubiese sido capaz de anticipar cualquier reacción, que se despachara con largas, que le pidiera que se dieran más tiempo, pero nunca que no se acordara de la conversación. Por un instante se quedó sin palabras.

—Dijiste que me adaptaría muy rápido a Madrid, ¿no recuerdas?

—Sí, algo recuerdo —contestó de nuevo, esta vez con la cabeza inclinada y los dedos ejerciendo presión sobre su frente.

A Fangfang se le formó un nudo en la garganta.

—Mejor hablamos de eso mañana, ¿vale? Ahora mismo tengo la cabeza que me va a estallar. Anda, ¿me acercas una taza de té?

Fangfang espolvoreó las hojas de té verde dentro de un vaso de cristal mientras esperaba a que hirviera el agua en la tetera eléctrica. Pensó que si su padre bajara el volumen de la televisión, tal vez consiguiera mitigar su dolor de cabeza. Vertió el agua hirviendo y contempló cómo el calor dilataba las hojas de té, que adquirían una tonalidad mucho más verde. El nudo en la garganta casi le impedía tragar y ahora sentía unas incontenibles ganas de llorar. Se acercó lentamente a su padre y le tendió la taza. Decidió esperar unos segundos más a la espera de una reacción.

—Papá, aquí tienes el té —dijo por fin.

Aguardó unos segundos más, a que dijera algo, pero lo único que escuchó fue el gorgoteo indiferente de su garganta. Fangfang regresó a su habitación, decepcionada, sintiéndose traicionada. Nunca más volvieron a hablar del tema, y algo de ese resentimiento hacia su padre, mezclado de reproche, había perdurado, como un residuo, a lo largo de los años, junto con la convicción de que estaba condenada, indefinidamente, a permanecer en Madrid.

***

El día que aterrizó en España, su madre le tenía preparado una gigantesca cazuela con empanadillas de carne al vapor. Era su especialidad culinaria, y las cocinaba a menudo en China cuando venían invitados. Fangfang se fijó en la cubertería, barata, pero mucho más nueva y reluciente que los cuencos de plástico descoloridos que usaban en el pueblo. Cenaron todos juntos, pero con prisas. Su madre engullía empanadillas casi sin masticar, hablando con la boca llena. Fangfang trataba en vano de identificar en ella algún gesto familiar. No recordaba tanta brusquedad en sus ademanes, y la contemplaba de reojo, sin atreverse a mirarla de frente, fascinada, y a la vez algo intimidada por sus malos modales. Cuando terminó de comer, su madre se levantó de la silla, volvió a decirle cuánto se alegraba de tenerla por fin en España, y anunció que se marchaba de nuevo a la tienda porque era viernes y había mucho que hacer.

Sobraron muchas empanadillas y la mesa quedó llena de platos y cubiertos sucios. Cuando su padre se marchó algo después para reunirse con su madre y Yan se retiró a su habitación, Fangfang se dedicó a fregar. Abría todos los armarios de ese hogar ajeno tratando de descubrir dónde iba cada cosa. Las estanterías estaban desordenadas y abarrotadas de cacharros, los cubiertos mezclados, los palillos de madera gastada desperdigados por todas partes, un sinfín de cazuelas amontonadas encima de otras. Cuando terminó de fregar y de colocar, Fangfang se secó lentamente las manos con un trapo y se sentó a la mesa. Contempló la pasta de empanadillas ya fría, que empezaba a endurecerse. Les darían un calentón y las tomarían de desayuno al día siguiente. ¿Era eso lo que desayunaban cuando estaban todos juntos en China? No recordaba bien. Aquella cena la había decepcionado, y ahora experimentaba una profunda desolación que se veía acentuada por la soledad que reinaba en ese hogar.

No sabía si era el cansancio, pero no lograba identificarse con el orden de las cosas y las personas en la casa. Pensó que no llevaba ni siquiera un día en España y que debía darse tiempo, pero también se decía que delante de sus padres y de su hermana, con los que había vivido siempre, no debería sentirse extraña. Sin embargo, había olvidado todo lo que habían compartido, y lo más preocupante, había olvidado quiénes eran. Durante la cena, había observado de reojo y con minucia todos los gestos de su madre, su forma de coger los palillos, de escudriñar los objetos con el ceño fruncido, de curvar el labio superior. Sentada a su lado, había respirado su olor a rancio y a ropa usada, y tampoco había reconocido ese olor. Había rebuscado dentro de su pasado en busca de algo familiar que encajara con la escena que tenía delante, pero fue un esfuerzo vano que solo consiguió que se sintiera aún más obnubilada por la nostalgia y los recuerdos de su vida en China.

Pero, claro, se sentía de esa forma solo porque acababa de llegar, porque llevaban cuatro años sin verse, porque se encontraba en un país nuevo y diferente. O eso trató de decirse ese primer día y durante los meses que se sucedieron. Realizó todo tipo de esfuerzos. Por las mañanas, cuando su madre se levantaba para preparar el desayuno, ella la seguía por la cocina como una sombra. Encendía el fuego, calentaba las empanadillas de carne o los tallarines, colocaba los cuencos y los palillos sobre la mesa. Fangfang no decía nada, pero aguardaba en silencio a que surgiera algo, una chispa, una conversación, algo de magia que le diera un giro a las cosas, que estrechara la banalidad y llenara el vacío de esa relación que mantenían. Pero su madre se movía rápido, no dejaba de hacer tareas, y todas las mañanas abandonaba el apartamento con prisas.

Fangfang ni siquiera sabía bien qué estaba haciendo allí, qué esperaba realmente de esos momentos de compañía, pero la seguía con diligencia, casi como una obligación, sin cuestionar si estaba bien o si servía de algo. Por otro lado, su madre no parecía sorprendida de verla a su lado sin mediar palabra.

—Siempre me estás siguiendo, ¿acaso te parece interesante lo que hago? —reía a veces, totalmente ajena a los motivos de Fangfang.

—¿Quieres que te ayude? —sugería en otras ocasiones Fangfang—. En el pueblo, la abuela me enseñó a cocinar muchas cosas.

No estaba segura de que su deseo fuera entablar conversación o impresionarla con sus habilidades.

Su madre respondía sin dejar de hacer sus tareas. «No hace falta», o «Si de verdad quieres hacer algo, ayúdame a cortar las patatas». Nunca consiguieron hablar de nada.

Era desconcertante, porque en el pueblo, con su abuela, algunas de sus conversaciones más profundas habían tenido lugar en la cocina.

Lo único por lo que su madre se interesaba eran los estudios: si había terminado los deberes, cuántos exámenes tenía durante la semana, cuáles habían sido los resultados de la última evaluación. Fangfang respondía obedientemente a todas sus preguntas, pero esos breves diálogos, repetitivos, la dejaban vacía.

—Tu deber es estudiar, ahora no debes preocuparte de otra cosa, todo lo demás es secundario. Sacar buenas notas, aprobar todos los exámenes, aprender español.

Fangfang asentía, y si al principio se esforzó tanto en el colegio, no fue más que por complacerla y con la esperanza de que aquello cambiaría en algo su relación. Sin embargo, pronto tiró la toalla. A veces, observando los movimientos de su madre mientras esta preparaba cosas en la cocina, se preguntaba cuál sería su reacción si le confesara que las cosas en el colegio estaban siendo más difíciles de lo esperado. Su labio torcido, su ceño fruncido, su rostro consternado. Nunca le dijo nada. La habría decepcionado. En cambio, se esforzaba por compensar su fracaso académico con otras tareas. Lavaba la ropa, quitaba el polvo de los muebles del salón, pero su madre, o no se daba cuenta, o no se mostraba muy impresionada.

Un día, después del colegio, dedicó toda la tarde a preparar una receta de costillas de cerdo con verduras que había aprendido de su abuela. Se molestó en ir al mercado y comprar los ingredientes, y estuvo esperando con nerviosismo a que sus padres regresaran de trabajar. Tenían un viejo microondas en la tienda y, normalmente, allí calentaban ellos la comida que se llevaban en un contenedor de plástico por las mañanas. Después, por la noche, pasadas las doce, volvían a picar alguna sobra. Una cena en condiciones sería un acontecimiento especial. Fangfang aguardó en silencio en la cocina hasta que llegaron. Su hermana ya estaba dormida y casi todas las luces de la casa estaban apagadas. Tenía sueño, estaba en pijama, un pijama de tela viejo con el que no lograba entrar en calor, y cuando escuchó la llave en la cerradura de la puerta, pegó un respingo. Se había quedado prácticamente dormida. Sus padres entraron en una cocina con olor a costillas, dejaron sus abrigos sobre el sofá. Al principio no repararon en su presencia, hasta que se la oyó toser.

—Ah, estás aquí —dijo su padre con voz cavernosa.

Tampoco parecieron sorprendidos.

—¿Qué haces despierta a estas horas? ¿A qué hora entras mañana al instituto? —fue lo primero que preguntó su madre.

Fangfang no veía sus rostros, pero al escuchar sus voces, hoscas, fatigadas, una sensación helada le recorrió el cuerpo. Escuchó el roce de sus abrigos sobre las paredes, sus pasos que se arrastraban perezosos por el suelo. Encendieron la luz de la cocina, y la vieron allí, frente a una enorme cazuela con costillas, con dos cuencos vacíos y dos juegos de palillos sobre la mesa, bajo la bombilla.

—Os he preparado algo para cenar —sonrió con un gesto tímido, casi amedrentado. Y de repente, al ver sus rostros, sorprendidos, sintió vergüenza. Enseguida tuvo la sensación de que había hecho mal, pero ya no podía echarse atrás—. Es una receta de costillas que me enseñó la abuela.

—Qué bien, tomaremos un poco para probarlo —dijo su padre sin entusiasmo.

Fangfang calentó lentamente la cazuela en el fuego, dándoles la espalda. Escuchó cómo su madre se quitaba las botas, que golpearon con un ruido seco el parqué, y lanzaba un suspiro de cansancio. Su padre, mientras tanto, había encendido el televisor y fumaba un cigarrillo. Parecían estar ahí esperando, indiferentes, como se aguarda en la caja de un supermercado a que te devuelvan el cambio.

Les sirvió un cuenco a cada uno. Al verlo, su madre dijo que no quería tanta cantidad. Su padre se lo llevó delante del televisor.

—Muy bueno —dijo, sin apartar la vista de la pantalla—. Entonces, ¿estas cosas te enseñaba la abuela?

Fangfang trató de sonreír. Contempló a varios metros de distancia su macilento rostro. Su madre sorbía con ruido el caldo del cuenco. Terminó enseguida y lo dejó encima de la mesa con un gesto brusco.

—Muy bueno —dijo con sequedad—. Pero a partir de ahora menos cocina y más estudios, o no querrás acabar de cocinera en un restaurante de mala muerte como muchos de los chinos que vienen aquí.

Fangfang trató de sonreír. ¿Era eso una broma? No, era tan solo la forma que tenía su madre de expresarse. Después, con las mejillas congestionadas, agachó la cabeza para mirarse la punta de los zapatos. Cuando volvió a alzar la vista, su madre se había girado ya y le daba las buenas noches.

Su padre, entre bostezos, no tardó mucho más tiempo en retirarse.

—Muy bueno todo —le dijo de nuevo con una mueca complaciente. Después se retiró tras el marco de la puerta.

No supo cómo sentirse. Habían probado la comida, le habían dado las gracias. Objetivamente, no sabía qué más podía pedir. Sin embargo, se sintió como una inútil. Se preguntó qué había esperado exactamente de ellos con ese gesto. ¿Suspiros de admiración?, ¿una palmadita en la espalda? No, no era eso. Tal vez, se dijo más tarde, solamente había esperado una velada juntos y una conversación.

No volvió a cocinar nada más, ni a hablar de los platos que le había enseñado la abuela. Su hermana y ella se terminaron las costillas la noche siguiente y no se volvió a hablar del tema.

Durante mucho tiempo, siguió haciéndole compañía a su madre en la cocina todas las mañanas, pero no fue hasta muchos meses más tarde cuando sintió por primera vez verdadera exasperación ante sus palabras.

El televisor estaba encendido, pero nadie le prestaba atención. Un locutor chino hablaba de víctimas de un tifón en Taiwán. Una de las cortinas del salón se había desprendido de las anillas y por la ventana se colaban escenas provenientes del exterior: coches, gente en bicicleta, padres que acompañaban a sus hijos al colegio. Se escuchó una sirena de policía. Su madre se movía con rapidez en la cocina, mirando el reloj.

—La hija de los Zhang va a empezar este año arquitectura —dijo—. Tú también deberías empezar a pensar qué quieres hacer cuando acabes. ¿Lo sabes ya?

Fangfang se encogió de hombros. Nunca se había planteado ir a la universidad.

—¿No lo sabes? —Su madre se volvió hacia ella—. Porque ya va siendo hora de que lo pienses.

Había repetido dos veces la misma frase, y Fangfang volvió a encogerse de hombros como única respuesta.

—Lo importante es que vayas a la universidad, que busques una profesión que te pueda mantener. Porque, míranos a nosotros, todo el día trabajando y sin ganar mucho dinero. No querrás acabar como nosotros. A tu padre le hubiese gustado estudiar, pero no pudo, así que tú y tu hermana debéis consideraros afortunadas y aprovechar la oportunidad que se os ha dado.

Era la primera vez que su madre hablaba tan seguido. Fangfang sintió dolor de cabeza. Hubiese preferido que en su primer esfuerzo por conversar en el transcurso de todos aquellos meses hubiese escogido un tema diferente, que abriera de una vez por todas los ojos para descubrir quién era su hija de verdad.

Pero ella seguía hablando.

—Si hubiésemos tenido más tiempo y más medios, hubiésemos aprendido idiomas, además de ir a la universidad. El inglés además del español, con el inglés puedes viajar, ir a todas partes, tú también debes aprenderlo.

Fangfang comenzó a sentir calor por todo el cuerpo. Las palabras de su madre bombardeaban su cabeza como torpedos.

—Puestos a estudiar, si terminas la carrera con buenas notas, también podrás estudiar un máster. Si es para formarte, nunca te faltará dinero por nuestra parte, eso nunca, tanto yo como tu padre estamos totalmente de acuerdo en eso, aunque tengamos que trabajar más horas, aunque tengamos que privarnos de todo lo demás.

Retiró una enorme cazuela del fuego y estornudó con estrépito. Fangfang la miró horrorizada. Todos sus movimientos eran bruscos. Sintió, por primera vez, un deseo de agarrarle los hombros, clavarle las uñas y gritarle que se callara. En ese momento, su madre se giró hacia ella con una estúpida sonrisa.

—Entonces, ¿no te parece que es una buena idea?

Fangfang suspiró profundamente, tratando de dominar su rabia.

—¿Una buena idea? ¿El qué?

—Eso, lo de estudiar un máster.

Fangfang volvió a encogerse de hombros. En aquella ocasión fue ella quien se dio la vuelta y abandonó la cocina con la excusa de que se le hacía tarde y tenía que preparar la mochila con los libros.

***

Su madre era ambiciosa, pero de ambiciones concretas y bien definidas. Quería prosperar y ganar dinero. Para eso habían decidido emigrar a España. Fangfang se preguntaba de dónde había sacado esa determinación una persona que en su vida había tenido nada, que salió del pueblo rumbo a Europa sin más equipaje que una maleta de tela vieja con dos o tres prendas de vestir.

Su madre había crecido en una familia con cuatro hermanos varones. Todos ellos trabajaban en el campo, excepto uno, que había encontrado empleo dentro de una fábrica en una de esas ciudades industriales medianas del interior del país. Ella era la que más lejos había llegado. Tenía un negocio propio, y enviaba periódicamente algo de dinero a la familia, pero no había regresado al pueblo. Decía que algún día lo haría, cuando sus hijos se hicieran mayores y hubiese ahorrado suficiente dinero como para vivir holgadamente. También aseguraba que para entonces invertiría en algún negocio que contribuyera al desarrollo de la región.

Fangfang se preguntaba si el carácter rudo y poco afectuoso de su madre no habría sido condicionado por una infancia de frugalidad y de penurias, pero no estaba segura. Su abuela materna había crecido en el mismo entorno y no tenía el mismo carácter. Más bien al contrario. Su abuela era generosa, expansiva, sabía escuchar a las personas y anticipar lo que necesitaban en cada momento. A menudo se la veía caminando encorvada por los campos yermos que rodeaban el pueblo, con una canasta de mimbre a la espalda, cubriendo con una mano su rostro arrugado y curtido para protegerse del sol. Por las noches se dejaba caer sin fuerzas sobre una silla y se calentaba los huesos con un cojín eléctrico que le había regalado uno de sus hijos, el que vivía en la ciudad, con motivo de su ascenso en la fábrica. Sin embargo, jamás se había quejado de nada, ni tampoco trataba de desahogarse echándole a otras personas la culpa de sus miserias.

Cuando Fangfang vivía con la abuela, esta hablaba a menudo de los temperamentos de sus hijos. Cuando se detenía en la madre de Fangfang, siempre la describía con las mismas palabras: «Es ambiciosa, tiene las ideas claras, pero también muy mal carácter, a lo mejor por eso es la única que ha llegado tan lejos».

Fangfang pensaba que la inmigración era algo de familia, que los que abandonaban su país de origen lo hacían porque algún familiar ya había abierto camino previamente y animado así a los demás. En el caso de su madre no había sido así. Ella fue la primera. Tal vez poseía un rasgo de carácter determinado que le había permitido alcanzar todas las metas que se había propuesto. Fangfang no hubiese sabido identificar qué era exactamente, pero veía en su madre, en su rigidez y en su forma de establecer prioridades, algo diferente de lo que veía en otras personas. A su madre nunca se le hubiese ocurrido regalarle a la abuela un cojín eléctrico para aliviar su dolor de huesos, por ejemplo. Igual que tampoco se le ocurría hacer ningún regalo, o llamar a sus padres desde España, ni tampoco a Fangfang cuando la dejaron en China. Y no tenía nada que ver con lo mucho o poco que los quería, sino tal vez con ese algo que la había conducido hasta el lugar en el que ahora se encontraba.

Fangfang recordaba algunos aspectos de la vida con sus padres en el pueblo, en especial los malos modales de su madre. Cómo les gritaba sin escrúpulos a los vecinos cuando sus dos perros se colaban en la parcela familiar, o aquella ocasión en la que golpeó en la cabeza con un manojo de cebolletas a una mujer que se había saltado la cola en el mercado.

Su padre era más conciliador. Él calmaba los ánimos en aquellas circunstancias en que su mujer perdía las formas. En una ocasión fueron a visitar a su tío a la ciudad en donde trabajaba y comieron en un restaurante. Los camareros se equivocaron con la cuenta y su madre exigió a gritos, blandiendo la nota por encima de sus cabezas, que le devolvieran el dinero. Estaba convencida de que la habían engañado a propósito. El tío de Fangfang había dicho que en la ciudad no podía comportarse así, pero ella contestó que los ladrones no merecían ser tratados con buenas formas, ni en la ciudad ni en ningún sitio. Fue su padre quien se levantó de la mesa para pedir disculpas y aclarar el malentendido.

Sin embargo, su padre, pensaba Fangfang, era escurridizo y difícil de descifrar. Detrás de su buen humor y de su tendencia a mediar y huir de cualquier conflicto, nunca decía lo que pensaba. Esquivaba los temas que no le interesaban, como aquella ocasión en que Fangfang le recordó su promesa de volver a China si seguía descontenta con la vida en Madrid. Aún no le había quedado claro si aquel día había fingido cansancio o estaba cansado de verdad.

En todo eso pensaba a menudo Fangfang durante sus primeros meses en Madrid. Trataba de encajar las piezas de dos vidas muy distantes que ahora convergían en un mismo punto, y había cosas que coincidían, como lo que definía el temperamento de sus padres, y muchas otras que no, como el carácter de su hermana Yan.

Yan había adquirido hábitos peculiares y muy diferentes. En primer lugar, lo de echarse desodorante. Fangfang nunca había usado desodorante. En el pueblo se bañaban con agua y una pastilla de jabón. Tampoco conocía las cremas ni los perfumes, productos que Yan utilizaba ahora en su día a día. El escritorio de la habitación y los estantes de la librería estaban abarrotados de frascos y algodones que ella alternaba dependiendo del día y la ocasión.

—¿Qué es eso? —le había preguntado Fangfang el primer día que vio el desodorante.

—¿Esto? ¿No sabes lo que es? —Hablaba como si viniesen de lugares distintos, como si ella nunca hubiese estado en China y no estuviese al corriente de que la gente allí vivía sin desodorantes—. Es para después de ducharse. Igual que los perfumes y la colonia, para oler bien.

Fangfang asintió.

—También lo puedes echar por la habitación para que huela mejor. ¿Ves? —dijo, haciendo una demostración.

—¿Aquí lo usa todo el mundo?

—Todo el mundo que se ducha. Si vas en el metro y te cruzas con algún vagabundo o alguna de esas personas que piden limosna, verás que no. Se nota enseguida. Huelen mal.

Fangfang inclinó la cabeza para olfatearse la axila.

—Pues yo no me echo y no huelo mal —dijo.

—Hay gente que dice que los asiáticos no huelen. O a lo mejor es que no sudas. O que sí hueles pero no te das cuenta y por eso nadie se acerca a ti. —Yan se echó a reír. Fangfang la miró con estupor. No parecía consciente de la brutalidad de sus palabras—. De todos modos —añadió después—, en China también hay desodorante, si vas a las grandes ciudades lo encuentras, en sitios como Pekín o Shanghái.

Otro de sus hábitos era pintarse una raya negra por debajo del ojo para redondearlo y parecer más occidental. Lo hacía todas las mañanas, a pesar de que sus padres insistían en que era demasiado joven para maquillarse. También se cortaba el pelo en una peluquería cara del barrio, algo por lo que discutía con su madre todos los meses. En realidad, era lo único por lo que discutían. Yan era buena estudiante, y una vez cumplida su responsabilidad con los estudios, todo lo demás pasaba a segundo plano. Por eso su madre acababa dándole el dinero para que se cortara el pelo donde le diera la gana. El salón de belleza era enorme, de decoración blanca, con luces potentes y mucha gente esperando, y según Yan, era el único lugar donde cortaban el pelo con estilo. «No entiendo qué tiene de especial», protestaba su madre, «es solo pelo, al fin y al cabo; deberían cortarlo igual en todas partes». Yan se la quedaba entonces mirando con una mueca. Fangfang sabía lo que estaba pensando. «No me sorprende que diga eso», decía después en presencia de Fangfang cuando estaban a solas en la habitación, «después de todo, solo hay que ver el pelo que lleva ella».

Su madre, probablemente, no había ido a la peluquería en todos los años que vivía en Madrid. Llevaba el pelo recogido en un moño que solo se soltaba cuando se lavaba la cabeza una vez por semana. Su vida allí no le brindaba ocasión de asistir a ningún evento especial. Por eso ni se maquillaba, ni se cortaba el pelo, y vestía una indumentaria sobria y de colores oscuros, en verano un vestido largo desgastado y en invierno el anorak de plumas que no se quitaba ni un segundo para atender la tienda donde, para ahorrar dinero, no encendían la calefacción.

Había comprado el anorak en Alcampo poco después de llegar a España, y cada vez que lo veía, Yan hacía siempre el mismo comentario: que a quién se le ocurría comprar ropa en Alcampo. Su madre estaba orgullosa de esa prenda. Abrigaba, le había costado barata, se lavaba con facilidad. Según Yan, el corte era feo, de persona mayor. «Precisamente, es que soy mayor que tú, por eso tengo que vestir diferente», objetaba su madre. «Pero todavía no eres una señora mayor», respondía Yan. No eran exactamente discusiones, sino conversaciones superficiales en las que contrastaban sus distintas opiniones. Así lo veían las dos. Yan tenía bien claro que su madre era diferente, pero eso no le generaba conflictos ni dilemas internos.

Fangfang observaba desde la distancia esas conversaciones, con envidia. A veces se preguntaba qué era lo que fallaba, qué pieza defectuosa de su genética era responsable de no lograr aquello que su propia hermana alcanzaba con tanta naturalidad. Todo aquel compendio de circunstancias, su pésimo rendimiento académico, la disfuncionalidad de sus relaciones familiares, la hostilidad del entorno, poco a poco, le hicieron sentirse pequeña, insignificante, y distinta de la imagen que siempre había tenido de sí misma. No solamente en casa sentía que no valía gran cosa. Por las calles, caminaba con la cabeza gacha, intimidada, sintiendo el peso de esas miradas de ojos grandes y redondos y de rostros afilados con narices largas que se giraban hacia ella. Sabía que la realidad no era esa. Que nadie la miraba. Sin embargo, no podía evitar caminar con prisas a todas partes, casi conteniendo la respiración, tratando de exponerse lo menos posible al mundo exterior. Su hermana, en cambio —lo había observado muchas veces—, caminaba por la calle con la cabeza alta y dando firmes y elegantes zancadas.

Una noche, espió una conversación entre sus padres cuando regresaron de la tienda. Pasaban todo el día juntos y por eso ya casi habían perdido la necesidad de dialogar. Hablaban poco, pero en esa ocasión se distinguía perfectamente el eco de sus voces en la habitación. Fangfang se había levantado de la cama para ir al cuarto de baño y escuchó su nombre. «Lleva ya tiempo suficiente en España, ¿no va siendo hora? ¿Será que no quiere estudiar? ¿O que no es tan lista como su hermana? Como siga así tendremos que ir pensando en meterla en la tienda a trabajar.»

Aquello, evidentemente, no ayudó a ensalzar la ya de por sí delicada autoestima de Fangfang, pero lo más terrorífico de aquellas palabras fue tal vez la amenaza de una vida a imagen y semejanza de la de sus padres.

***

Fangfang permanecía todos los recreos sola, a la sombra de un árbol plantado a varios metros de la canasta donde los chicos jugaban al baloncesto. Las chicas de su clase, sentadas en los bancos de piedra a poca distancia, fingían conversar entre ellas, pero en realidad estaban muy pendientes de lo que sucedía en la cancha. Se embadurnaban los labios con vaselina de sabores, y lucían melenas largas, que se retiraban constantemente de la frente, entre risas exageradas que trataban de captar la atención de los muchachos. También se intercambiaban prendas de vestir. «Te dejo mi trenca azul de cuadros durante dos semanas a cambio de tu abrigo tres cuartos», o «Me gusta la bufanda que te ha hecho tu abuela, te la cambio por mi gorro de punto».

Fangfang espiaba sus conversaciones, que solo comprendía a mitad. En un esfuerzo por memorizar palabras nuevas, buscaba todo lo que no entendía en ese diccionario español-chino que su profesora le había sugerido que llevara siempre en la mochila. Pero las palabras se le olvidaban, porque nunca hallaba la ocasión de practicarlas. Las chicas hablaban de tiendas de ropa, de conciertos, de marcas de maquillaje, y sobre todo de chicos. A ella la saludaban todas las mañanas, pero con un gesto forzado, sin saber qué más añadir.

Cuando se cansaba de observarlas durante los recreos, se dedicaba a construir montañas de arena con sus zapatos o a dibujar con el dedo los trazos de su nombre sobre la arena. Otras veces, sacaba de su mochila una de esas novelas rosas con tapas chillonas y letras doradas que compraba a escondidas —porque sus padres le habían prohibido leer nada que no estuviera en español— en la tienda de chinos de plaza de España, y se sentaba de piernas cruzadas con el libro abierto sobre el suelo.

Empezó a vestir con vaqueros, deportivas y camisetas, sin darle muchas vueltas por las mañanas a lo que iba a ponerse. Por debajo de los pantalones llevaba unos calzoncillos largos de algodón, una prenda habitual en China, no solo en el norte donde las temperaturas en invierno descendían a bajo cero, sino también en el sur, donde la mayoría de las casas y los lugares públicos no tienen calefacción. Era una prenda que jamás había visto expuesta en ninguna de las tiendas de moda de Madrid, y que su hermana Yan hacía tiempo que se había negado a vestir.

Durante muchos meses fue la única china del instituto, hasta el día en que llegó Min, una chica de la ciudad de Wenzhou, un año mayor, pero a la que matricularon un curso por debajo para darle tiempo de aprender el idioma. Las sentaron juntas. Fue idea de la profesora. «A ver si así os ayudáis mutuamente.» Las primeras semanas, Min se mostró igual de tímida y retraída que Fangang. Le hacía preguntas a las que Fangfang respondía con silencios, hombros encogidos, o expresión alelada.

Min era, sin embargo, de temperamento más dinámico y más alerta. En clase, se esforzaba. Copiaba todo lo que veía en la pizarra, traía hechos los cuadernos de ejercicios. Al principio, seguía a Fangfang a todas partes y pasaba los recreos a su lado.

—¿No te aburres aquí sola? —le dijo un día. Fangfang se encogió de hombros como única respuesta.

Al cabo de poco tiempo se ganó la confianza y la curiosidad de otras compañeras porque les enseñó a escribir sus nombres en chino. Apenas podían comunicarse, pero Min les preguntaba el nombre y seguidamente transcribía fonéticamente, con caracteres chinos, lo que escuchaba. Algunos eran más fáciles que otros. Ana se convertía en An-na, dos caracteres, y sonaba prácticamente igual, pero otros nombres como Alejandra, mucho más largos y con fonemas sin equivalencia en chino, acababan en transcripciones mucho más alejadas del original.

De esa forma, al mismo tiempo que fue ganándose la amistad de sus otras compañeras, se fue alejando de Fangfang. Esta, desde la sombra de su árbol, veía cómo, poco a poco, Min encontraba su lugar en los bancos de piedra entre las otras chicas, integrándose cada vez más en su mundo. Después, en clase, cuando volvían a sentarse juntas, Min le contaba lo que se habían dicho, pero manifestando un creciente desinterés hacia los comentarios de Fangfang.

Fangfang comprobó fascinada cómo gracias a Min lo chino se convertía de la noche a la mañana en algo exótico, maravilloso y digno de admiración. «¿Cuánto tiempo has tardado en aprender a escribir esos caracteres tan bonitos y tan complicados?», le preguntaban. O «¿Me podrías enseñar?» También se entusiasmaban con las fotografías que Min traía de su familia vestidos con coloridos trajes tradicionales chinos y con las postales de la Gran Muralla.

Fangfang no sabía qué pensar. Por un lado se enojaba consigo misma por no haber dado ella antes con esas ideas. Los nombres en chino. Las fotografías de su país. Por otro lado, también se preguntaba, una y otra vez, qué era eso que poseían Min y su hermana, y que a ella le faltaba.

Un día, en clase de matemáticas, Min le hizo una pregunta acerca de una fórmula escrita en la pizarra.

—No lo sé —contestó Fangfang.

Min chasqueó la lengua, y se giró bruscamente.

—Hay que ver, es que nunca sabes nada.

Min la miró con dureza, como si de repente se hubiera dado cuenta de que su presencia y su amistad le estaban estorbando desde su llegada.

Fangfang, asombrada, no volvió a dirigirle la palabra en lo que quedaba de clase, y no por enfado o rencor, sino por miedo a volver a ser amonestada. El rostro de Min, menudo y tostado, alerta como el de un ratón, empezó a intimidarla. Dejaron de hablar tanto en clase. Empezaron a alejarse en los recreos.

Los progresos de Min con el idioma no la pusieron al nivel de sus compañeros españoles, pero sí le permitieron seguir el ritmo de las clases y relacionarse con normalidad. Aun con eso, no dejó de ser la única persona que por costumbre o por inercia le dirigía la palabra a Fangfang.

Aquel día, Fangfang estaba, como siempre, apoyada contra el tronco de su árbol espiando las conversaciones de otras chicas, cuando vio acercarse a Min.

—¿Sabes adónde vamos a ir este sábado?

Min sacó un *flyer* de discoteca del bolsillo de su pantalón y alargó el brazo para entregárselo a Fangfang. Esta, tras echarle un vistazo, se lo devolvió con gesto perplejo.

—¿Qué pone?

—¿Es que eso tampoco lo entiendes?

—No.

—Espera, espera. —Min la agarró del brazo y señaló una esquina concreta—. Aquí hay más números que letras, estoy segura de que lo entiendes. Dos por uno, ¿lo ves? En este local venden dos copas al precio de una. Vamos a intentar colarnos.

—Creí que solo se podía entrar a las discotecas a partir de los dieciocho años —dijo Fangfang.

—Sí, pero vamos a ir con carnés falsos, tonta. Yo voy con el de mi hermana, seguro que no tengo problemas, para los españoles los chinos somos todos iguales.

Se echó a reír, mientras Fangfang seguía tratando de descifrar la propaganda de la discoteca.

—¿Y no tienes miedo de que os pillen?

—Para nada. Además, no nos van a pillar —contestó Min con seguridad.

Fangfang se imaginó a sí misma interpelada por los hombres de seguridad de la discoteca con motivo de un carné de identidad falso, en un idioma que no entendía, en mitad de una fila enorme de personas desconocidas. Se hubiese muerto de miedo y de vergüenza.

—Vamos todas, ¿por qué no vienes tú también? —dijo entonces Min.

—Nadie me ha invitado. Además, no tengo carné falso.

Min la miró decepcionada.

—Tú te lo pierdes, entonces.

Min era así. Invitaba a la gente a hacer cosas con ella, y al más mínimo obstáculo, en vez de sugerir soluciones, se desentendía de la situación.

—¿Conoces a Víctor, el chico de la otra clase que viene en monopatín? —dijo entonces en un susurro, acercándose al oído de Fangfang.

Fangfang conocía los rostros, pero no recordaba muchos de los nombres.

—Le he dejado una nota en la cartera. Creo que el sábado también va a venir. Mira, mira, mira, ese que acaba de encestar un triple, ese es —dijo, señalando las canchas de baloncesto.

Con su flequillo rubio peinado en una cresta de cacatúa, sus vaqueros anchos con cadenas por debajo de la cintura, Víctor chocó la mano con uno de sus compañeros y después giró la vista hacia ellas. Min lo saludó.

—¿Tú qué piensas? ¿No crees que le gusto?

—No lo sé —contestó Fangfang, sin interés, preguntándose si Min volvería a protestar porque nunca sabía nada.

Ese día, al llegar a casa, se encontró a su hermana Yan viendo la televisión.

—¿Has salido antes?

—No, me he saltado la última clase —contestó Yan, con toda la naturalidad del mundo y sin apartar la vista de la pantalla.

La televisión estaba a todo volumen, y la cartera de Yan, abierta sobre la alfombra con unos cuantos libros desperdigados.

Fangfang había vuelto a casa con la historia de Min en la cabeza: la discoteca, los carnés falsos, la vida nocturna madrileña. Min había seguido explicándole con todo detalle cuántos y quiénes iban a ir, cómo iban a vestirse, quién albergaba la secreta esperanza de seducir a quién. No había dejado de hablar de lo mismo en todo el día, y se respiraba esa misma excitación y entusiasmo entre todos los demás chicos de la clase, circunstancia que acentuaba la sensación de aislamiento de Fangfang.

Fangfang miró a su hermana. Ella también tenía una melena casi por la cintura como las chicas de su clase, y desde que habían abierto la piscina de la urbanización de una de sus mejores amigas, iba muchos días a bañarse y lucía unas piernas bronceadas.

—Yan, te quiero preguntar una cosa.

—Pues venga, a qué esperas.

—¿Has estado alguna vez en una discoteca?

Sabía que su hermana era más pequeña, pero como la había visto fumando y codeándose con chicas mayores, no le extrañó que pudiera haber vivido esa experiencia.

Por primera vez, Yan apartó el rostro del televisor.

—A discotecas todavía no. Lo hemos intentado, pero no damos la edad, aunque sí hemos organizado fiestas en casas. Es prácticamente lo mismo, hay música, hay chicos, hay alcohol. ¿Por qué lo preguntas?

—Por nada.

—Por algo será, ¿no? ¿Vas a salir este fin de semana? Porque si lo haces, ya puedes ir buscando una buena excusa, papá y mamá nunca te dejarán andar sola por ahí después de las ocho. Pero, bueno, estarán en la tienda, tampoco es que se vayan a enterar de nada.

Sus padres no acababan de darse cuenta de que ya no vivían en China. Imponían límites absurdos, como regresar a las ocho, no salir de casa con maquillaje ni con ropa ligera, y no reunirse nunca en el domicilio de ningún chico. Les aterrorizaba la idea de que sus hijas pudieran acabar convertidas en adolescentes españolas, como esas que veían muchas veces poner los pies en la tienda los fines de semana, chillando medio borrachas a la una de la madrugada, de la mano de chicos a los que besaban con descaro. Circulaban historias de todo tipo. Uno de sus compatriotas les había contado que su hija amenazó con denunciarlos a la policía por malos tratos si volvían a gritarle, otro se había negado a colaborar en el restaurante familiar si sus padres no le pagaban un sueldo.

Fangfang nunca había salido con nadie y por eso no le preocupaban demasiado esas prohibiciones, aunque sabía que, llegado el momento, si es que llegaba, no tendría más remedio que mentir igual que su hermana. Casi todos los fines de semana, Yan anunciaba que se iba a estudiar a casa de una amiga. Ella insistía en que no estaba mintiendo, solo distorsionando ligeramente el contenido de su mensaje. Ella sacaba buenas notas, podía permitírselo. La amiga en cuestión tenía unos padres medio hippies y excepcionalmente permisivos que estaban siempre de viaje. Le había contado alguna vez, de pasada, que los domingos después de las fiestas que organizaban en los jardines de la urbanización de Carlota, combatían la resaca a base de Alka-Seltzer y zumo de naranja, viendo series de televisión.

Ahora, viéndola ahí sentada, Fangfang sintió deseos de hacerle más preguntas.

—¿Y tú sales con alguien del colegio?

—Estás lista si piensas que a ti te lo voy a decir —dijo Yan, levantándose del suelo. Apagó el televisor, recogió sus libros del suelo y se marchó a la habitación.

Fangfang se quedó sola. Normalmente, nunca cenaban juntas. Su madre les dejaba preparado el arroz y las verduras con carne dentro del wok, o lo que hubiera de cena, y ellas no tenían más que calentarlo. Muchos días, Yan regresaba del colegio con un menú de McDonald's y una Coca-Cola metidos en esas características bolsas de papel marrón. «Tómate mi parte de cena —le decía a su hermana—, y si no, la tiras a la basura.» Los días en que cenaba en casa, lo hacía nada más llegar, incluso antes de ponerse a ver la televisión. Durante ese tiempo, Fangfang deambulaba por el apartamento sin dedicarse a ninguna actividad concreta. Se asomaba al balcón que daba al patio, contemplaba la colada tendida de toda la familia, y soñaba con China, con la ropa colgando a secar de los postes de las farolas, las ancianas en pijama charlando sobre taburetes metálicos y con abanicos de plástico. Cada vez se acordaba de menos cosas. Cuando cenaba, cerraba los ojos, apretaba los párpados con todas sus fuerzas, tratando de evocar alguno de los sabores que cocinaba su abuela. Porque, aunque su madre cocinaba bien, allí en España la comida sabía distinta. Las salsas y especias que en China vendían en todos los mercados a precios irrisorios, allí había que ir a buscarlas a lugares muy específicos, pagar por ellas sumas exorbitadas, y por ese motivo en casa se habían simplificado las recetas.

Fangfang tenía miedo de olvidar de dónde provenía, como si ese olvido fuera de alguna forma a borrar a su vez parte o la totalidad de su identidad y su existencia. Sentía cómo iba perdiendo paulatinamente su pasado sin que el vacío dejado por este fuera colmado por nada que se asemejara a un presente. No era como su hermana, ni como sus padres. Yan había tomado la decisión de renunciar a su pasado en China a cambio de una vida en España. Había sido, para ella, una elección consciente desde el principio. Sus padres, por su parte, disponían del negocio, algo por lo que luchar, una meta que daba sentido y relieve a su existencia, pero ella no tenía nada. Así se sentía a veces. En un limbo. Caminando sin rumbo en mitad de un vacío. Temía despertarse un día y comprobar que se hallaba en un lugar llamado Ninguna Parte, sin palabras ni rostros. Incluso cuando por la calle algún crío la señalaba y la llamaba «china», cada vez se sentía menos humillada. Como si de alguna forma estuviera dejando de sentirse identificada con la carga de esa palabra. Como si ese insulto no fuera con ella. ¿China? ¿China quién? En sus peores pesadillas, se le olvidaba su propio idioma, porque ya llevaba demasiado tiempo fuera de su país, pero tampoco había aprendido español, y entonces se encontraba con que no sabía pronunciar palabra alguna, ni en su lengua ni en la de nadie, y la gente a su alrededor se olvidaba de ella, porque no era capaz de expresar sus necesidades ni, a largo plazo, tampoco reclamar su propia existencia.

—¡Fangfang, ¿me puedes traer un trapo húmedo?, se me ha caído toda la Coca-Cola en la alfombra!

Fangfang salió de su ensimismamiento. La sopa se le había quedado fría. La salsa de ostras empezaba a solidificarse, formando una fina película sobre la carne de cerdo.

La alfombra y las ropas de Yan estaban empapadas de Coca-Cola, y en el cuarto olía a hamburguesa. Más tarde abriría la ventana para despejar el olor.

—Venga, dame el trapo, a qué estás esperando.

Daba órdenes con toda la naturalidad del mundo, y Fangfang estaba tan acostumbrada que ya no cuestionaba esa actitud. Yan comenzó a raspar su camisa con el trapo.

—¿Quieres que te cuente más cosas acerca de las fiestas en casa de Carlota? Antes parecías muy interesada.

Fangfang se encogió de hombros.

—Tengo curiosidad.

—¿Sabes cómo hacemos para conseguir las bebidas? Nos maquillamos en el cuarto de baño, nos ponemos los zapatos de tacón de la madre de Carlota y salimos a comprar las bebidas el día antes de la fiesta. Es muy fácil. Con el maquillaje parecemos más mayores.

Fangfang, de pie bajo el marco de la puerta, escuchaba con atención. En realidad, la orden de que le trajera un trapo húmedo no había sido más que una excusa para contarle toda esa historia. Algunas veces hasta se llevaban bien, pero Fangfang no era lo suficientemente ingenua como para no percatarse de que la aparente camaradería de esas conversaciones no era más que un instrumento que permitía a Yan satisfacer su egocentrismo.

—¿Y te has emborrachado alguna vez?

—Pues claro, un montón.

—En China no hubieses podido —dijo Fangfang.

—Aquí es diferente. En China solo beben los viejos. ¿Te acuerdas de cómo bebía el abuelo? Aquí, en cambio, los jóvenes podemos salir, hacer más cosas, tenemos más derechos.

Hablaba totalmente convencida de lo que decía, con un discurso muy estudiado y con un calculado desprecio hacia su tierra natal. Fangfang no había oído nunca que a su hermana le gritaran «china» por la calle. De todos modos, tenía los ojos menos rasgados que ella, y probablemente solo se acordaba de que era china cuando se miraba al espejo, quizá hasta sorprendiéndose de la persona que tenía delante.

—Entonces, ¿vas a irte de fiesta o no?

Fangfang la miró asombrada. Quiso recordarle que no tenía amigos, algo acerca de lo que su hermana probablemente ya estaba al corriente, pero prefirió callarse. No se quejaba delante de ella. Había optado por no compartir sus pensamientos.

—Me voy un rato al salón —dijo.

Yan ni siquiera le preguntó por qué no había contestado a su pregunta.

***

El lunes siguiente, toda la clase comentaba la salida a la discoteca. También se operaron cambios en la dinámica de las relaciones. Por lo pronto, Min apareció en el patio a primera hora de la mañana de la mano de Víctor. Habían quedado en la parada de metro. Las demás chicas de la pandilla también se mostraban más desinhibidas. Hablaban con los chicos, incluso se vio a alguna interceptando una jugada de baloncesto y tratando de encestar una canasta, provocando así las risas de sus compañeras.

Fangfang llegó al colegio con los ojos pitañosos y llenos de legañas. Sus padres habían discutido la noche anterior al volver de la tienda, por un asunto de cuentas que no cuadraban, y no la dejaron dormir. Había oído a su madre llamar «inútil» a su padre, y a este dar varios portazos. El panorama del instituto acentuó el mal humor que ya arrastraba desde casa.

En clase, Min no dejó de cruzar miradas con Víctor. Se demoraba a la hora de copiar en su cuaderno los contenidos de la pizarra, y mutiló con los dientes los capuchones de todos sus bolígrafos. Nada más llegar, puso a Fangfang al corriente de todo lo sucedido.

—Tenías que haber venido —fue lo primero que dijo.

Le explicó qué nuevas parejas se habían formado: Cristina y Carlos, Esther y Nano, Andrea y Rubén, y por supuesto, ella y Víctor, pero Fangfang no lograba retener ni la mitad de los nombres.

—Primero compramos las bebidas en el supermercado, hicimos botellón en el parque, y después entramos a la discoteca.

Min pronunció en español la palabra «botellón», un término con el que incluso Fangfang se había familiarizado poco después de su llegada. Por lo demás, el relato de Min no difería mucho de lo que Fangfang veía los viernes y sábados por la noche cuando salía a dar una vuelta por el barrio céntrico en el que vivía: chicos engominados, chicas muy maquilladas y perfumadas, asentamientos en los parques, vasos de plástico y botellas de cerveza vacías.

Min relató con todo detalle cada uno de los pasos de su acercamiento a Víctor. Empezaron bailando sobre la pista de la discoteca, Víctor deslizó la mano por detrás de su cintura, le susurró algo al oído, ella le dijo que no oía nada, y con esa excusa acabaron trasladándose a los sillones de cuero. Fangfang escuchaba con interés, pero el relato se detuvo precisamente en el punto más interesante. «¿Y qué pasó después en los sillones?», preguntó, pero Min se limitó a sonreír misteriosamente y a girarse, buscando con la mirada el pupitre de su enamorado.

Esa misma tarde, Min y Víctor quedaron para estudiar juntos. Fangfang los vio abandonar el colegio de la mano, tal y como habían llegado. De vuelta a casa, comprobó que su hermana también había ido a estudiar a casa de su amiga Carlota y que el apartamento estaba vacío. Decidió salir. Comprobó primero su agenda con la lista de tareas. Podría por lo menos intentar hacer los ejercicios de matemáticas, pero no tenía sentido. De todos modos, estaba a punto de finalizar el curso y no albergaba esperanzas de aprobar. Y, además, por mucho que se esforzara, el semestre siguiente comenzaba una vida nueva, una vida sin la tortura de su rutina académica, sin el desfallecimiento de las mañanas cuando sonaba el despertador. Todavía no sabía qué iba a hacer. Su madre nunca consentiría que se quedara en casa sin hacer nada. Probablemente, insistiría en que trabajara en la tienda, la amenazaría con uno de sus característicos ultimátums: «O te buscas un trabajo o te echo de casa». Era así de dura. Ahora, con el tiempo, la mansedumbre de los primeros meses después de su llegada a España había desaparecido. Había concluido el período de prueba que habían decidido darse mutuamente para reconstruir un afecto, y ahora su madre le gritaba, Fangfang le daba malas contestaciones o respondía con despreciativos silencios. En retrospectiva, se daba cuenta de que su madre siempre había sido así, y le sorprendía constatar que al llegar se le hubiese olvidado, que hubiese esperado de ella algo más que hostilidad y malos modales.

Sin embargo, de su futuro tendrían que hablar en algún momento. Fangfang era consciente, y aquella perspectiva la llenaba de aprensión.

Sus padres rara vez regresaban a casa antes de las doce de la noche, y cuando se cruzaban por las mañanas era con prisas. Su modelo de convivencia no invitaba a la comunicación. Reinaba un pragmatismo frío en cada gesto y cada movimiento, en la brusquedad con que corrían de un rincón a otro de la casa, siempre con vistas a maximizar la productividad de su tiempo, y en los diálogos, breves, unidimensionales: «Pásame la sal», «¿Qué hora es?», «¿Cuánta caja hicimos anoche?».

Por eso, entre otros motivos, Fangfang echaba de menos a su abuela. En China, esta le hablaba todos los días de sus padres y de lo maravillosa que sería su vida en España.

—Pero si tú nunca has estado, abuela —protestaba Fangfang.

—No importa. Pero lo sé.

Le hablaba de cosas como si las hubiera visto: cafeterías con montañas de bollos detrás de las vitrinas, cielos totalmente azules y sin contaminación, edificios bajos y con historia, y aire acondicionado en los autobuses.

Ahora, cuando la abuela llamaba semanalmente por teléfono, Fangfang no se atrevía a decepcionarla. Se inventaba historias que no eran verdad, y la abuela no cuestionaba nada. Yan, en cambio, nunca hablaba con ella. En una ocasión anunció que no entendía su acento cerrado de pueblo y que además no tenía nada que decirle. Por eso, las veces en que llamaba, casi siempre los domingos por la mañana cuando sus padres estaban en la tienda, Fangfang le decía que Yan estaba en la ducha, o que había salido con amigos, pero la abuela no era ni tan tonta ni tan ingenua como para no darse cuenta de lo que sucedía.

De todos modos, con la abuela tampoco hubiese podido hablar de su intención de dejar los estudios, no solamente porque no quería darle motivos de preocupación, sino porque ahora, desde la distancia, ella no escuchaba sus argumentos, sino que se limitaba, ante cualquier problema, a repetir que debía hacer caso a sus padres. Tampoco hubiese podido confesar ante ella el remordimiento que sentía por no ser capaz de sentir afecto hacia su madre. Después de todo, aquella persona hacia la que no lograba demostrar afecto era su propia hija.

Aquella tarde, dejó de lado todas sus tareas y salió a dar una vuelta. Cada vez que erraba sin rumbo por la calle, sus pasos la conducían a la tienda de ultramarinos y taller de pintura de Li Peng.

Li Peng era un taiwanés de ochenta y tres años que se vanagloriaba de ser uno de los primeros inmigrantes chinos que aterrizaron en Madrid. A pesar del tiempo, hablaba poco español, y aún conservaba su inconfundible acento de Taiwán. Su negocio estaba situado cerca de la plaza de España, dentro de unos oscuros soportales con aspecto de nave clandestina. Fangfang lo conoció de casualidad una tarde en que salió a dar una vuelta y pasó por delante. Le llamó la atención su avanzada edad. Su rostro estaba tan arrugado que costaba trabajo hacerse incluso una remota idea de su aspecto de joven. Tenía cataratas y había perdido la expresión de la mirada. Su negocio de ultramarinos era desordenado y ecléctico. Por lo pronto vendía sacos de sémola con inscripciones en árabe, como paquetes de donuts, conservas de guisantes, sardinas marca Cuca, botellas de salsa de soja y cartones con leche de coco. «En este barrio hay gente de muchas nacionalidades», explicaba. Los productos, sin etiquetas ni precios, no estaban ordenados por estantes.

Sin embargo, el negocio era algo secundario, una actividad que le permitía ganarse la vida, pero a la vez subordinada a su verdadera vocación, que era la pintura. En la parte trasera tenía desplegado su taller, con cinceles, cabestrillos y lienzos plasmados con caligrafías y pinturas tradicionales chinas. Lo que menos parecía preocuparle de la tienda era vender. Aun así, cada vez que recibía a algún cliente, le entregaba una tarjeta con su nombre en chino y las siguientes palabras: «Clases de pintura china». Tenía varios alumnos. Impartía las clases los sábados y domingos y un par de noches entre semana.

Aquel día, Li Peng estaba leyendo un periódico detrás del mostrador. Ni siquiera advirtió su llegada. Además de ver mal, también estaba un poco sordo.

—No sabía que aquí también vendieran periódicos de Taiwán —observó Fangfang, que era la primera vez que lo veía leer un periódico con caracteres chinos tradicionales.

—¿Por qué no iban a venderlos?

—No sé. —Fangfang se encogió de hombros—. Pensé que aquí solo se vendían periódicos en chino simplificado.

Li Peng sonrió, cerrando el periódico.

Fangfang se sentó en un taburete, abrió su mochila y sacó su cuaderno de dibujo.

—¿Qué me vas a enseñar hoy?

—No lo sé. Hace mucho que no vienes por aquí. No sé qué estuvimos viendo la última vez.

Era un cuaderno con garabatos y siluetas de pájaros, montañas, ríos y sabios chinos con túnicas y cabello largo recogido en moños, que copiaba de las pinturas de Li Peng.

—No he podido venir. Hemos discutido en casa. Mira, esto es lo que me enseñaste la última vez.

Le mostró un dibujo en el que se apreciaba una montaña rodeada por un pequeño río sobre el que se deslizaba una mujer que conducía una barca de madera con forma de plátano.

—Este lo copié de la última pintura que me enseñaste.

Li Peng asintió lentamente con un gesto de cabeza, sin dejar de examinar el dibujo. Fangfang era consciente de sus medidas algo desproporcionadas y de que no obedecía a los principios que Li Peng a menudo exaltaba: la estática y el movimiento, el vacío y la distancia, lo majestuoso y lo exiguo. Un mundo lleno de contrastes.

—Espera, que voy a enseñarte los últimos —dijo, levantándose de su taburete.

Caminaba lento, con pasos cortos, ligeramente encorvado y con movimientos poco firmes.

—¿Qué es eso que me cuentas de una discusión en casa?

Mostraba siempre preocupación por su rutina familiar, pero sus preguntas se filtraban de forma natural a través de los diálogos que mantenían acerca de pintura.

—Nada. Por las notas otra vez. He suspendido todas.

Li Peng regresó cargado de lienzos.

—¿Todas?

Fangfang siguió hablando, indiferente a su pregunta.

—De todas formas, voy a dejar de estudiar. Ya está decidido. Si pudiera, montaría un negocio como el tuyo.

Li Peng sonrió, con una sonrisa bondadosa y serena igual que las montañas y las aguas de sus pinturas.

—Si quieres te lo traspaso cuando me muera. Ya no debe de quedarme demasiado tiempo.

—No hables de eso —protestó Fangfang con gesto enfadado—. Además, aunque me lo dejaras en herencia, no sería capaz de sacar adelante el taller de pintura sin saber pintar.

Li Peng revolvió entre sus lienzos.

—Mira este —dijo.

Meses atrás, consideró la posibilidad de enseñarle todo lo que sabía, con disciplina, abriéndole las puertas de los talleres a los que acudían sus alumnos, y no de forma esporádica y errática, como llevaban haciendo hasta ahora, interrumpidos por las visitas de los clientes.

Fangfang había intentado convencer a sus padres de que le dieran permiso para acudir a las clases de pintura, pero la reacción de estos fue rotunda: «Ni hablar, no se te vaya a meter en la cabeza que puedes ganarte la vida con esas cosas». Esa fue la principal objeción: el arte no era profesión digna, y ellos no llevaban toda la vida deslomándose para que su hija se convirtiera en artista. Más tarde, también argumentaron que no tenían dinero para pagar esas clases, pretexto dudoso ya que sí estaban dispuestos a desembolsarlo para que ella y su hermana asistieran a clases de chino los fines de semana. Le había contado toda la escena a Li Peng, y desde entonces, este no había vuelto a insistir.

—Yo tampoco terminé los estudios —dijo de repente Li Peng mientras le alargaba un refresco a Fangfang.

—¿Ah, no?

A Fangfang se le iluminó el rostro.

—Pero tú tal vez deberías hacerlo. ¿Qué dicen tus padres?

—Que estudie. Qué van a decir. Para ellos no existe otra alternativa. Pero yo pienso que podría ganarme la vida con un pequeño negocio como el tuyo, aunque no fuera capaz de sacar un taller de pintura adelante. Solo con una pequeña tienda me conformaría.

—Podrías montar un taller —dijo Li Peng, volviendo a contemplar sus bocetos—. Te falta algo de técnica, pero tienes talento. Y mucha confianza en tus trazos.

—¿De verdad lo crees? ¿Crees que solo viniendo aquí y sin ir a clase como tus demás alumnos podría conseguirlo?

Li Peng consideró un instante sus palabras.

—No sé. Pero tendrías que venir con más regularidad de lo que llevas haciendo hasta ahora. Y no sé qué pensarían tus padres.

—No importa lo que piensen. Ahora que dejo el instituto voy a tener mucho más tiempo.

—No sé.

Li Peng frunció el entrecejo. Era una persona contenida, que no tenía por costumbre tomar decisiones a la ligera.

—Con una vez a la semana bastaría —dijo por fin—. Pero tendrías que comprometerte a cumplir todas las semanas.

Fangfang se levantó de su asiento y comenzó a aplaudir con euforia.

—¡Claro, claro, claro que sí!

—Pero sigo sin estar convencido de lo que pensarán tus padres.

Fangfang, entusiasmada con sus nuevos planes de futuro, no hizo caso de su comentario.

—Entonces, tú cuando llegaste, ¿no tenías nada?

—Igual que tus padres, igual que la mayoría de los que venimos aquí.

—Entonces es posible, ¿ves? Es posible ganarse la vida y ser feliz sin estudiar. Tu caso lo demuestra.

—Sí, pero tal vez deberías aspirar a algo más que lo que yo he conseguido. Esto que ves no es gran cosa —dijo Li Peng, paseando su inexpresiva mirada por las cuatro paredes de la tienda.

—Me estás hablando exactamente igual que mi padre.

—No seas tan dura con ellos. Algún día entenderás todos los sacrificios que están haciendo por ti.

Li Peng vaciló. Estuvo a punto de decir algo, pero finalmente cambió de opinión. En ese momento, entró un cliente, un chico joven con aspecto extranjero que se llevó un par de latas de cerveza. Algunas veces adoptaba ese gesto prudente e indeciso, pensó Fangfang mientras el anciano sacaba el cambio de la caja. Su rostro se nublaba por un instante y en él se leía el temor a interferir en los valores que sus padres estaban tratando de inculcarle con tanto esfuerzo.

—Si vengo aquí es para escapar un poco del ambiente que hay en mi casa. No quiero llegar y tener que escuchar el mismo tipo de comentarios —dijo Fangfang, después de que se marchara el cliente.

—Está bien, está bien, ya no volveré a decir nada.

Sus miradas se cruzaron.

—Tampoco quiero que me mires así —añadió Fangfang con una sonrisa.

—¿Así, cómo?

—Pues como me estás mirando ahora.

—Si voy a convertirme oficialmente en tu maestro, vas a tener que empezar a tratarme con más respeto —bromeó Li Peng.

—Es verdad, es verdad, ahora me he convertido oficialmente en tu discípula —dijo Fangfang con gesto satisfecho, y con más seriedad.

Aquella naturalidad, que por momentos podía parecer irreverente, había formado parte de su relación desde el principio. Fangfang veía a Li Peng igual que a su abuela, como alguien con quien podía dialogar.

—¿Y tu hermana? ¿Ella va a estudiar? —preguntó Li Peng, que a menudo oía hablar de Yan.

—Seguro que sí. Ella cumplirá todos los sueños de mis padres.

Li Peng guardó silencio. Había abierto uno de sus cuadernos, y trazaba una silueta sobre una hoja en blanco.

—De todas formas, si no consigo abrir aquí un negocio como el tuyo, entonces lo tengo decidido, me vuelvo a China.

Había hablado con una convicción de la que hasta ella misma quedó sorprendida.

—¿A China?

—Sí, aquí no se me ha perdido nada.

—¿Y qué se te ha perdido allí?

—De momento, mi abuela. Está sola en el pueblo.

—¿A ella no la van a traer?

—Mis padres se lo han propuesto, pero ella no quiere. Dice que es demasiado mayor para cambiar de país.

Li Peng reflexionaba acerca de la situación y de los sentimientos que expresaba Fangfang con el mismo interés y dedicación que consagraba a sus bocetos.

—Entonces prefieres estar en China antes que estar aquí.

Fangfang dudó un instante antes de contestar.

—Sí, lo prefiero.

Hubo una pausa.

—¿Tú cuántos años tenías cuando viniste?

—Treinta.

—Pues tuviste suerte. No tuviste que ir al colegio aquí. Esa es la peor parte.

Fangfang reflexionó un instante.

—A veces pienso que me gustaría presentarte a mi abuela. Ella es campesina, pero es más joven que tú, y ha sido muy guapa, mucho más que mi madre y que mi hermana. En el pueblo dicen que nos parecemos, pero tampoco es cierto. —Fangfang agachó la cabeza para disimular su rubor—. Yo creo que ella fue mucho más hermosa que yo.

Li Peng escuchaba atento. Era viudo desde hacía años. Tampoco tenía hijos. Fangfang no había conocido a ningún chino adulto y sin hijos que respondiera a las indagaciones que otros hacían a ese respecto con tanta naturalidad. «La vida decidió tomar un rumbo diferente», decía. A ella y a su hermana no le habían inculcado esos valores, sino los contrarios: el matrimonio, la descendencia, el sacrificio y el dinero. Por eso tal vez lo admiraba en cierto modo, por su contención, por ser tan libre y diferente, por saber aceptar con serenidad todas las vicisitudes de la existencia.

—¿Por qué no volviste a casarte? —le preguntó—. ¿Fue porque no quisiste o porque no encontraste a nadie?

—Supongo que hubo un poco de las dos cosas.

Fangfang soñaba con un pariente como Li Peng. A veces imaginaba una vida sencilla con él y su abuela, en el pueblo, sin los quebraderos de cabeza de la inmigración, pero nunca tuvo valor para confesarle esa fantasía sin pies ni cabeza.

Miró el reloj. Se estaba haciendo tarde. Li Peng le entregó el papel sobre el que estaba dibujando.

—Toma —le dijo—. Quiero que te fijes bien y estudies bien los trazos para la próxima vez.

—¿Para nuestra primera clase, te refieres?

Li Peng movió la cabeza en gesto afirmativo, y Fangfang se marchó contenta y con la mente llena de proyectos.

***

Sobre el primer plano de la lámina dominaba un gigantesco árbol de tronco sinuoso, y bajo este, un hombre asomado a una barandilla con la vista clavada en un inmenso vacío. En medio de ese vacío planeaban las alas desplegadas de un pájaro. La figura del hombre era diminuta, pero resaltaban su túnica blanca y su melena recogida en una coleta. Tumbada sobre su litera, Fangfang contemplaba los colores y los contrastes del dibujo.

La habitación estaba totalmente en penumbra. Por la ventana sin cortinas no penetraba ninguna luz del patio. Fangfang estaba acurrucada bajo las sábanas y había encendido una linterna que apagaría en cuanto viera entrar a su hermana. Sabía que disponía de un margen de tiempo, desde que se dejara de escuchar el televisor en el salón hasta que los pasos de Yan alcanzaran el umbral de la puerta.

Al regresar a casa se había encontrado a Yan riendo con ganas mientras miraba un programa de televisión. Como de costumbre, esta no le preguntó dónde había estado. Ni siquiera la saludó. «Me voy a acostar», dijo Fangfang, deslizándose hacia su habitación, pero vaciló un instante, porque por primera vez, allí, bajo el marco de la puerta desde el que contempló unos segundos a su hermana sin ser vista, sintió deseos de acercarse.

Al final decidió no hacerlo, pero caminó con el pecho henchido hasta su habitación, abrazada a la lámina como si fuera un tesoro. «Voy a abrir un negocio, voy a aprender a pintar y voy a ser artista.» Aquello era lo que hubiese querido comunicarle a su hermana y gritarle al mundo entero.

No pudo dormir. Dio vueltas y vueltas en la cama, sintiendo cómo se despejaba ante ella un camino hasta ahora nebuloso y lleno de obstáculos. Cuando empezara a acudir a las clases de pintura de Li Peng, podría también vender sus obras en mercadillos o tal vez hasta en exposiciones. Atendería su tienda por las mañanas y daría clases por las tardes igual que hacía él. Sus padres no podrían negarse. Al principio tendría que decirles que quería abrir una tienda y mantener lo de la pintura en secreto, pero cuando empezara a cosechar cierto éxito, no tendrían más remedio que aceptarlo, y tal vez hasta se sentirían orgullosos. Perdida en esos devaneos permaneció hasta bien entrada la noche, mucho después de registrar la lenta respiración de su hermana sumergida ya en un sueño profundo y las llaves de sus padres en la cerradura.

A la mañana siguiente, escuchó el sonido del despertador de su hermana, y se puso en pie como todos los días. Parte del entusiasmo y la confianza de la noche anterior se había desvanecido. Nada más abrir los ojos volvió a sentirse igual que se sentía todas las mañanas: inútil y miserable. Pero enseguida, al palpar bajo la almohada la lámina con el dibujo, la experiencia de la tarde anterior volvió a refrescar su memoria, y remontó los ánimos.

—Tienes cara de muerta —le dijo su hermana cuando se sentó a la mesa de desayuno.

—Gracias. He dormido fatal —gruñó Fangfang.

—Yo, en cambio, he dormido fenomenal. Estoy en plena forma.

Fangfang levantó con curiosidad la vista hacia su hermana, que efectivamente lucía un aspecto exultante. Entonces, de repente, se acordó de los rumores que circulaban en el pueblo cuando eran pequeñas: «Yan es atractiva, pero Fangfang es lo que se dice hermosa, la simetría de sus rasgos es mucho más perfecta y armoniosa». Por primera vez, aquella afirmación resonó en sus oídos con la fuerza de una certeza. Se olvidó del acné. Aquellos rumores habían vuelto a su memoria de repente, cuando ya casi los creía sumergidos por el tiempo, olvidados, en un olvido igual de eficaz que el que había registrado Yan acerca de lo que se decía a su respecto.

—¿Por qué me miras con esa cara? —preguntó Yan, disgustada.

Fangfang se percató de que, efectivamente, su labio superior se había torcido en un gesto de desprecio hacia su hermana. Horrorizada, creyó sentir, por primera vez en su vida, algo de ese desprecio que seguramente su hermana experimentaba hacia ella a cada instante. Se bebió con prisas y de un trago su vaso de leche y se marchó de allí.

***

Las chicas de su clase se maquillaban a todas horas en los cuartos de baño. Sacaban de las mochilas sus estuches de plástico y se retocaban los ojos o los labios. Fangfang caminaba con paso ligero y con la vista fija en el suelo, pero no podía evitar alzar un segundo la cabeza de camino al retrete para espiar sus gestos. En alguna ocasión la saludaban con una sonrisa forzada, en otras dejaban de reírse, y esperaban a que ella tirara de la cadena y saliera de su cabina para retomar su conversación. Sin embargo, la mayoría de las veces pasaba desapercibida.

Aquella mañana, llegó al colegio con una bolsa de plástico arrugada que contenía un estuche de maquillaje. Cuando sonó la campana del recreo, esperó a que sus compañeros abandonaran el aula.

—No te quedes en los pasillos, date prisa en bajar al patio —le dijo la profesora antes de salir.

Fangfang asintió, pero aguardó cobijada bajo una esquina hasta escuchar el eco de sus tacones sobre los peldaños de las escaleras. Los pasillos quedaron en silencio. Fangfang regresó al aula vacía, donde se respiraba un ambiente cargado a humanidad, mezclado con olor a lápiz y a goma de borrar, y pegó el rostro contra la ventana que daba al patio. Desde el segundo piso gozaba de una vista privilegiada: las canchas de baloncesto, los bancos con las chicas sentadas desde donde ondeaban sus melenas recién peinadas. Parecían más insignificantes, sus voces lejanas, menos imponentes que cuando salían de estampida de las aulas o cuando colonizaban los retretes. A lo lejos, algo más apartados, distinguió las siluetas de Min y Víctor, muy cerca del tronco de árbol donde ella solía apoyarse. Entrecerró los párpados para discernir mejor sus movimientos. Se estaban besando. Él rodeaba con los brazos la cintura de ella, sus labios se rozaban, Min se apartaba, reía, él volvía a acercarse, buscando con la barbilla la curva de su cuello. Parecía el cortejo de dos animales. Y todo aquello precisamente ahí, en el lugar donde ella solía instalarse y donde ahora nadie la echaba en falta. De repente, sintió que sus hombros le pesaban como dos rocas milenarias. ¿Con qué derecho le usurpaban aquel territorio desde donde ella veía transcurrir todos los recreos? Se sintió agraviada, y a la vez injustamente desposeída de algo, pero más bien de algo inmaterial, un derecho, un respeto, tampoco comprendía bien el qué. Paralelamente, experimentó como si hubiese sido arrastrada muy lejos por un salvaje temporal, y en vez de encontrarse a unos cuantos metros por detrás del cristal los estuviera observando desde las puertas del firmamento.

Abandonó la ventana, dando la espalda al patio, y contempló unos instantes la bolsa de plástico con el maquillaje que había sustraído a escondidas de la tienda de sus padres. Era maquillaje barato, de marca china. Abrió el estuche con la sombra de ojos y aplicó con pulso firme el pincel sobre sus párpados. Los polvos brillantes, de un gris azulado, modificaban el sesgo de su mirada. Después sacó la barra de labios, y la aplicó con pulso sobre sus labios gruesos y bien perfilados. Disimuló los granos de su barbilla con polvos. Contempló el resultado. Se sintió diferente, más atractiva. Coqueteó con la idea de llevar aún más allá aquella transformación. En vez de esos vaqueros, en vez de esos vergonzosos calzoncillos de algodón de invierno, vestir una falda estrecha que marcara sus caderas. En vez de esas deportivas limpias pero desgastadas de tanto dar vueltas en la lavadora, unas sandalias de tacón por donde asomara, seductora, la uña de un pulgar pintada de rojo. Su hermana la había animado a que llevara a cabo esa transformación, hacía ya tiempo, el primer día después de su llegada, pero ella no había sido capaz de convertirse en alguien que no era. Ahora, con el tiempo, aquel episodio había adquirido el amargo regusto de su primer fracaso. Tal vez, de haberle hecho caso, ahora las cosas le irían mejor. Tal vez, con un aspecto diferente, ahora tuviera amigos y tal vez también la relación con su hermana sería diferente. Nunca lo sabría. Sin embargo, el deseo, ya más palpable, de ser otra persona, estaba ahora ahí, aunque seguía sin saber realmente en quién quería convertirse.

En ese momento, el sonido de la campana la sacó de su ensimismamiento. Se escucharon las voces de sus compañeros cada vez más cerca, sus pasos trotando como una manada de caballos por las escaleras. Fangfang, azorada, guardó a toda prisa las pinturas en la bolsa de plástico, se restregó los párpados con los dedos, se frotó los labios y regresó a su pupitre.

***

«El cliente extranjero se acerca dudando al mostrador de la tienda con la lámpara en una mano y un par de bombillas en la otra. "No te molestes en comprar la lámpara más cara ni la de mejor calidad", le dice la dependienta china. "¿Por qué no?", le pregunta el cliente extrañado, y la dependienta contesta: "Porque se te va a romper la lámpara antes que la bombilla".»

Llegada a este punto, Yan estallaba en una carcajada. Había contado esa historia infinidad de veces, delante de todas sus amigas de clase y de los clientes que visitaban la tienda de sus padres.

—¿Por qué te empeñas en contar esas historias? —le preguntó una vez Fangfang.

—No son historias —contestó Yan—. Es la pura verdad.

Para ella, a eso se reducía su país: productos falsos y de mala calidad, engaños y paletos de pueblo. Fangfang no comprendía cómo su hermana no se daba cuenta de que con aquellas historias estaba tirando piedras sobre su propio tejado, de que un buen día la gente se daría la vuelta y caería en la cuenta de que ella también era falsa y mentirosa porque venía del mismo país.

—Tú también eres china —le dijo un día.

—Sí, pero no puedes comparar. Nosotras..., yo por lo menos —se corrigió— he crecido aquí y ya no voy a volver.

Hablaba siempre de «ese país», como un lugar totalmente desvinculado de su existencia y, tal y como había expresado sin matices, al que no tenía ninguna intención de regresar. Fangfang se sintió decepcionada, aunque sin comprender bien por qué. Hacía tiempo que había dejado de importarle lo que pensara su hermana. Sin embargo, sentía que lo que decía no era justo y que hablaba de China con la misma frivolidad y falta de respeto con la que hablaba de su abuela, tratando deliberadamente de olvidar todo lo que en algún momento la había vinculado a ella.

Aquella tarde, cuando regresó del colegio, se encontró a Carlota y a su hermana comentando de nuevo aquella historia de las bombillas en la habitación.

—Mi padre tiene un amigo que viajó una vez a China por negocios, se compró una novela en inglés en un puesto callejero y cuando volvió al hotel para leerla se dio cuenta de que al libro le faltaban las treinta últimas páginas —decía Carlota.

Ambas se echaron a reír. Carlota era todo lo contrario a Yan: cabello rubio, ojos azules, bastante estatura para su edad, y esa fisionomía de hombros y espalda anchas que tanto había impresionado a Fangfang a su llegada a España.

—Así es China. Lo que no es falso te lo venden roto o es de mala calidad —añadió Yan.

Fangfang había entrado en la habitación para dejar su mochila. Carlota se dio la vuelta un instante para saludarla. Desde que se conocían, apenas habían intercambiado un par de palabras, y las pocas veces en que Carlota lo había intentado fue disuadida por los comentarios de Yan. «No te molestes, habla fatal español.»

Fangfang abandonó enseguida la habitación y se encerró en el cuarto de baño. Una vez allí, buscó un lugar entre los cajones donde esconder el maquillaje que había robado de la tienda. Después, con un trozo de algodón, y delante del espejo, se frotó lentamente los últimos restos de pintura, contemplando de nuevo el rostro de la persona que era realmente. Un rostro plano, amarillo, de ojos rasgados y cabello negro. Un rostro chino. Un rostro que, precisamente ahora que seguía escuchando el eco y las risas de Carlota y su hermana en el cuarto, reclamaba como propio. Deseaba seguir siendo ella misma. Sin embargo, la evidencia de aquel estuche de maquillaje y aquel algodón manchado de pintura daban fe de que algo dentro de ella seguía anhelando pegar un salto y convertirse en alguien diferente. Estaba confundida. Las voces y las risas del cuarto penetraban a través de las paredes, a intervalos, a veces más altas, otras más discretas. Solo tras reflexionar durante unos instantes, aislada entre las cuatro paredes del cuarto de baño y a medida que el cacareo de esas voces infladas de soberbia llegaba hasta sus oídos, comprendió por fin que lo que anhelaba no era tanto el detalle concreto de lo que poseían su hermana y Carlota o sus compañeras de clase, sino la evidencia de que poseían algo propio, una vida, con sus proyectos, sus metas, y gente importante que la llenara. Volvió a pensar en Li Peng, olvidándose de las voces de la habitación, y sintió, por primera vez, reflexionando acerca de sus proyectos, que la oportunidad de construir algo propio se hallaba por fin al alcance de su mano.

***

Fangfang regresó de la tienda y extendió el periódico chino encima de la mesa de la cocina. Pasó rápidamente las páginas con los artículos sobre política y economía española, las reseñas acerca de la actualidad en China, hasta llegar a la sección de anuncios: traspasos y alquileres de negocio en su mayoría, compraventa inmobiliaria, empleo en restaurantes, y finalmente, la sección personal, con sus frases breves y directas y sus números de contacto. «Hombre establecido, 45 años, natural de Qingtian, negocio en propiedad, busca mujer de entre 25 y 40... Hombre recién llegado, 28, camarero, busca persona con quien construir un futuro... Mujer viuda, 46 años, sin cargas familiares, casa y negocio propios...»

Estuvo a punto de tirar la toalla. Pensó que se había equivocado, que en esas páginas nunca encontraría lo que estaba buscando, hasta que descubrió por casualidad el anuncio de Guowen.

***

Se dieron cita una mañana de domingo en el metro de plaza de España. Fangfang vestía una falda vaquera por encima de la rodilla, unas zapatillas de tela azul sin cordones, y una camiseta lisa de color amarillo. Horas antes había husmeado dentro del armario de su madre —no encontró nada—, y después en el de su hermana, en busca de un calzado de tacón, pero tras dar un par de pasos delante del espejo, y tropezar dos veces, volvió a colocar los zapatos en su sitio. Ahora, esperaba mordiéndose las uñas delante de la boca de metro, preguntándose si llevaba una indumentaria adecuada para la ocasión, y si después de todo no hubiese sido mejor idea optar por los tacones, aun a riesgo de romperse un tobillo.

Su anuncio no tenía nada de particular: «Chico de Zhejiang, 19 años, busca amigos en España». Aun así, aquella cita no dejaba de generarle aprensión y expectativas, pero el temor y las dudas ante lo que podía encontrarse no eran comparables al miedo que sentía ante la impresión que ella misma podía causar.

Se habían dicho poco por teléfono: sus nombres, el tiempo que llevaban en España, el lugar de China del que provenían, ambos de la zona sur pero de pueblos diferentes.

La voz de él sonó nerviosa al teléfono. No dejaba de reírse, como si no acabara de creerse todo aquello de la cita y el anuncio. Fangfang también quiso cortar rápido. Su hermana estaba en casa y no le era cómodo hablar a escondidas.

Había caminado desde su casa, por toda la calle Fuencarral y después bajando la Gran Vía. Hacía viento, y estaba algo nublado. Llegó cinco minutos antes. A su hermana le había dicho que salía por ahí, como hacía siempre, y a sus padres nada, porque de todas formas los domingos también estaban en la tienda.

Guowen no tardó en llegar, con el aire aturdido y titubeante de alguien que no sabe muy bien dónde se encuentra. Fangfang lo reconoció a cierta distancia a pesar de que no lo había visto nunca y de que estaban en un lugar muy transitado. Tenía cara de estar buscando a alguien.

—Hola —dijo, plantándose delante de Fangfang con una sonrisa.

—Hola.

—Te hubiese reconocido aunque no me hubieses dicho que llevarías una camiseta amarilla —dijo él.

—¿Ah, sí? Creo que yo también.

Al principio, se quedaron quietos delante de la estación de metro, mirando a izquierda y a derecha, sin que ninguno de los dos tomara la iniciativa. Fangfang mantenía la vista fija sobre sus zapatillas, sin atreverse a levantar la vista, a pesar de que sentía deseos de examinar con detenimiento su fisionomía y su rostro.

—Se me había ocurrido que fuéramos a una cafetería —dijo Guowen.

Fangfang no se atrevió a decir que ella había pensado precisamente lo contrario, dar una vuelta por los alrededores y sentarse en el césped con latas de refresco. Alzó la cabeza hacia el cielo nublado. Tal vez él tenía razón.

—Vale —dijo.

—Pero tampoco conozco ningún sitio. No me muevo por aquí.

—¿Ah, no? —preguntó Fangfang. Habían quedado en la plaza de España porque él había sugerido el sitio por teléfono con todo convencimiento, pero ahora Fangfang empezaba a intuir que tal vez simplemente era el único lugar del que había oído hablar.

Hizo un esfuerzo por preguntar algo.

—¿Por dónde te mueves, entonces?

Guowen sacó un plano de metro del bolsillo trasero de sus vaqueros.

—Mira —le dijo—, trabajo en esta zona.

—¿Tirso de Molina? No está muy lejos de aquí, ¿no? —Fangfang dudó unos instantes—. Conozco muy bien esa zona —prosiguió, con ánimo de impresionarlo.

Entonces se acordó de su abuela. Ella siempre le decía que no sabía mentir. Y era cierto. Además, enseguida comprendió que no tenía sentido, y que no había dado el paso de buscar a alguien en las páginas del periódico para después no tener el valor de mostrarse tal y como era.

—Bueno, no es verdad, tampoco la conozco tan bien, solo un poco, y porque está cerca de mi casa —rectificó—. Así que yo tampoco sabría decirte. No te creas que conozco muy bien Madrid.

—¿No me has dicho que has vivido aquí casi dos años?

—Sí, pero para muchas cosas es como si acabara de llegar.

Fangfang contuvo la respiración, esperando la reacción que había provocado su comentario, pero Guowen no dio muestras de asombro.

Caminaban un poco sin rumbo por la acera de la Gran Vía. Fangfang cayó en la cuenta de que se dirigían sin quererlo en dirección al barrio donde vivía, y sintió miedo a ser vista, aunque sabía que su hermana estaba en casa, sus padres en la tienda, y que en su vida no existía nadie más con quien correr el riesgo de cruzarse. Aun así, sugirió que cambiaran de dirección.

—¿Tienes miedo de que te vea alguien? ¿No has dicho en casa que habías quedado conmigo? —preguntó Guowen.

—No. Creo que lo de quedar con alguien que he conocido a través del periódico no les hubiera parecido bien.

—¿No quieren que conozcas a gente?

—No es eso. Es lo del periódico. Además, en mi casa no se comenta nunca nada.

—¿Te refieres a que no habláis?

—Tanto como eso no, pero hablamos poco.

—¿Y eso por qué?

—Mis padres trabajan todo el día en la tienda. Y con mi hermana no me llevo bien.

—¿Es mayor que tú?

—No, más pequeña. Nos llevamos un año.

—En mi casa, en cambio, estamos todo el día juntos. A veces es hasta demasiado. —Guowen rio—. Tenemos un negocio y trabajamos todos en la misma tienda. Pero ahora que lo dices, tampoco hablamos demasiado. A veces las personas que están siempre juntas tampoco tienen mucho que decirse.

—Sí, como los matrimonios que llevan toda la vida juntos. Aunque no sé, a mis padres se les oye hablar. Discutir sobre todo.

—Pero discutir no es lo mismo.

Siguieron caminando. El cielo no se decidía a descargar, y al final compraron unas latas de refresco y se sentaron en el césped del parque frente a la plaza de España. En la zona se veían muchos chinos. Algunos con prisas, otros con las manos dentro de los bolsillos de las cazadoras, ociosos, rumbo a ninguna parte.

Una mujer mayor con un moño gris y una falda hasta los tobillos charlaba en uno de los bancos de madera con otro hombre de pelo largo, vagabundo en apariencia, que bebía de una litrona. Un poco más allá, un grupo de adolescentes hacían cola frente a un quiosco de helados.

Durante el tiempo que duró el paseo, él habló más que ella. Le contó que sus padres estaban separados, que había venido a España con su madre y que ahora ella vivía en casa con otro hombre. La tienda en la que trabajaban era propiedad de su padrastro.

Al sentarse en el césped del parque, Fangfang cruzó las piernas y se rascó las suelas de goma de las zapatillas, nerviosa. Al principio, siguió sin decir nada. Había resumido mentalmente antes de salir de casa todas las cosas que podría decirle, y eran muchas, pero ahora de repente su mente se había quedado en blanco. Estaba tan acostumbrada a la soledad de los recreos, que por un momento pensó que ya no tenía nada interesante que contarle a nadie, que tal vez en unos minutos Guowen se levantaría, sacudiéndose la tierra de los pantalones, para anunciar que se marchaba, disculpándose por haberse equivocado de persona. En ese momento, justamente, él se puso en pie. Fangfang contrajo los músculos del cuerpo y se lo quedó mirando con miedo.

—¿Quieres un helado? —preguntó, señalando el quiosco.

—No, con la lata tengo suficiente.

—¿Seguro? Te invito.

Se encaminó hacia el quiosco sin esperar respuesta. Fangfang suspiró aliviada. Aprovechó la ocasión para observarle por primera vez mientras avanzaba hacia el quiosco. Sus vaqueros estrechos acentuaban la delgadez de su fisionomía. Un flequillo liso le cubría media frente, pero visto de espaldas tenía el cogote rapado. Caminaba con elasticidad, como si no tocara del todo el suelo, realizando esfuerzos por afirmar una seguridad en sí mismo que probablemente no poseía.

Fangfang presionó la lata sobre su frente y sus mejillas. Un calor que no remitía le abrasaba el rostro, y sentía un hormigueo por todo el cuerpo.

Guowen regresó enseguida con las manos llenas de polos y bolsas de pipas.

—He comprado más cosas, por si nos entra hambre.

Sacó un pañuelo del bolsillo y lo extendió sobre el césped, donde colocó las latas y todo lo demás.

—Entonces, ¿nunca has venido por esta zona? —preguntó Fangfang.

—No. Y si he venido no me acuerdo. Siempre estoy trabajando, no tengo mucho tiempo de salir por ahí. ¿Tú qué haces?

—Nada. Este es mi último año en el instituto. No me va demasiado bien y para el año que viene he decidido dejarlo.

A cada frase que pronunciaba, Fangfang sentía la aprensión de ser juzgada, de decir algo que echara por tierra el equilibrio de la conversación.

—Eso mismo hice yo —dijo Guowen, sin manifestar asombro por su comentario—. Lo intenté durante un tiempo, pero no era para mí.

Hubo un silencio.

—No es que seamos tontos —añadió, seguro de sus palabras, mientras abría con los dientes una bolsa de pipas—. Es que es todo muy distinto, y el español es muy complicado.

Actuaba con naturalidad, como si nada de lo que ella pudiera decirle lo sorprendiera.

Tenía los ojos grandes y excepcionalmente alargados. Era el único rasgo de gran tamaño dentro del conjunto de su fisionomía.

—Además, para mí estudiar no es sinónimo de inteligencia ni de éxito. Trabajar es más importante. Yo no me arrepiento de haber dejado de estudiar.

—¿Y tus padres? ¿No querían que estudiaras? —preguntó Fangfang.

—Al principio sí, pero las cosas se hablan, y cuando se lo expliqué a mi madre, me dio la razón. Bueno, al principio no, pero después enseguida lo entendió. Además, ella también se buscó la vida trabajando.

—Qué suerte —suspiró Fangfang.

—¿Por qué?

—No sé.

Le parecía como si la vida de los demás siempre fuera más fácil que la suya. No tuvo ninguna duda de que la madre de Guowen era diferente de sus padres, a quienes posiblemente jamás hubiese podido convencer de que estudiar no merecía la pena.

Guowen había abierto su lata de Coca-Cola y su polo de fresa, y la miraba con curiosidad.

—Hay que creer en uno mismo, en lo que uno hace. ¿Acaso tú no crees?

—¿Creer en qué?

—En ti misma.

Tampoco a esa pregunta supo qué contestar. Las palabras y la actitud resuelta de Guowen sacaban a relucir los aspectos más vulnerables de Fangfang, dejándola en evidencia. Sin embargo, extrañamente, transcurridos unos segundos, durante los que él la contemplaba con interés y sin signos de querer juzgarla, esperando una respuesta, ella conseguía relajarse. Fangfang aplicó los labios sobre su polo de fresa, redondeando sus esquinas, y sintiéndose cada vez en más confianza.

—Ahora estoy empezando a creer —dijo por fin—. También tengo mis planes. Voy a abrir una tienda.

—Es lo mismo que quiero hacer yo —explicó Guowen—. Ahora trabajo con mi padrastro, pero en cuanto tenga experiencia suficiente tengo pensado abrir mi propio negocio. Hoteles, hoteles para turistas asiáticos, es lo que pienso montar.

Le habló a Fangfang de su proyecto. Abrir varias cadenas de hoteles en diferentes ciudades, con karaokes, menús exclusivamente asiáticos y donde todo el personal hablara en chino, coreano y mandarín.

—Para que la gente que llega aquí por primera vez no se sienta totalmente perdida como nos sentimos nosotros al no saber el idioma. Ya es algo, ¿no?

Su entusiasmo era contagioso, y Fangfang sentía cómo se llenaba de optimismo y de perspectivas de futuro.

—Después, más tarde, cuando haya ganado suficiente, voy a abrir un orfanato en China. Para que todo lo que he ganado revierta en algo beneficioso para mi país.

Fangfang, cada vez más confiada y segura de sus palabras, le habló de sus planes de futuro y de su reciente conversación con Li Peng.

—Entonces, cuando te conviertas en pintora famosa podemos colgar tus cuadros en mi hotel, ¿qué te parece? Si viene gente con dinero, igual hasta se interesa por comprarlos. De todas formas, lo que pintas son cuadros tradicionales chinos, ¿no? Le irá perfectamente al ambiente.

Siguieron hablando hasta la hora de almorzar, conociéndose, dejando una montaña de cáscaras de pipa y envoltorios de helado como único testimonio de sus palabras. Guowen sugirió que fueran a comer algo al bar chino que se encontraba en el subterráneo de la plaza. Por primera vez, de camino, Fangfang sintió que se disipaban la extraña mezcla de vergüenza y anonimato que pesaban sobre ella cada vez que recorría las calles de Madrid. Se sintió visible por primera vez, corpórea, con relieve, una pieza integrante del cuadro de vida que componía la ciudad.

Los *chaomian* estaban algo grasientos, pero se podían comer. Los dueños y los camareros eran chinos y los menús consistían en cartones plastificados escritos a mano con caracteres chinos y sin traducción al español. Se sentaron en una estrecha mesa cerca de un cristal a través del cual se veía a personas canjeando sus tiquets de aparcamiento. Si no miraba hacia allá, y se concentraba exclusivamente en el interior, Fangfang hasta lograba creer que estaba en China. El vocerío, los efluvios a salsa de soja y guindilla ultrapicante, los dialectos del sur, el crepitar del wok detrás de la barra, todo le recordaba a su país.

Guowen seguía hablando, ahora, precisamente, de lo difícil que era hacer amigos en Madrid. Fangfang lo miró, su frente reluciente de sudor y sus labios salpicados de grasa de los tallarines.

—Bueno, por lo menos aquí ya tienes una amiga —le dijo.

El corazón le latía con fuerza. Había tenido que hacer acopio de todo su coraje para pronunciar aquella frase.

—Cuando mandé el anuncio al periódico no pensé que encontraría a alguien como tú.

Fangfang sintió un ligero vértigo. Hacía tiempo que nadie le decía algo así. Tuvo ganas de hablar. Las palabras se le atragantaban en la garganta, blandas y pegajosas, sin orden ni coherencia. Quería darle las gracias, confesarle cómo se había sentido caminando la corta distancia que separaba el parque del aparcamiento, y pedirle que sucediera lo que sucediera, no echaran a perder esa incipiente amistad. Pero pensó que era demasiado pronto para decirle todo aquello, que esas palabras sonarían absurdas y algo desesperadas, y una vez más, tuvo miedo de espantarlo.

—La verdad —dijo Guowen—, siempre he querido encontrar una novia inteligente y guapa como tú.

De nuevo, Fangfang sintió, al ser objeto de ese comentario, que no era ella realmente quien estaba sentada sobre ese taburete, sino un espectro de sí misma. Lo contempló unos instantes. No era guapo, por lo menos no en un sentido tradicional, pero poseía un rostro inteligente y una inmensa agudeza y expresividad en sus gestos.

—¿De verdad?

—Claro. ¿Tú has tenido novio alguna vez?

—No.

—¿En China tampoco?

—Tampoco.

En ese momento, la camarera pasaba a su lado con dos latas de cerveza, y Fangfang dijo:

—¿Pedimos unas cervezas?

—¿Te gusta la cerveza?

Fangfang se sonrojó, agachó la cabeza, dejando caer sobre su espalda todo el peso de sus hombros. Volvió a experimentar la sensación de haber dicho algo equivocado. Guowen pareció darse cuenta.

—A mí me encanta la cerveza, pero pensé que tú no bebías, por eso lo preguntaba.

Al decir aquello, se había inclinado y presionaba ahora con sus dedos la mano izquierda de Fangfang.

—Las chicas, en China, no suelen beber.

Fangfang deseaba prestar más atención a sus palabras, pero no podía dejar de pensar en la proximidad de su cuerpo. Solo había durado un segundo, Guowen había vuelto a incorporarse sobre el taburete, pero el tacto de sus dedos le abrasaba aún la piel como un hierro caliente. Esa era entonces la sensación electrizante que producía el contacto de la piel de otra persona, pensó, nada que ver con el tacto de sus propios dedos recorriendo su rostro y sus manos frente al espejo.

Guowen llamó a la camarera y pidió dos cervezas.

—En realidad, nunca he bebido —dijo Fangfang abriendo la lata—, pero las chicas de mi instituto lo hacen y quería probarlo.

—Tiene un sabor muy amargo —dijo Guowen—. Y la cerveza de aquí sabe distinta.

—Aquí todo es distinto.

Pidieron dos cervezas más, y después otras dos. Cuando salieron de allí, la cabeza les daba vueltas. Estaba lloviendo y no llevaban paraguas, pero ninguno de los dos sentía deseos de regresar a casa. La plaza estaba vacía y solo de vez en cuando se cruzaban con alguna persona con un periódico sobre la cabeza.

—Nadie ha pensado en coger un paraguas —dijo Fangfang.

—Los españoles no son previsores. Esta mañana se ha levantado nublado, pero nadie ha pensado que podría llover. No piensan en el futuro, ni a corto ni a largo plazo. Por eso a muchos no les va bien en los negocios, lo que importa es la diversión del momento.

Fangfang lo dejaba hablar, distraída. Se sentía mareada.

—Pero tú eres como ellos —dijo por fin.

—¿Yo? Para nada. A mí me gusta hacer planes, pensar en el futuro.

—Te digo que tú eres como ellos —repitió Fangfang, esta vez reprimiendo la risa.

—¿Por qué?

—Porque tú tampoco has traído paraguas.

Se echó a reír, y Guowen, que durante los primeros segundos la había mirado desconcertado, no tardó en hacer eco de su carcajada.

Por la tarde dieron paseos por las secciones de moda y de perfumes de El Corte Inglés, y después caminaron hasta la plaza Mayor, donde se hicieron dos fotos, una frente a una fachada de edificio de color rojo, y otra al lado de la estatua del hombre montado a caballo. No sabían quién era, pero Guowen afirmó con convicción que si le habían dedicado un monumento, debía ser alguien importante. Guowen llevaba una pequeña cámara en el bolsillo. Era un aparato viejo, que su padrastro guardaba bajo el mostrador de la tienda. En su casa siempre se hablaba de buscar una ocasión para visitar la ciudad y hacer fotos de los lugares turísticos, pero después de años allí, Guowen había comprendido que ese momento no llegaría nunca.

—Somos como turistas recién llegados. Los dos llevamos viviendo en España más de dos años pero es la primera vez que hacemos algo así.

Los padres de Fangfang ni siquiera habían comentado nunca la existencia de ese centro turístico situado a tan solo unos minutos de donde vivían. Para ella solo existían dos caminos, el que conducía de su casa al instituto, y de la tienda a su casa, y ocasionalmente también la ruta hacia el negocio de Li Peng y los paseos los viernes y sábados por la noche en los alrededores del barrio. Para Guowen, en cambio, solamente existía la tienda, y dos plantas por encima, el piso en el que vivía. No llevaban mapa, pero se limitaron a seguir los pasos de una muchedumbre de turistas que taponaban las salidas de metro de la Puerta del Sol. Después se metieron en el cine y vieron una película en versión original. Disfrutaron más de los dos enormes cartones de palomitas y de los refrescos gigantes que de la película, que no entendieron. Salieron contentos. No pudieron comentar el argumento, pero sí el decorado y los actores. Trataron de adivinar el significado de varias escenas. Para entonces, ya se les había pasado el efecto de la cerveza, pero se metieron en otro restaurante chino para cenar.

Guowen sacaba continuamente billetes de un viejo monedero de cuero que guardaba en el bolsillo de su cazadora. Los billetes estaban nuevos, recién impresos, apenas doblados, y él se mostró orgulloso y confiado al adelantarse hacia la taquilla de los cines y al pedir la cuenta en el restaurante. El local donde cenaron por la noche era más grande que el del mediodía. Era el clásico restaurante chino en España, con su pecera en la entrada, sus cuadros luminosos de cataratas, sus cartas en español y sus servilletas de tela. Pidieron una botella de vino y los típicos platos castellanizados de arroz tres delicias y cerdo agridulce. Fangfang comprobó a la hora de pagar que a Guowen ya casi no le quedaban billetes en el monedero.

Eran casi las doce cuando salieron de allí, tambaleándose por los efectos del vino, y ya sin pudor ni vergüenza por caminar cogidos de la mano. Fangfang sentía como si llevara años durmiendo y por fin se despertara de un sueño. Respiraba con placer la vida de las calles, las carcajadas de la noche, que estallaban imprevisibles detrás de los callejones, o el vocerío de gente que abandonaba los bares. Por primera vez se sentía dentro del mundo que desde hacía meses llevaba observando desde fuera, y se dejaba llevar por ese universo, flotando a la deriva sobre sus aguas.

Se despidieron en la misma estación de metro en la que habían quedado. Fangfang, recapitulando todo lo sucedido durante ese día, sintió que muchas cosas habían cambiado, y que en vez de unas cuantas horas habían transcurrido muchos años. Guowen estaba decidido a acompañarla a su casa, pero ella no aceptó. Temía que su hermana la sorprendiera desde la ventana. Él insistió:

—No puedo dejar que una chica vuelva sola a casa a estas horas de la noche. Tengo que acompañarte.

—No, no, de verdad, no hace falta. Además, vivo aquí al lado, solo tardo diez minutos.

—¿Y si te pasa algo de camino?

Fangfang miraba el reloj y empezó a impacientarse.

—Es tarde y quiero llegar antes de que mis padres cierren la tienda. No puedo dejar que se enteren de que he vuelto a estas horas.

Guowen, resignado, se encogió de hombros.

—No me va a pasar nada. Ya te has portado lo suficientemente bien —dijo Fangfang. Y después, tras una breve pausa—: Hoy ha sido el mejor día que he tenido desde que llegué a Madrid.

Una sonrisa satisfecha iluminó el rostro de Guowen.

—Para mí también —le dijo—. Es la primera vez que salgo por ahí.

Acercaron sus rostros, torpes y vacilantes, y se besaron.

Fangfang salió corriendo, cuesta arriba, por toda la Gran Vía ya opaca y desierta a esas horas, presa de miedo y euforia, pero no por la oscuridad y el vacío que estaba atravesando, sino por la experiencia que había vivido, y por la incertidumbre de lo que quedaba por venir. El hormigueo producido por aquel beso perduró en sus labios durante largo rato, y también el sabor agrio y cálido del aliento de Guowen.

***

Antes de entrar en casa vio los zapatos de su madre tirados de mala manera al lado del felpudo. Se quedó tiesa. Se le ocurrió darse media vuelta y volver a la calle, donde la lluvia seguía golpeando con fuerza. Eran un par de zapatos de imitación cuero mojados y manchados de barro. Introdujo sigilosamente la llave dentro de la cerradura, aguzando el oído, pero no se oía nada. Tenía el corazón helado. Miró varias veces el reloj. La tienda cerraba a las doce y media, y su madre no tendría por qué estar de regreso hasta media hora más tarde.

Una vez dentro, recorrió el oscuro pasillo de la casa. Fangfang avanzó sigilosamente hacia su habitación, apretando fuerte puños y mandíbula, contando los pasos y generando un cauto optimismo a medida que iba reduciendo la distancia hasta su habitación sin cruzarse con nadie. La puerta estaba cerrada, pero un alfiler de luz salía del interior. Tal vez a su hermana se le había ocurrido salir de casa con los zapatos de su madre, igual que a ella esa misma mañana, pensó.

Sin embargo, al abrir la puerta, lo primero que vio fue a su madre sentada en el pupitre de brazos cruzados, esperándola. Fangfang rara vez tenía la ocasión de verla así, alejada del mostrador de la tienda y vestida con camiseta, chándal y chanclas de plástico.

—¿Dónde te habías metido?

Su voz, ronca y amenazante, la voz de siempre, le puso los pelos de punta.

—He estado por ahí.

—¿Por ahí? ¿Sabes la hora que es?

Yan, recostada bajo las sábanas con un libro en la mano, fingía indiferencia hacia la conversación.

—No tengo paciencia para tus mentiras. Dime ahora mismo dónde has estado, y con quién.

Fangfang vaciló. Acorralada, trató de buscar una excusa, pero no se le ocurría el qué.

—Tu hermana me ha dicho que llevas fuera desde las diez de la mañana.

—He estado con amigos.

—Amigos, ¿qué amigos?

—Amigos de clase. Hemos quedado para ir por ahí.

Aguardó a que su madre le replicara que cómo iba a quedar con amigos si ella no tenía amigos. No tenía por qué saberlo, pero Yan se lo habría dicho, igual que le había contado que llevaba fuera todo el día.

Fangfang sintió cómo el sudor empezaba a mezclarse con la humedad de sus ropas mojadas. Introdujo una mano dentro del bolsillo de la falda y palpó su entrada de cine arrugada y una servilleta que se había llevado del restaurante. Recordó con acritud que el día había finalizado, y que allí se encontraba de nuevo, inmersa en la miseria de su día a día.

—Estas no son horas de volver a casa.

El pensamiento de Guowen, que tras coger la línea uno de metro hasta Tirso de Molina ya habría llegado a su casa, le dio fuerzas para hacer frente a su madre. Después de todo, podría ser peor.

—No hemos hecho nada. Hemos ido al parque, después a comer, éramos muchos y se nos ha hecho tarde.

—¿Has estado bebiendo? ¿Has estado en la calle con cervezas como hacen todos esos chicos de tu edad?

Aquello era lo que más le preocupaba. En ese momento, la mirada pícara y complaciente de Yan asomó por encima de las tapas de su libro.

—Claro que no. ¿Por qué siempre piensas que he estado bebiendo o haciendo cosas malas por ahí?

Deseaba ser falsa y calculadora como su hermana, que, acurrucada bajo las sábanas con un libro en español y recién salida de la ducha, parecía no haber roto un plato en su vida.

—Quiero que me digas exactamente dónde has estado.

—Ya te lo he dicho, déjame en paz.

Fangfang se dio la vuelta, dispuesta a salir del cuarto, pero justo antes de atravesar el marco de la puerta sintió cómo su madre le pegaba un fuerte tirón de orejas.

—Te he dicho que me digas dónde has estado. Ninguna de las dos va a salir de este cuarto hasta que me haya quedado claro.

—¡Ya te lo he dicho! ¿Qué más quieres que te diga? Si no me crees es tu problema. Si quieres saberlo todo, la próxima vez no tienes más que seguirme para comprobarlo.

—¿Cómo puedo estar segura de que no has estado bebiendo por ahí?

Si la conociera, aunque solo fuera un poco, si tuviera la más remota idea de quién era su hija realmente, a lo mejor se daba cuenta de lo absurdas que eran sus sospechas y de que nunca la vería tirada en un parque con amigos bebiendo cervezas. «Es que no tengo amigos, no tengo ni un solo amigo, pero como a ti lo único que te importa es si he aprobado o no la última evaluación, ni siquiera eres capaz de darte cuenta de algo tan sencillo.» Eso hubiese querido gritarle, pero sabía que con aquellas palabras solo lograría ponerse en evidencia y verse obligada a inventar otra historia o contarle con quién había estado realmente.

Su hermana había dejado el libro abierto sobre las sábanas y la miraba ahora con una sonrisa condescendiente y burlona. «Qué patética eres», le estaba diciendo.

—Respóndeme, dime algo quc me confirme dónde has estado.

Su madre seguía tirándole de la oreja, y ella le pegó un brusco empujón y salió definitivamente del cuarto.

—Déjame en paz. Aquí la gente de mi edad vuelve a casa a estas horas, es algo normal. No quieras controlarlo todo. ¡Si decidisteis venir a España, tendréis que iros haciendo también a sus costumbres, incluso las que no os gustan! ¡Y llegar tarde a casa es una de ellas!

Con esas palabras, se dio la vuelta y se encerró en el cuarto de baño. Una vez dentro, de nuevo frente al espejo, sus propias palabras, duras y tajantes, rebotaron en sus oídos como un eco. Nunca le había hablado así a su madre. Sabía lo que le esperaba durante los próximos días. Ceños fruncidos, silencios, miradas amenazantes, comentarios: que si se estaba convirtiendo en una rebelde como los adolescentes españoles, que si habría que hacer algo y cortar de raíz sus malos modales. Pero le daba igual.

Se sintió sola en el cuarto de baño, pero menos sola que en otras ocasiones. Su madre le volvería a tirar de las orejas cuando saliera, o tal vez vería uno de sus zapatos atravesar volando los pasillos como un proyectil. No podía tener peor suerte. Por una vez que salía en su vida, por una vez que su hermana se quedaba en casa, su madre decidía regresar antes.

—Ha vuelto porque tenía dolores de cabeza y un poco de fiebre —le dijo después su hermana, sonriente y triunfal.

—¿Por qué le has tenido que decir que había salido? —le preguntó tras apagar la luz del cuarto.

—¿Qué quieres que le dijera? Me lo ha preguntado.

—Podías haberle dicho otra cosa.

—El qué. Yo ni siquiera sabía dónde estabas.

No se veían los rostros, pero Fangfang adivinaba su expresión fría e indiferente. Sintió una impotencia que no pudo controlar. ¿Por qué tenían que ser así las cosas? ¿Por qué su hermana, que se suponía debería ayudarla, realizaba esfuerzos por hacerle la vida imposible?

—Si tú hubieses estado por ahí, yo hubiese hecho lo posible por ayudarte. ¿Qué te he hecho? ¿Por qué te empeñas en hundirme?

—No sé de qué me hablas. Lo único que hago es responder a las preguntas de mamá. Si has tenido la mala suerte de estar fuera el único día que ella decide volver antes a casa, no es mi culpa. No te hagas la víctima.

De nuevo, el tono acusatorio de su hermana le escoció como un manto de alfileres. Yan se revolvió en la litera de abajo, acurrucándose bajo las sábanas.

—Y ahora no me hagas más preguntas. Tengo sueño.

***

Algunas veces, cuando esperaba pensativa en la penumbra del cuarto a que la venciera el sueño, se imaginaba cosas. Que cogía sus pertenencias, las metía dentro de la mochila y se escapaba de casa. Construiría una cabaña con palos en un parque o se refugiaría en alguna estación de metro, cualquier cosa antes que seguir viviendo en ese hogar. Otras veces, se imaginaba cruzando la calle llena de tráfico que conducía al instituto y dejándose arrollar por algún vehículo. Después se imaginaba a sus padres llorándola, a su hermana arrepintiéndose de la forma en que la había tratado. Pero lo cierto era que solo se trataba de fantasías y que todo le daba miedo. Se sentía como un león furioso encerrado en una jaula y ansioso por escapar, pero consciente de que una vez libre no sabría bien adónde dirigirse. ¿Qué hacen los leones en medio del tráfico y el asfalto de una ciudad? Nada, igual que ella en Madrid, dar vueltas y vueltas hasta marearse, huir de sus perseguidores, morir de hambre porque no saben cómo ni dónde abastecerse de comida o hallar refugio.

Los días que sucedieron a aquel domingo fueron largos, monótonos y pesados. Su madre permaneció dos días en casa con gripe, y Yan atendió obediente y sumisa a todas sus necesidades. Preparaba la cena, le llevaba caldos calientes a la cama, se acercaba al supermercado y regresaba con bolsas de plástico llenas de champiñones secos y raíces para cocinar sabrosas sopas. Mientras tanto, Fangfang no hacía nada. Cuando regresaba del colegio se encontraba la cazuela humeante, a su hermana con un delantal y una cuchara de palo, y a su madre viendo la televisión sentada en el sillón. No se dirigieron la palabra en esos dos días, pero el ambiente en casa era sofocante, no solo por su presencia física, sino por la estela que iba dejando su mera existencia: su olor a rancio, el eco constante de la televisión que se escuchaba desde todos los rincones de la casa, sus ropas y sus zapatos esparcidos por los sillones, y el ronroneo constante de sus conversaciones con Yan, que durante esos días se desvivía por atenderla.

Su padre no modificó en nada su rutina. Llegaba a la misma hora de siempre, tarde por la noche, cuando ellas ya estaban dormidas, y se marchaba muy temprano por la mañana. Como de costumbre, se cruzaban fugazmente, como sombras, y él no tuvo ocasión de comentarle nada acerca de su escapada del domingo.

Su madre estaba impaciente por volver al negocio, y a menudo se la oía discutir con Yan.

—Mamá, todavía tienes fiebre, date un par de días más.

—¿Fiebre? ¿Es esto fiebre? Son solo décimas, estoy perfectamente, y tu padre necesita ayuda.

—Si hace falta, iremos Fangfang y yo a ayudarlo el fin de semana —insistía Yan.

Fangfang, que no participaba en ninguna conversación, no daba crédito a los embustes de su hermana, y un sentido de injusticia que no había experimentado nunca la corroía por dentro. Vivía la hipocresía de esa rutina casi como un agravio personal. La segunda noche, al volver a escuchar esos mismos comentarios, no pudo contenerse y dijo:

—Es una mentirosa, seguro que está deseando que te marches a trabajar para poder volver a hacer su vida y sus cosas.

—¿De qué estás hablando? —preguntó su madre, cambiando de tono de voz y de expresión, como si de repente hubiera tomado conciencia de su presencia.

Fangfang se hallaba en la misma habitación que ellas, pero a cierta distancia. Le hubiese gustado dar más explicaciones, pero sabía que aquello la dejaría en evidencia, y que nadie la creería.

—No pongas en boca de otras personas lo que a ti te gustaría que sucediera —sentenció su hermana.

No volvió a añadir nada más.

Fueron los días más largos de su vida. En adelante, se juró a sí misma, haría todo lo que estuviera en sus manos para que sus padres no cayeran enfermos y pasaran el máximo tiempo posible fuera de casa.

Tampoco durante esos días pudo establecer contacto con Guowen, y la idea de que pensara que ya no quería saber nada de él o que se hubiese olvidado de ella la sumía en una profunda ansiedad, que alargaba aún más las horas del día.

Le había dicho, antes de despedirse, que no la llamara bajo ningún concepto. Él había insistido.

—¿No me has dicho que tus padres nunca están en casa?

—Sí, pero está mi hermana, que es mucho peor.

Guowen se había encogido de hombros. Le dijo, entre risas, que su vida estaba gobernada por normas de seguridad más férreas que las de la casa presidencial. Al decir aquello, una sombra de duda había cruzado su rostro. Él temía que solo fuera una excusa, que en realidad Fangfang no quisiera recibir más llamadas ni volver a saber nada de él, pero ella lo había tranquilizado.

—Confía en mí, en dos días, como mucho, te llamo y volvemos a quedar.

Pero, claro, ella no había contado con la gripe de su madre. Durante tres días enteros, su casa estuvo ocupada las veinticuatro horas del día, y en el momento en que por fin pudo coger el teléfono lo hizo con terror y sudor en las manos.

Su madre había regresado a la tienda esa misma mañana. Era por la tarde. Yan no había vuelto de clase, y el apartamento estaba vacío. Fangfang respiró por fin, aliviada pero nerviosa, la tranquilidad y el silencio del hogar antes de coger el teléfono y marcar el número de la tienda de Guowen.

Era consciente de su tono de voz vacilante y asustado, pero no pudo controlarse. Una voz de hombre cogió el teléfono, y oyó cómo avisaban a Guowen, que tardó unos segundos en coger el auricular.

—Pensé que no llamarías nunca —fue lo primero que dijo.

—No he podido, mi madre se puso enferma y ha estado tres días en casa —dijo Fangfang precipitadamente, aunque sintió que sus palabras sonaban falsas—. ¿No habrás pensado que me había olvidado de ti?

—No, pero casi. Me alegro de que hayas llamado.

La voz de él, tranquila, sin indicios de resentimiento ni de alarma, la reconfortó, y Fangfang volvió a sentir la misma excitación que había experimentado la noche en que corrió calle arriba hacia su casa tras su primer encuentro.

—¿Cuándo nos vemos? Te he echado de menos.

Hacía años que llevaba sintiéndose como un actor secundario de su propia vida, y ahora, por primera vez, se sentía protagonista. Nunca nadie le había dicho que la había echado de menos, ni siquiera sus padres al llegar a Madrid. Estiró los hombros y respiró profundamente.

—Cuando quieras —contestó.

Quedaron para ese mismo fin de semana, precisamente una semana antes de que finalizara el curso. Guowen solo libraba los domingos, día en que la tienda se quedaba al cuidado de su madre y de su padrastro. Regentaban un segundo almacén en otra zona de la ciudad, pero ese cerraba los domingos porque en ese barrio periférico no había mucha clientela los días festivos.

Así transcurrieron las semanas. Poco a poco, ya no fue necesario llamarse por teléfono para quedar. Acudían puntuales todos los domingos a su cita en la salida del metro. La semana se les hacía tan larga que a veces ambos llegaban diez minutos antes y se sorprendían de ver que el otro estaba ya esperando.

—Llevaba más de una hora dando vueltas por la casa sin saber qué hacer —le decía Guowen, a lo que Fangfang respondía que a ella le había sucedido lo mismo.

Bromeaban con quedar incluso antes, a las ocho de la mañana, para desayunar si hacía falta, pero Fangfang temía llamar la atención y levantar sospechas. Solían seguir las mismas rutinas: caminar, ver escaparates, sentarse en algún parque con refrescos y golosinas, o a veces con cervezas, y después comer en un restaurante.

Fangfang dejó de preocuparse por su hermana y sus padres. Cuando salía de casa, Yan estaba casi siempre delante del televisor y ni siquiera se veía en la obligación de anunciar que se marchaba. Le bastaba con dar un portazo. Sus conversaciones se limitaban a mensajes prácticos y escuetos.

Yan tampoco preguntaba. Fangfang intuía, y quería creer, que la indiferencia de su hermana hacia ella era mayor que su deseo de perjudicarla, y por ello no se preocupó de justificar sus ausencias. Sus padres, de todos modos, tras el breve paréntesis que duró la gripe de su madre, habían retomado sus rutinas, y no volvieron a preocuparse de sus salidas. El trabajo absorbía su tiempo, su concentración y su esfuerzo, y cuando por casualidad se acordaban de algo al margen de esa rutina, solía ser de los estudios. «Tenemos que hablar de tu futuro», le decían a Fangfang de pasada alguna mañana cuando se cruzaba con ellos. Pero al margen de esos breves mensajes, nada más. Fangfang acataba sus comentarios, sin hacer mucho caso. Sabía que el día en que sus padres decidieran sentarse con ella para discutir su porvenir, tendría que dejar bien claras sus ideas. Por nada del mundo trabajaría en la tienda con ellos. Ellos no tendrían más remedio que aceptar su decisión. No sabía de qué forma iban a tomárselo, pero le daba igual. Desde que había conocido a Guowen todo le daba un poco igual.

Durante las últimas semanas de instituto dejó de vivir las horas de clase como un tormento. Había dejado de interesarse por el romance entre Min y Víctor, y ya no espiaba las conversaciones de sus compañeras en los baños. La vida de otras personas que no conocía le era indiferente.

Cuando caminaba con Guowen de la mano, se sentía visible y atractiva. Él no dejaba de repetírselo: «Eres guapísima, ¿no te das cuenta de cómo te mira la gente por la calle? No sé cómo has podido escoger entre todo el mundo a alguien como yo». Lo decía como si tuviera que estarle agradecido, cuando en realidad a ojos de Fangfang él era quien la había sacado de un profundo y oscuro agujero.

Ella no se veía así. En su familia nadie había hecho hincapié en su atractivo. Su abuela, solo una vez, en el pueblo, le había advertido: «La gente dice que eres guapa, y lo eres, pero no te lo creas, porque hay muchas cosas más importantes que la belleza, como ser honesto, y trabajador.

Y tampoco creas que por ser bonita vas a tener la vida más fácil, porque las cosas no funcionan así».

Fangfang creía haber interiorizado esos valores, al igual que todo lo que desde pequeña le había enseñado su abuela, pero sus padres no parecieron darse cuenta, y no desperdiciaban ocasión de hacerle reproches una vez que se reunió con ellos en España: «¿Es eso lo que te hemos enseñado, a no estudiar, a ser vaga?».

«Vosotros no me habéis enseñado nada», estuvo tentada de contestarles.

Para ellos no había nada más al margen del estudio, y era imposible reformatear un cerebro en donde solo cabía esa única idea. De esas cosas hablaba Fangfang con Guowen: de su familia, de su abuela, de la incomprensión, y por primera vez experimentaba una sensación de liberación gracias a la certeza de que alguien la estaba escuchando. Luego también hablaban de futuro: los negocios que iban a abrir, el dinero que iban a ahorrar, cuántos hijos iban a tener.

Las conversaciones acerca de su futuro eran las más recurrentes.

—A veces me pregunto por qué tenemos tantas ganas de hacernos mayores —dijo un día Fangfang mientras tomaban palomitas y kikos sentados en un banco de la plaza de España.

—Para hacer cosas, para tener una vida propia —contestó Guowen.

—Entonces, ¿es que ahora no tenemos vida?

—Sí, la tenemos, pero no es nuestra. Yo trabajo para mi padrastro, en una tienda que no es mía, y tú estás a merced de tus padres.

—Entonces es que no somos libres —dijo Fangfang.

Fangfang apreciaba la sobriedad y la convicción con que Guowen expresaba todas sus opiniones, a pesar de que ella desde el primer momento sospechó que en el fondo no tenía las cosas tan claras.

Gracias a él, Fangfang recuperó algo abstracto e indeterminado, una especie de dignidad y de autoestima que desde su llegada a España la habían abandonado.

Al margen de sus citas con Fangfang, Guowen dedicaba sus días exclusivamente a trabajar. Le hacía un sinfín de preguntas a su padrastro, y apuntaba en un cuaderno ideas y consejos que juzgaba útiles para su futuro negocio. Apenas conocía a nadie en Madrid, excepto a un par de amigos chinos de su madre. Tampoco echaba de menos otras amistades. «No tengo tiempo para salir a divertirme», decía siempre. A Fangfang a veces le costaba creer que sacara el tiempo necesario para salir con ella, porque su vida y sus objetivos parecían exclusivamente enfocados a cumplir sus proyectos de futuro.

Se lo dijo en una ocasión, y él se limitó a contestar que de ese futuro que constituía su prioridad formaba parte ahora ella también.

Madrid fue cambiando también a los ojos de Fangfang. Dejó de parecerle una ciudad gris y sucia, sin nada sustancialmente ventajoso con respecto a la vida en China. Ahora, durante sus salidas los domingos, se sentía en medio de una ciudad centelleante y llena de vida. Guowen, que a veces criticaba el carácter de los españoles, hablaba, sin embargo, de las ventajas de un futuro allí: salarios muchos más altos y más libertad y posibilidades de hacer negocios.

—Y también la posibilidad de tener todos los hijos que queramos, ¿no? —decía entonces Fangfang—. Unos conocidos de mi padre han tenido cuatro hijos, eso sería impensable en China.

—Sí, eso también —respondía Guowen.

A pesar de su espíritu resuelto y decidido cuando se trataba de hablar de negocios, Guowen vacilaba para todo lo demás. Cuando iban al restaurante le dejaba siempre a Fangfang elegir los platos, igual que cuando se paseaban por los almacenes de ropa dejaba que ella siempre escogiera sus prendas de vestir. Confiaba en ella plenamente para los asuntos de la vida diaria: las compras, la mejor manera de llegar a algún sitio, y cuando tenían que dirigirse a alguien, siempre pedía que fuera ella quien tomara la palabra porque según él tenía mejor nivel de español.

El curso en el instituto terminó sin grandes acontecimientos. Fangfang optó por no decir a nadie que ya no volvería. De todos modos, pensó, nadie la echaría de menos.

Todas las mañanas, Min llegaba de la mano de Víctor, con una sonrisa en el rostro. Fangfang la veía acercarse a la puerta del colegio. Su mirada era distinta, más altiva, más segura de sí misma. Cada vez hablaba mejor español. Aún recordaba a la chica tímida que hacía tan solo unos meses había llegado al instituto, a la que habían sentado a su lado, y que no dejaba de hacerle preguntas.

Ahora Min se sentaba en la segunda fila junto a Noelia y Andrea. Se había acercado un buen día a la profesora, muy decidida, y le había pedido que la cambiara de pupitre. «Me quiero sentar al lado de una chica española para mejorar mi español.» Fangfang, que lo había escuchado todo desde su mesa, se quedó helada de asombro. La profesora vaciló un instante. «Y entonces, ¿quién va a ayudar a Fangfang?», respondió. Min le recordó que en un principio se habían sentado al lado para que Fangfang la ayudara a ella, y no al contrario, y que ya no la necesitaba. La profesora miró a Fangfang con vergüenza y gesto compasivo y dio su consentimiento.

Aquella fue la confirmación definitiva para Fangfang de que ya no pintaba absolutamente nada en ese instituto. Min ni siquiera se molestó en darle explicaciones. Cuando trasladó su estuche y sus cuadernos al pupitre de la segunda fila, ni siquiera se dio la vuelta para explicar por qué se marchaba. Fangfang contempló lánguidamente sus movimientos resueltos mientras recogía sus cosas, aguardando esa disculpa que, aunque fingida, le haría sentir que Min aún le profesaba el más mínimo de los respetos. Pero no llegó.

A partir de entonces, Fangfang volvió a quedarse sola, pero ya por poco tiempo. Se acercaba el final de las clases, con su ambiente festivo, planes para el último fin de semana, para un viaje de fin de curso. Hubiese deseado un último día que se pareciera más a un final, con sus compañeros acercándose a ella para despedirse y diciéndole que la echarían de menos, pero no hubo nada de todo aquello. Durante los últimos recreos se dedicó a hojear las páginas de un cuaderno en el que iba pegando los recuerdos de todos sus encuentros con Guowen: entradas de cine, tiquets de restaurante, alguna flor arrancada de los jardines de un parque, billetes de autobús, una foto juntos tomada en el fotomatón. A veces alzaba la cabeza soñando con que alguien le preguntara qué era ese cuaderno. Sentía la necesidad de hablar de él. Incluso por la calle le entraba el impulso de parar a un desconocido para decirle que tenía un novio maravilloso que se llamaba Guowen. Pensaba que el mundo entero debería saberlo, pero en la realidad, a excepción de Li Peng, nadie estaba al corriente de su existencia.

Había decidido empezar sus clases de pintura con Li Peng después del verano, y fue precisamente una tarde, mientras discutían aquello, cuando surgió el tema de Guowen.

Tenían que fijar los días en los que Fangfang empezaría a acudir a la tienda.

—Cualquier día menos el domingo —se apresuró a decir, antes de que Li Peng tuviera tiempo de hacer ninguna sugerencia.

—El día que tú quieras —contestó él con calma.

Fangfang se mordió el labio inferior. Sintió que aquella ansiedad la había delatado, que ahora debía una explicación.

—Los domingos estoy ocupada —dijo.

—No tienes que darme explicaciones —dijo él, sonriendo—. De todas formas, el domingo no hubiese sido el mejor día. Es el día que cierro la tienda.

Fangfang se ruborizó. Se había puesto tan nerviosa que ni siquiera había recabado en eso.

—Qué tonta soy.

Reinó un momento de silencio. Li Peng parecía esperar a que Fangfang añadiera algo más.

—Entonces, ¿los domingos quedas con amigos? —dijo por fin.

Se entretenía haciendo sencillas cuentas en una libreta, sin mirarla directamente a la cara, sentados ambos sobre un taburete detrás del mostrador, en la misma posición de siempre.

Fangfang dudó.

—Ya sabes que no tengo ni un amigo en el instituto —dijo por fin—. Pero he conocido a un chico.

—¿Ah, sí? —Li Peng alzó por primera vez la cabeza.

Fangfang no lograba determinar exactamente qué le impedía seguir hablando, pero existía algo en su relación con Guowen que despertaba cierto recelo hacia compartir esa experiencia, y hasta que Li Peng formuló su siguiente pregunta no se dio cuenta de lo que se trataba.

—¿Dónde os habéis conocido?

No le sonaba bien decirle la verdad, pero no tuvo más remedio que hacerlo.

—A través de un anuncio en el periódico.

La sorpresa de Li Peng, que frunció el ceño un instante, solo fue momentánea.

—¿Un anuncio que pusiste tú?

—No. Lo puso él. Ya sé que me vas a preguntar qué hacía yo mirando la sección de anuncios del periódico.

Fangfang se encogió de hombros.

—No, no te iba a preguntar eso. ¿Un anuncio en el periódico chino?

—Sí.

—¿Y cómo es? ¿Tiene tu misma edad?

—Más o menos. Trabaja en una tienda, lleva aquí unos años, como yo, y tampoco conoce a mucha gente.

Li Peng parecía interesado pero no sorprendido.

—¿Y quedáis todos los domingos?

—Sí. A comer, y a dar un paseo.

—Me alegro mucho por ti.

Fangfang recibió como un triunfo aquel comentario. Li Peng era la primera persona que conocía y aceptaba con toda naturalidad la existencia de Guowen.

Ese día, no dejó de hablar de él. Le contó su primer encuentro, los sitios a los que solían ir, las cosas de las que hablaban. Li Peng, como de costumbre, escuchaba, mientras sorbía lentamente una taza de té que rodeaba con ambas manos como si se tratara de un preciado tesoro. A Fangfang siempre le tenía preparado un zumo de naranja o de manzana con su pajita ya insertada en el cartón, y algún bollo que sacaba de las estanterías de la tienda.

—¿Por qué no lo traes un día aquí? —propuso finalmente Li Peng.

Fangfang se sintió palidecer, como si de repente alguien le hubiese pedido que mostrara en público su secreto y tesoro mejor guardado.

—¿Aquí?

—Sí, por qué no. Así me lo presentas.

Fangfang contempló la honestidad y la templanza que emanaban del rostro de Li Peng, el pausado ritmo de sus palabras. No, él nunca pretendería engañarla, nunca le pediría que trajera allí a Guowen para después criticar su elección, o reprocharle con quién se juntaba, o peor aún, amonestarla.

Su rostro sereno esperaba una respuesta.

—Sí, por qué no.

Pero su voz aún sonaba vacilante.

—¿De qué tienes miedo?

—La verdad es que no lo sé. Creo que es miedo a que no te guste, a que después de verlo cambie tu opinión de mí.

Li Peng sonrió, pero sin el más mínimo destello de condescendencia.

—Si tú lo has escogido, no tiene por qué no gustarme.

Fangfang se preguntó qué veían los ojos un poco extraviados y líquidos de aquel anciano cuando miraban en su dirección, una joven insegura, o algo más profundo y complejo pero que optaba por no compartir.

—Pero nosotros quedamos los domingos. ¿No me dices que es el día que cierras la tienda?

—Podemos quedar en otro sitio.

A Fangfang no se le había ocurrido. Nunca se había imaginado a Li Peng más allá de las cuatro paredes de su negocio, y tardó segundos en asimilar la idea.

—Sí, por qué no —dijo por fin.

***

Se montó en el metro con dirección a la plaza Castilla para recoger un paquete que habían traído unos amigos desde China para sus padres. En realidad, pudo haber cogido el autobús, pero pensó que en metro llegaría antes. Los amigos en cuestión acababan de pasar dos meses en Pekín y habían vuelto con dos maletas de productos chinos para familiares y conocidos: aceite picante, guindillas, dátiles y pato pequinés envasado al vacío. El día anterior, Fangfang había escuchado protestar a su madre: «Seguro que han traído productos de Pekín solamente, a mí no me gustan esos dulces gelatinosos ni tampoco el pato, y ahora tenemos que ir hasta su tienda para recogerlos». Eran conocidos, más que amigos, pero, aun así, su marido le había reprochado el comentario. Debería estar agradecida, le había dicho, aunque solo fuera por el detalle. Discutieron un rato acerca de cuándo ir, hasta que Yan se ofreció para acercarse en su lugar, pero luego se acordó de que tenía un trabajo que terminar para el día siguiente. «Voy yo», dijo Fangfang.

Cogía pocas veces el metro, y llevaba un plano en el bolsillo con las rutas y las estaciones para no perderse. Era el mismo que colgaba con un imán de la puerta de la nevera y que sus padres rara vez utilizaban porque nunca salían de casa. Eran las seis de la tarde y mucha gente caminaba con prisas hacia la estación. Cuando bajó las escaleras e introdujo el billete dentro del torniquete, comprobó que se encendía la luz roja con la señal de «billete no válido». Miró a su alrededor y vio que tenía a dos personas esperando detrás, una mujer con tacones y un hombre con un maletín. Volvió a intentarlo, pero de nuevo se encendió el mismo mensaje. Se retiró de la cola, nerviosa y soliviantada, y examinó el billete, pero no le encontró ningún defecto. En las ventanillas de venta no había nadie. No llevaba más dinero en los bolsillos. Si regresaba a casa sin el paquete y explicaba lo sucedido, su hermana se burlaría de ella. Su madre chasquearía la lengua con disgusto, pero no diría nada porque sabía que no era su culpa, aunque también pensaría para sus adentros que era una inútil. Anticipó ese momento, y llegó a la conclusión de que era mejor volver a intentarlo. Colgado de una de las paredes de la estación había un teléfono de asistencia para viajeros. Evaluó un instante para sus adentros su nivel de español. Después de todo, sí sabía decir que su billete no funcionaba. Repitió en su cabeza las palabras exactas antes de acercarse al auricular. Una voz de mujer le dijo que pasara y se abrió la barrera metálica junto a la pared. Fangfang entró. Bajó corriendo las escaleras mecánicas y cogió un metro que pasaba en ese momento. La gente hablaba en voz alta y se respiraban fragancias de perfume mezcladas con un característico efluvio revenido a cansancio de final de jornada. Fangfang tomó asiento y agachó la cabeza como hacía siempre, concentrando su atención en el traqueteo del motor sobre las vías. Cerraba los ojos y trataba de aislar los gritos y las conversaciones para proteger su universo interior. Prefería olvidarse de las personas que tenía delante y no cruzar con nadie ninguna mirada. En eso estaba cuando escuchó una voz firme que se elevaba por encima de las demás.

—¿Me estás oyendo? Tu billete, por favor.

Fangfang se sintió acosada, como si aquella voz invadiera de repente por la fuerza un espacio al que nadie le había dado derecho a entrar.

Abrió los ojos y se topó con un rostro joven y masculino. Llevaba un uniforme azul y una riñonera y le estaba reclamando su billete. Fangfang rebuscó con nerviosismo en su bolsillo hasta encontrarlo y se lo entregó. Tenía un nudo en la garganta. Las personas de los asientos contiguos la miraban, algunos con curiosidad, otros porque no tenían nada mejor que hacer. Otros se habían despertado de un sueño ligero y esperaban con indiferencia el desenlace de la escena.

—Este billete no es válido —dijo el revisor.

Fangfang abrió la boca para articular una explicación, pero tuvo la certeza de que todo lo que dijera sonaría falso y mal expresado. Recordó fugazmente un sueño que había tenido en el que trataba de emitir frases y las palabras se le pegaban al paladar como chicles. Aun así, lo intentó.

—No sé de qué me estás hablando.

Fangfang repitió lo que había dicho.

—Sigo sin entenderte.

El hombre, con su voz flemática, repitió una y otra vez la misma frase. Fangfang comprendió que lo hacía a propósito. Una mujer, desde el asiento de al lado, trató de intervenir:

—Está diciendo que no funcionaba el billete cuando ha intentado pasarlo por el torniquete, y que no había nadie para atenderla.

—Sí, eso dicen todos —dijo el hombre.

Su rostro joven, de piel clara, reflejaba el mismo gesto implacable que sus palabras. Tenía el pelo peinado hacia atrás y estaba empezando a perderlo a la altura de las sienes.

—¿En qué estación te has subido? ¿Sabes que no te puedes montar en el metro sin billete?

Fangfang se sintió humillada. Quiso salir de allí corriendo y tuvo que hacer esfuerzos por no echarse a llorar. Él la miraba con gesto escrutador, con sus ojos claros, severos, cargados de sorna. Fangfang tuvo la certeza de que en aquellos momentos cualquier cosa que ese hombre hiciera o dijera tendría el poder de pulverizarla. Sintió su mirada sobre su cabello, y después sobre el acné de su barbilla, en el que se detuvo con una mueca de asco.

La escena fue interminable.

—Bájate conmigo en la próxima estación —dijo por fin el hombre.

Fangfang lo acompañó. Una vez en el andén, el hombre le pidió los papeles. Fangfang sacó su permiso de residencia con un temblor en las manos, y en el momento en que se lo entregaba rompió a llorar.

Él no pareció conmovido. Examinó su documentación durante largos segundos, prolongando la agonía de Fangfang.

—Chinos —se limitó a decir en un susurro, como para sus adentros.

Le devolvió su tarjeta.

—Anda, márchate, por esta vez hago la vista gorda, pero que no se vuelva a repetir.

Regresó a casa sin el paquete. Aquella escena barrió de repente de su mente el motivo por el que se encontraba en el metro, y cuando su hermana la vio llegar, con la cabeza gacha y las manos vacías, la miró sorprendida.

—Creí que ibas a recoger las cosas de papá y mamá.

—No he ido —contestó Fangfang.

Su hermana no apartaba de ella la mirada, esperando una explicación. Fangfang vaciló. No sabía si contárselo, ni tampoco cómo hacerlo.

—Me han pedido el billete en el tren.

—¿Y?

—El billete no funcionaba y se han creído que me había colado.

—¿Y no se lo has explicado?

Fangfang contempló a su hermana, su expresión escéptica y reprobadora, esa que le colgaba siempre del rostro y que siempre le estaba recordando que hacía las cosas mal.

—Se lo tenías que haber explicado y te hubiese dejado en paz.

—Y lo he hecho —contestó Fangfang, aunque sin convicción.

Lo que no quería decirle era que se lo había explicado probablemente mal, en un castellano imperfecto que lo único que había logrado era que aquel hombre se burlara de ella.

—Entonces no lo entiendo. Se lo habrás explicado mal.

—Seguramente —admitió Fangfang.

De repente, se sentía agotada y dispuesta a aceptar sin réplicas todo lo que dijera su hermana.

—¿Y no te ha dejado continuar el viaje?

—No, me ha dicho que tenía que bajarme.

—¿Te ha puesto una multa?

Fangfang sacudió la cabeza. No sabía por qué motivo le había mentido. De haber confesado que el hombre no la había obligado a salir del metro, Yan hubiese contado con más razones para reprocharle el haber vuelto a casa sin el paquete. Le daba igual mentir, pero se sentía culpable, como si no hubiese sido capaz de lidiar con una situación de la que otra persona hubiese salido airosa.

Su hermana sumergió sin más contemplaciones la vista sobre su libro de texto.

—Habrá que ir otro día a por el paquete. A mamá no le va a hacer ninguna gracia —concluyó.

No, no le haría ninguna gracia. Igual que a Fangfang tampoco le hacía gracia que su hermana ni siquiera hubiese demostrado tacto suficiente como para registrar el golpe que había supuesto para ella aquella experiencia. Fangfang contempló en el espejo del cuarto de baño su rostro pálido y con ojeras. El agotamiento que acorazaba todo su cuerpo se reflejaba también de forma evidente en ese rostro. El acné de su barbilla resaltaba como una fea mancha roja sin forma ni contorno. La sonrisa salaz del revisor aún centelleaba en su mente como la burla de un demonio. Tendría pesadillas.

Lo sabía de antemano. Igual que le sucedía con todas las experiencias negativas que vivía.

Siguió contemplando su rostro en el espejo. Yan no tenía acné. No había nada en su aspecto físico de lo que pudiera avergonzarse, y aunque en el pueblo, de pequeñas, la gente decía que era menos agraciada que Fangfang, si la vieran ahora tal vez opinaran lo contrario. Sabía cómo vestirse, cómo caminar, no tenía granos en la cara, y además hablaba bien español. Tal vez, después de todo, se lo merecía. Tal vez su aspecto cobarde y pusilánime y su repugnante acné, unidos al hecho de que no hablaba suficientemente bien español como para poder defender sus opiniones y sus derechos, invitaban a las burlas, no solo del revisor, sino de cualquier otra persona que cruzara con ella unas palabras.

El enfado y la frustración le duraron varios días. Cuando sus padres llegaron a casa por la noche, estaban las dos despiertas. Lo primero que hizo su madre fue preguntar por el paquete. Fangfang le explicó lo sucedido de la forma más neutra y escueta posible. Su madre tan solo chasqueó la lengua.

—¡A'Lei! —gritó entonces. Su marido se estaba lavando las manos—. ¡Tendrás que buscar un rato mañana cuando no haya gente en la tienda para ir a recogerlo!

Así concluyó el asunto. Nadie le pidió que volviera a intentarlo al día siguiente. Pensarían que era una inútil, que ni siquiera era capaz de desenvolverse como recadera, o tal vez simplemente trataron de evitarle un nuevo percance en el metro, aunque Fangfang dudaba que ese fuera el motivo. Fue tan solo una resolución práctica. Si no lo había conseguido ese día, mejor y más rápido sería que se acercara su padre con el coche. No le reprocharon nada, pero tampoco indagaron más acerca del incidente. Ni siquiera su padre, que por lo general se mostraba más atento, abrió la boca en esa ocasión.

Fangfang decidió llamar a su abuela al día siguiente con la intención de desahogarse. Estuvo todo el día pensando en ella, contemplando la esfera de su reloj. A menudo imaginaba, contando las seis horas de diferencia horaria, lo que estaría haciendo en aquellos momentos en China. A las diez de la noche en Madrid, la abuela estaría durmiendo a pierna suelta sobre su cama, sin más colchón que una fina esterilla de bambú raída. Estaría sola, tal y como había vivido siempre desde hacía ya años, encogida en forma de ese, su cuerpo bañado por la luz de las estrellas que penetraba a través del cristal sin cortina de la ventana. Al margen de las estrellas, fuera reinaba la más absoluta penumbra. Se escuchaba el silbido plañidero del viento y el crepitar de las hojas de los árboles. La casa por las noches olía a arroz cocido y a madera vieja con humedades. Todo estaría preparado para la mañana siguiente: la vieja cazuela oxidada con el arroz caldoso, los palillos sobre la mesa, y sobre el felpudo de la entrada, las chanclas que ella se calzaría nada más levantarse para regar las hortalizas del huerto antes de salir al campo a trabajar. Por primera vez, imaginándola en mitad de la noche, cayó en la cuenta de que estaba sola. Fangfang no había sido la única en acusar la soledad a raíz de su partida. También había generado soledad, abandonando a su abuela, dejando atrás un panorama y una vida transformados sin darse ni siquiera cuenta de ello. Sí, ¿cómo no se había dado cuenta hasta ahora? Tal vez porque la abuela nunca se había quejado de nada y era necesario ser muy observador para lograr apreciar sus estados de ánimo. Aquel día, tuvo la sensación de que el pueblo, hasta entonces tan familiar, se había convertido en un lujar ajeno y distante, un lugar que en algún momento había habitado, pero en sueños.

Decidió esperar hasta las doce de la noche, cuando la casa estuviera en silencio, para llamarla. A esa hora tal vez estaría a punto de sentarse a desayunar. La sorprendería quizá a punto de echarse sobre la espalda la manta vieja en la que se envolvía durante las comidas. Se sintió egoísta por no haber pensado hasta entonces en ella de esa forma más concreta. El abuelo había muerto hacía muchos años. El rumor en la familia era que nunca gozó de buena salud, que fumaba demasiado. La abuela lo amenazó durante muchos años con no perdonarle nunca si abandonaba el mundo antes que ella, pero Fangfang sabía que lo había perdonado, que antes de ir a dormir echaba un breve vistazo a la única foto que decoraba la casa, donde se los veía a ambos, jóvenes, sonrientes y rezumando sudor en mitad de un campo de arroz. Incluso en esa foto, a él le colgaba un cigarro de sus dedos finos y amarillos. Fangfang también miraba a menudo esa foto, pero con más curiosidad que nostalgia. No lo había conocido. Cuando le preguntaba a la abuela cómo había sido, ella respondía invariablemente que un hombre bueno, como si los hombres buenos solo pudieran ser eso y nada más.

Por algún motivo, la casa estaba en pleno movimiento aquella noche. Sus padres habían regresado antes de trabajar y Yan aún no se había acostado. Fangfang no tuvo más remedio que salir de puntillas al salón, cerrar la puerta y sentarse en el sillón con el teléfono. La abuela no tardó en responder. Escuchó su voz grave del otro lado del aparato.

—Abuela, soy yo.

—Fangfang, ¿cómo estás? Acabo de echarles el pienso a las gallinas, estaba a punto de salir hacia el mercado. ¿Qué hora es allí?

Lo de la hora era siempre lo primero que preguntaba. Seguía sin aclararse. No acababa de comprender por qué en invierno eran siete horas de diferencia y en verano seis. Qué poco práctico, decía, adelantar una hora para volver a atrasarla seis meses después. A veces se le olvidaba que eran seis horas, o hasta que vivían en horarios diferentes. No era despistada para otras cosas. Tenía una memoria de elefante para las edades y los nombres y las listas de la compra, pero decía que las cosas abstractas no eran su especialidad.

—Son las doce de la noche.

—¿Y qué haces despierta a esas horas? ¿Dónde están tus padres que no te mandan a la cama?

—Ya te lo he dicho, aquí la gente se acuesta más tarde. Además, he estado esperando para llamarte.

—Me podías haber llamado el domingo, como hacemos siempre.

—Ya, pero tenía ganas de hablar contigo. No he querido esperar.

Fangfang no quiso confesar las prisas que tenía por contarle lo sucedido en el metro, ni tampoco que la echaba de menos. De esas cosas no solían hablar.

—¿Qué estabas haciendo ahora, abuela?

—Ya te he dicho, estaba a punto de irme al mercado. ¿Y tú? ¿Qué prisas son esas por hablar conmigo? ¿Va todo bien en casa? ¿En el colegio?

—Sí, va todo bien. Ya te he dicho, solo quería hablar contigo.

No sabía por dónde empezar.

—¿Los amigos, las notas, bien? ¿Qué has hecho esta semana?

Fangfang no le relataba con detalle los aspectos negativos de su vida en Madrid, y sentía cómo esa reticencia estaba poco a poco reduciendo sus temas de conversación y creando una distancia entre ellas.

—Todo bien, todo bien —repitió.

Dio varios rodeos antes de decidirse a hablarle de lo sucedido en el metro, aunque de forma breve, sin dejar del todo traslucir la humillación que había sentido.

—No sé, hija, habrá sido un malentendido —fue su primera reacción—. Tampoco llevas tanto tiempo en España, ese hombre no habrá entendido bien lo que le querías decir.

—No, te digo que me miraba con desprecio, que me ha tratado así porque soy extranjera y no hablo bien español.

—Tal vez estuviera solo haciendo su trabajo. Él no tenía forma de comprobar que era verdad lo que decías, ¿no?

—Pero sabía que lo que le estaba contando era cierto. Además, estoy segura de que se hubiese podido comunicar con el personal de la estación para comprobar que no había nadie en la ventanilla.

—No sé, no sé, si tú lo dices… —La abuela habló sin convicción, en voz más baja—. Pero España es un país civilizado. Allí es difícil que pasen esas cosas. Si fuera aquí, en China, no te diría que no. Se abusa de la autoridad. Por ejemplo, hace poco, confiscaron en un pueblo de al lado todas las tierras de varios campesinos. Pero ¿en España? Ahí, si se hacen las cosas mal, está la ley para castigarlo, y las personas protestan, sin miedo a que las metan en la cárcel. No, no, esas cosas no pasan.

—Aquí las cosas tampoco son perfectas, abuela.

—Sí, pero, no sé, tus padres nunca han contado nada malo. Lo que te ha pasado el otro día, será que no estás todavía acostumbrada a la vida allí, que lo ves todo negro.

Fangfang decidió dejar la conversación.

Cayó en la cuenta de que su abuela nunca había viajado en metro, de que ni siquiera sabía lo que era un andén ni la congestión de las horas punta en una gran ciudad. Por no saber, tal vez no supiera ni que el metro circulaba bajo tierra.

—Por eso, ya te lo he dicho muchas veces, date tiempo, seguro que con el tiempo ves las cosas de forma diferente. Y no te enfades, el enfado no sirve de nada, solamente para sentirte peor contigo misma.

La conversación duró poco más. Fangfang ya no la escuchaba. Comprendió que su abuela nunca expresaría nada negativo acerca de España. Su opinión ya estaba forjada, desde hacía años, idealizada y consolidada por el testimonio de éxito económico de su hija a lo largo del tiempo. Para ella, Europa era solamente un lugar próspero y civilizado donde se vivía mejor, una máquina de hacer dinero, y cualquier indicio de insatisfacción con la vida allí se convertía inmediatamente en objeto de crítica y escepticismo. La verdad, no tenía argumentos contra eso. La vida en el pueblo, sin calefacción, y sin más alternativa que el trabajo en el campo, donde el temporal muchos años estropeaba las cosechas y acentuaba las penurias, no tenía nada que ver con la vida en Madrid. Sin embargo, a Fangfang le hubiese gustado compartir con la abuela otras cosas, pero para ello la abuela tendría que admitir —y no estaba dispuesta a hacerlo— que el mundo nuevo al que habían emigrado también tenía sus carencias.

Se sintió sola. Ellas nunca habían hablado de la soledad. La soledad se sobrellevaba en silencio o se mitigaba con conversaciones. Ahora, en la distancia, y en la ausencia, no tenía nadie con quien hablar.

—Tal vez tengas razón, abuela. Tendré que acostumbrarme a la vida aquí.

No se le ocurrió otra cosa que decir, tan solo, como última esperanza, preguntarle aquello que le preguntaba siempre antes de despedirse:

—¿Estás segura de que no quieres que te traigamos para acá? Si dices que la vida aquí es mejor…

—No, no, no, ya te lo he dicho muchas veces, soy muy mayor, y estoy mejor donde estoy.

Se despidieron, colgaron el teléfono, y Fangfang se fue a dormir.

Guowen

El grifo goteaba con insistencia dentro del cuarto en semipenumbra. No sabía cuánto tiempo exactamente llevaba en la cocina, contando las gotas, igual que si contara los segundos en un reloj. Por las junturas renegridas de los azulejos claros paseaban bichos pequeños, que parecían hormigas. Sobre la mesa descansaba un enorme cesto de mimbre lleno de hojas de lechuga, y más allá, un cuenco de tallarines que se había quedado frío. Los tallarines se habían hundido hasta el fondo y en la superficie del caldo opaco sobresalía un trozo de verdura y otro de rábano. Mating estaba inclinada sobre la mesa, con la espalda encorvada, cuando vio a su hijo Guowen entrar en la cocina.

—¿Todavía no ha vuelto papá? —preguntó.

Mating negó con un gesto de cabeza. Los miembros le pesaban y le dolían los pies.

—¿Y cuándo va a volver?

Mating contempló el rostro expectante de su hijo, tratando de decidir si era mejor mentir o decirle la verdad. Era una verdad que ella tampoco podía confirmar a ciencia cierta, pero de la que estaba prácticamente segura.

—No sé si tu padre va a volver esta noche. Ya tendría que estar aquí.

Miró a través de la ventana de la cocina, hacia el cielo casi negro, como tratando de adivinar la hora.

—¿Y dónde ha ido?

Mating se encogió de hombros.

—¿Le ha pasado algo?

—No creo. Estará con sus amigos. Ya sabes cuánto le gusta salir por ahí.

Guowen, a sus doce años, censuraba ya en silencio y para sus adentros las diversiones de su padre, que regresaba a casa eufórico y medio borracho y casi siempre con el monedero vacío. Tenía la costumbre de hablar a voz en grito y se dirigía a él con muestras exageradas de afecto —pellizcos dolorosos en la mejilla, apretones de hombros que a punto estaban de romperle los huesos— de los que él trataba de zafarse. A su madre tampoco debían de hacerle mucha gracia las diversiones de su padre, pensaba, porque siempre que regresaba en ese estado acababan discutiendo. Durante el resto del día, al margen de esos episodios, su padre era un hombre taciturno y callado, que dedicaba muchas horas a fumar cigarrillos delante del televisor.

Esa tarde no regresó. No volvieron a verlo. Su madre estuvo esperando frente al grifo de la cocina y el cuenco de tallarines fríos hasta la madrugada. Guowen, desde su cuarto, prestaba el oído al menor ruido, pero tampoco lo oyó llegar. A la mañana siguiente, la vida siguió su curso como si nada. No hablaron de él. El cuenco de tallarines estaba ya limpio y vacío, junto al resto de la vajilla, y el grifo había dejado de gotear. Guowen esperó una semana a que regresara. Durante esos siete días, aún albergó esperanzas, pero su padre no volvió a dar señales de vida.

En los días sucesivos, su madre pasó más tiempo de lo normal fuera de casa. Regresaba por la noche. Parecía más ocupada que de costumbre. Dejaba la comida preparada y Guowen cenaba solo, mirando por la ventana y esperando su regreso. Pero ella nunca llegaba cuando estaba cenando, sino mucho más tarde, de noche, cuando él ya estaba dormido. Se acercaba en silencio a la cama y él sentía entre sueños el tacto de su mano sobre su mejilla, antes de darse la vuelta sobre la almohada.

Un día, después de cierto tiempo, Guowen regresó del colegio y se encontró a su madre, más temprano que de costumbre, esperándolo en la cocina.

—Siéntate un momento antes de ponerte a hacer los deberes —le dijo.

Mating tardó varios segundos antes de arrancar.

—Tu padre no va a regresar. Han pasado muchos días y sigo sin saber nada de él. Los vecinos lo han visto en la estación de trenes.

Guowen escuchaba atento y aterrorizado aquellas palabras de su madre que presagiaban grandes cambios.

—Sin su sueldo no tenemos suficiente para salir adelante. He estado barajando opciones, hablando con gente. Lo mejor es marcharse fuera, a otro país. Allí viviremos mejor.

Guowen no supo qué decir. ¿Otro país? Era lo último que hubiese imaginado. No podía concebir una vida más allá de la pequeña ciudad industrial en la que vivían. Nunca había salido de allí, no sabía qué idiomas hablaban en otros países, cómo era la gente.

—¿Y qué significa eso? ¿Ya no podremos vivir aquí? Entonces ¿ya no podremos ver a la abuela?

—En un tiempo, no.

—¿Y a qué país?

—España. La gente con la que he hablado tiene contactos en Madrid.

¿España? Ese lugar no le decía absolutamente nada.

—¿Y cómo es la gente allí?

—Igual que en cualquier otro lugar del mundo.

Aquella frase no logró reconfortarlo.

—Irás al colegio, te harás amigos, con el tiempo todo será igual o mejor que aquí. Confía en mí. Estarás bien.

Guowen escuchaba, sin saber qué decir.

—Pero hay una cosa.

Otra cosa más. Guowen no estaba seguro de poder encajar más noticias. No era aún consciente de que lo que le quedaba por escuchar era precisamente la parte más difícil.

—Primero iré yo sola, para buscar trabajo, y casa, y una vez que lo tenga, vendré a buscarte para llevarte conmigo.

Se le hizo un nudo en la garganta. Lo primero que pensó fue que aquello era una excusa para abandonarlo, que su madre desaparecería de su vida igual que su padre, y sintió que el mundo se le venía encima. Mating adivinó la aprensión de su hijo.

—Anda, ven para acá.

Lo cogió de la mano y presionó su cuerpecillo inerte contra su pecho para abrazarlo. Cuando volvió a soltarlo, con las manos aún sobre sus hombros, lo miró con intensidad y vio que estaba llorando.

—¿Qué son esas lágrimas? Tienes que ser valiente. Comportarte como un hombre. No va a ser mucho tiempo. Te quedarás en casa de los abuelos, y enseguida estaré de vuelta.

—¿Cuánto tiempo?

—Unos meses, lo justo para encontrar trabajo.

—¿Y no puedo ir contigo?

—No —dijo Mating—. Las cosas serían más difíciles.

Guowen conocía bien ese tono de voz. Sabía que la respuesta era definitiva.

Los preparativos no se hicieron esperar. Al día siguiente, las maletas estaban hechas y la casa recogida. Antes de salir rumbo a casa de los abuelos, Guowen contempló por última vez el cuenco donde su madre había servido la última cena de su padre, aquella que este nunca llegó a tocar. Parecía que habían pasado años desde ese día. Sintió vértigo ante la nueva vida que le esperaba. Su madre le había regalado un calendario para que fuera tachando los meses que quedaban antes de que ella regresara. Ocho meses como mucho, le había dicho. Antes de salir del apartamento, Guowen introdujo el cuenco de su padre en la maleta. Cuando llegó a casa de sus abuelos, lo primero que hizo fue esperar a la noche y asomarse a la ventana del séptimo piso del apartamento con el cuenco en la mano. Miró hacia la calle y se cercioró de que no había nadie. Entonces arrojó el cuenco con rabia, con todas sus fuerzas, y escuchó cómo se rompía en añicos. Después cerró la ventana, y respiró aliviado. Hubiese deseado que su padre, donde quiera que estuviera, fuera testigo de aquel gesto de frustración y cólera.

Guowen jamás cuestionó la figura de su padre a lo largo de los años. Siempre había estado ahí, y por eso había dado por hecho que lo quería. Simplemente porque a los padres se los quiere, y tenía que quererlo. Solo ahora que dejaba de estar a su lado empezó a refinar ese afecto, a sentir algo más concreto y definido hacia él. El rencor por lo que les había hecho y la humillación de sentirse abandonado, unido al afecto difuso y desordenado que había precedido a su ausencia, lograron consolidar su resentimiento. Su madre no logró darle ninguna explicación coherente acerca de su partida. No le culpaba de nada, pero sus palabras eran vagas, no transmitían ningún juicio definitivo ni tampoco ningún consuelo. «Las personas a veces toman decisiones extrañas, y por más que lo intentamos no logramos comprenderlas», le dijo aquel día de camino a casa de los abuelos. También le dijo que no se lo tuviera en cuenta, que no le guardara rencor por una decisión que tal vez algún día acabaría por entender.

—¿Algún día? —le preguntó Guowen—. ¿Eso significa que va a regresar? ¿Qué volveremos a verlo?

Su madre se encogió de hombros.

—No lo sé —contestó.

Era difícil quitarse de la cabeza que su padre los había abandonado, que era el responsable de todos los cambios y problemas que ahora estaban sucediendo en sus vidas. Y es que Mating tenía ojeras y hacía días que no se lavaba el pelo. No había tenido tiempo de nada con los preparativos. Se la veía triste.

Con el tiempo, ese halo de fatiga se fue acentuando, hasta tal punto que su rostro y su fisionomía adquirieron un aspecto diferente. No era la misma persona, pero el cambio se produjo a lo largo de tanto tiempo que Guowen nunca tuvo verdadera conciencia de lo dramático que había sido. Siempre que miraba a su madre se acordaba de su padre, y de la firme promesa que se hizo a sí mismo de no convertirse en un hombre como él.

La vida en casa de los abuelos transcurrió con monotonía y sin grandes acontecimientos. Guowen ya había pasado temporadas allí. Era un lugar confortable. Vivían en un apartamento nuevo que les había proporcionado el Gobierno tras destruir la zona donde se erigía su antigua vivienda. Las paredes eran blancas, el suelo de azulejo claro, y disponían de un amplio balcón con una vista muy fea de la ciudad. Estaban conformes. El edificio tenía ascensor y agua corriente. Guowen dormía en una habitación para él solo. Iba al colegio como todos los niños de su edad. Comía bien. Aun así, era una vida a medias, condicionada por la perspectiva final de marcharse de allí. Guowen no conseguía meterse de lleno en nada. Tenía un pie dentro y un pie fuera de todo. Cuando se hacía amigos nuevos en el colegio, lo primero que pensaba era que pronto tendría que separarse de ellos. Por eso algo le impedía mostrar verdadero interés hacia las personas y las cosas que lo rodeaban. Sabía que pronto tendría que abandonarlas. Todas las mañanas se levantaba de la cama y tachaba un día del calendario. Su abuela le aconsejó que tachara semanas o meses en vez de días, para no estar tan pendiente, pero él no hizo caso. Echaba de menos a su madre, a pesar de que hablaban por teléfono a menudo.

Pronto se cumplieron los ocho meses.

Ese día, llamó a su madre por teléfono sin más demora.

—Quedan solo unos cuantos días para que se cumplan los ocho meses —dijo—. ¿Qué día vienes a buscarme?

Se había hecho a la idea de que su madre tenía que estar de vuelta un día concreto, el 26 de junio, que coincidía con ocho meses exactos desde el 26 de octubre, cuando se había marchado.

—Voy a ir a buscarte —contestó su madre sin alterarse—. No te preocupes, eso no ha cambiado, pero vamos a tener que esperar un poco más. Aquí las cosas no han sido tan fáciles como esperaba.

—¿Más tiempo? ¿Cuánto tiempo? —dijo Guowen con voz consternada.

—No lo sé exactamente. Unos cuantos meses más.

—Pero me dijiste ocho meses.

—Ya lo sé. Y lo siento. Pero debes tener algo más de paciencia.

—¡Mentirosa! ¡Eres una mentirosa! ¡Me dijiste ocho meses y ahora dices que no vas a venir!

La sensación de traición fue tan grande que le colgó el teléfono con brusquedad. Su madre volvió a llamar al minuto, pero él se negó a hablar con ella.

—Guowen, no seas testarudo, tu madre quiere hablar contigo —le dijo su abuela.

—Pues dile que yo no quiero hablar con ella.

Se había encerrado en su cuarto. Miró a su alrededor. Sintió que su vida no tenía sentido, que aquellos ocho meses habían sido una farsa y que su madre no regresaría nunca. Su abuela llamó a la puerta del cuarto transcurridos unos minutos. Ya no se escuchaba el susurro de su voz al teléfono y el apartamento estaba en silencio.

—¿Puedo pasar?

Guowen no respondió. En realidad, le daba igual que entrara o que se quedara fuera. Se tapó los oídos y se tumbó en la cama de cara a la pared. Aun así, pudo oír su voz cuando le dijo:

—Anda, levanta de ahí, quiero explicarte una cosa.

Guowen, rígido como un alambre, no se movió.

—Sé que me estás oyendo. Lo único que quiero decirte es que tu madre piensa en ti todos los días, que a ella también le duele no poder estar aquí tan pronto como dijo. Pero que vendrá. Tienes que ser paciente.

Guowen permanecía en silencio. Había conseguido serenarse un poco, pero no le convencían aquellas palabras. Si era cierto que vendría, ¿por qué no había venido ya? ¿Por qué había esperado hasta el último momento para decirle que no regresaría?

Otros ocho meses después, su madre le anunció por fin que venía a buscarlo. En vez de entusiasmo, lo primero que cruzó la mente de Guowen fue que había tardado el doble del tiempo inicialmente establecido. Se sintió doblemente traicionado. Recibió la noticia con frialdad. Durante aquellos ocho meses, se había mostrado taciturno y había sacado malas notas en el colegio. El profesor decía que estaba distraído, que no prestaba interés y que pasaba los recreos solo. Se sentía, al igual que los meses anteriores, a caballo entre dos mundos, pero con la diferencia de que ahora carecía de un objetivo por el que esforzarse y seguir adelante. Las conversaciones telefónicas con su madre eran breves. Era ella quien hablaba y él respondía con monosílabos a sus preguntas acerca de los estudios y la convivencia con los abuelos. Mating le contaba anécdotas acerca de Madrid. Le hablaba del barrio en el que vivía, con sus edificios bajos, sus balcones, y su comunidad inmigrante. Había colocado una jardinera en el balcón del piso que compartía. Allí podía hacerlo, decía, porque las plantas no se mustiaban por la contaminación. Geranios, petunias, rododendros, azaleas; la gente tenía plantas y flores en los balcones, le había dicho con entusiasmo. «Cuando tenga dinero para cambiar de casa y vengas para acá, colocaremos más jardineras y, si te interesa, tú podrás ocuparte de regarlas», le decía. Aquellas alusiones a un futuro reencuentro congelaban la conversación unos instantes, y algo chirriaba en los oídos de ambos. Mating no se sentía orgullosa de su manera de actuar. Ahora quería volver a ganarse la confianza de su hijo, pero sentía que era como tantear un cuarto a ciegas. Estaban lejos, no podía analizar sus gestos y cada vez era más consciente de la distancia que la separaba de su día a día. Guowen no conseguía creer nada de lo que decía. Interpretaba esos comentarios como un chantaje que solo pretendía volver a ganarse su confianza.

Aun así, el momento tan esperado llegó. Guowen lo vivió en una nebulosa, a pesar de las señales inequívocas de que en esa ocasión se trataba de un acontecimiento real. En la cocina había un trozo de papel con la hora de llegada y el número de vuelo de su madre. La abuela ya había comprado todos los ingredientes para celebrar el acontecimiento con una gran comida, y el abuelo fue al barbero para cortarse el pelo.

—Prepara ya tu maleta, solo vas a estar aquí unos días, cuando llegue tu madre saldréis por ahí, estaréis más ocupados y se os echará el tiempo encima —sugirió su abuela.

Pero Guowen no quería preparar nada. Algo le decía que los acontecimientos aún podrían dar un giro. Tal vez su madre llamara desde el aeropuerto anunciando que finalmente no podía venir, tal vez tuvieran que esperarla con la comida preparada hasta que los platos quedaran fríos y se dieran cuenta de que no iba a llegar. Esa no era la madre que recordaba, ni la madre que quería tener. Una madre imprevisible y en la que no se podía confiar. Pero ya no podía evitar verla de ese modo, y si por un lado experimentaba rabia, por otro aquello le producía una inmensa tristeza.

—No quiero preparar la maleta —le dijo a su abuela—. Todavía no he decidido si me voy a ir.

—Qué tonterías son esas. Llevas meses esperando este momento.

Su abuelo, sentado en el sofá del salón, fumaba un cigarrillo.

—Nosotros nos hacemos mayores, algún día no estaremos, el lugar que te corresponde es al lado de tu madre.

—Cuando sea mayor y vosotros no estéis, no necesitaré estar al lado de nadie. Me podré valer por mí mismo.

El abuelo giró un instante la cabeza hacia él, pero sin comentarios.

Guowen no estaba del todo seguro de lo que decía. No sabía cuáles serían sus sentimientos cuando volviera a ver a su madre después de tanto tiempo, pero había decidido no volverse con ella y así se haría. Experimentaba cierta satisfacción anticipando la decepción de esta tras comprobar que había venido para nada, y que no le quedaría más remedio que volverse sola.

Su madre llegó un jueves por la mañana. Su abuela lo despertó temprano, aún no había salido el sol, y le ordenó que se aseara. Guowen entró en el cuarto de baño y se cepilló el cabello fuerte pero sin brillo. Él también había cambiado. Estaba más alto y más delgado. Ahora llegaba perfectamente al último estante del cuarto de baño. Creía percibir un leve ensanchamiento en su mandíbula que le otorgaba un aspecto más masculino. Apretó los dientes para comprobarlo, pero no estaba seguro. Sus rasgos también se habían afilado, y las curvas de sus pómulos y su barbilla, sus piernas y sus brazos ya no estaban tan redondeadas. Se duchó a regañadientes y su abuela, al verlo aparecer en el salón, se acercó para examinar su rostro.

—Te lavas el cuerpo pero no te lavas la cara —le dijo mientras le frotaba las legañas con el dedo.

Después del desayuno cogieron los tres un taxi rumbo al aeropuerto. Guowen no habló. Su abuelo, desde el asiento delantero, no dejaba de hacer comentarios.

—No sé por qué tienes esa cara. Deberías estar contento.

Guowen seguía sin contestar. Se dedicaba a observar el paisaje por la ventana. Las bicicletas viejas y oxidadas que no se detenían en los semáforos, las calles transitadas de aquella ciudad sin árboles. De pronto, se acordó de los comentarios que le hacía su madre durante las conversaciones telefónicas. Tal vez fuera cierto que en ese lugar las plantas se mustiaban. Era un agujero lleno de humo y de gente, comprimido bajo un cielo siempre gris y de nubes bajas. Era el único lugar que había conocido, pero la certeza arraigada de que allí estaban sus orígenes y de que aquel era el lugar donde le correspondía vivir se había ido disipando. Cuando su madre le anunció por primera vez que se trasladarían a España, sus sentimientos habían sido inequívocos, pero ahora en cambio no tenía certezas de ningún tipo. Le daba igual. Vivía en una nebulosa que envolvía no solo sus convicciones sino también sus afectos.

Su madre salió por la puerta de llegadas con una maleta pequeña y una amplia sonrisa. Guowen agachó la cabeza nada más verla. Cuando esta, tras saludar a los abuelos, colocó las manos sobre sus hombros y comentó lo mucho que había crecido, no le contestó. Ella no pareció darle mucha importancia a su silencio, y siguió hablando como si nada.

—Ahora está enfurruñado, pero ya se le pasará —comentó el abuelo.

En el camino de vuelta, discutieron animadamente. Guowen observaba a su madre y cómo había cambiado. Estaba más delgada, su rostro más anguloso. No le quitaba el ojo de encima, pero cuando ella se daba la vuelta o lo miraba, él apartaba la vista.

Comieron, hablaron, Mating les entregó los regalos que había traído: aceite de oliva, embutidos, chocolates para Guowen, que no quiso aceptarlos.

—¿Ya no te gusta el chocolate?

¿Por qué insistía en eludir sus rechazos, como si nada hubiera sucedido, como si las cosas siguieran igual que hacía dos años? Guowen se levantó del sillón exasperado y se dirigió a su cuarto.

Su madre y sus abuelos se miraron desconcertados.

—¡Wenwen, espera! —gritó Mating.

En aquella ocasión le siguió los pasos y entró en la habitación de su hijo.

—¿Cuánto tiempo vas a seguir sin hablarme? ¿No quieres darme una oportunidad?

Guowen, sin dirigirle la palabra, se puso en pie y volvió a caminar hacia la puerta.

—¿Te vas? ¿Adónde te vas? ¡Espera!

Guowen aligeró el paso y salió del apartamento. Bajó corriendo las escaleras del portal, y su madre fue detrás de él, gritando su nombre.

Algo había reventado. Por fin reconocía que su hijo no quería hablar con ella y que no estaba contento con su visita. Al llegar a la calle, siguió caminando en línea recta, sin darse la vuelta, sin dejar de escuchar la voz de su madre a varios metros detrás de él.

—Entiendo que estés enfadado, pero te pido perdón. Si piensas que esto ha sido fácil para mí, estás equivocado. Sé que te mentí, pero entonces, de verdad, no sabía en qué momento podría volver a por ti, y quería darte una respuesta. Te merecías una respuesta, ¿entiendes? No podía decirte que no sabía cuándo vendría a buscarte. Yo también tenía mi calendario, ¿sabes?, yo también he ido tachando los días.

Seguía hablando, a voz en grito, sofocada, mientras que Guowen caminaba, cada vez más rápido, y sin volver la vista.

—Si tu padre no se hubiera marchado, nunca hubiésemos tenido que llegar a esto, pero, créeme, el sitio a donde quiero llevarte está bien; si no quieres volver a confiar en mí, no vuelvas a hacerlo, pero solo por esta vez tienes que darme una oportunidad. Una oportunidad. ¿Entiendes? Solo una oportunidad.

Caminaron de aquella forma durante varios minutos, hasta que la voz de su madre se fue debilitando y perdiendo en la distancia. Aún se distinguía con cierta claridad, pero se había quedado atrás. Guowen decidió torcer por una esquina, y justo ahí se cruzó con una mujer que cargaba con un enorme tiesto entre las manos. La mujer se detuvo, lo depositó sobre el asfalto, sacudió las manos para desentumecerlas. La planta, una exuberante palmera, extendía sus hojas, de un verde oscuro reluciente, como tentáculos.

—¿Aquí no se mueren las plantas? —preguntó Guowen.

La mujer, acalorada, alzó la vista hacia él.

—¿Cómo dices? —preguntó sin entender.

—Eso, que si no se mueren.

—¿Y por qué iban a morirse?

—Por el clima, y por la contaminación.

La mujer se encogió de hombros y lo miró con perplejidad. Después volvió a levantar el tiesto, y siguió su camino. En ese momento, Mating ya lo había alcanzado.

—A lo mejor no se le muere, pero estaría más lustrosa con aire puro y más sol.

Por primera vez, su hijo la miró a los ojos.

—Es como las personas. Podemos vivir en cualquier sitio, pero en algunos lugares estamos mejor que en otros.

Guowen sintió por primera vez desde esa mañana la proximidad física de su madre. La tenía tan cerca que casi podía distinguir las líneas de su piel. Sus ojos suplicantes, y su frente cubierta de sudor, mostraban un aspecto desgastado. No podía seguir huyendo de ella.

—Sé que estás enfadado —insistió—, pero tienes que darme una oportunidad.

De repente, Guowen comprendió que esa piel ajada, esos ojos oblicuos y tristes, esas manos alargadas de donde sobresalían ya gruesas venas y pequeñas arrugas no eran más que el testimonio de sus sacrificios por construir una nueva vida en España, una vida de la que deseaba fervientemente que su hijo formara parte.

Se acercó a ella. Asintió sin pronunciar palabra.

—Vámonos a casa —dijo por fin—. Hace muchísimo calor.

Caminaron en silencio hasta llegar al portal del edificio. Allí, Guowen se detuvo un momento.

—¿Cuánto tarda el avión de aquí a Madrid?

Era la primera vez que preguntaba algo directamente relacionado con el viaje y que demostraba un interés genuino hacia la vida allí.

—Trece horas. Tendrás que llevarte libros, o juegos, o algo que hacer.

Subieron en ascensor y entraron en el apartamento. Los abuelos se los quedaron mirando, interrogantes, pero eran personas discretas, y no se atrevieron a preguntar.

***

Su primera sorpresa al llegar a Madrid fue conocer a Wang Hao. Su madre no le había anunciado que vivía con otro hombre y se frotaba las manos con nerviosismo cuando cogieron el taxi que los conduciría a su nuevo apartamento. Hablaba un poco de todo.

—En el barrio hay bastantes chinos, ya lo verás. Los vecinos son todos españoles, son amables, el día de la mudanza los del piso de abajo subieron a presentarse.

Guowen la escuchaba, pero no sabía a qué atribuir su nerviosismo. Contemplaba por la ventana el cielo majestuoso y azul y el ladrillo naranja de las fachadas de las casas.

—Tendrás tu propia habitación, hay dos cuartos de baño, y hay un colegio a poca distancia, ya tenemos apalabrada la inscripción.

El taxi circulaba sin prisas por la autopista.

—También hay una cosa más que debes saber —dijo por fin Mating. Su hijo se giró. Su voz había adquirido un tono más serio, y se acordó del día en que le anunció por teléfono que no vendría a recogerle tal y como le había prometido. Un escalofrío recorrió su cuerpo, una vaga sensación de desconfianza, como si no hubiese logrado del todo disipar la sospecha de que podía volver a traicionarlo.

—Vivo con otra persona. Antes ya te dije que vivía con otras mujeres chinas, y una pareja, éramos muchos, ahora solo somos dos. Estoy segura de que te va a gustar, se llama Wang Hao.

Habló de corrido, como si quisiera quitarse de encima el peso de esa confesión. Guowen no se mostró todo lo sorprendido que se pudiera esperar. Decidió confiar en su madre, suspender su juicio hacia ese tal Wang Hao, y bloquear conscientemente cualquier principio de suspicacia.

Fue precisamente Wang Hao quien les abrió la puerta del apartamento. Era un hombre grueso, alto, de rostro amable, vestido con pantalones cortos y chanclas de plástico. Apagó su cigarrillo en el cenicero que llevaba en la mano izquierda y en el umbral mismo de la casa tendió su mano derecha hacia Guowen.

—Encantado de conocerte. Y bienvenido a tu nuevo hogar.

Después le preguntó a Mating por el viaje, y anunció que la comida estaba lista. Tres cuencos de tallarines, espinacas frías con pasta de sésamo, costillas con patatas y cacahuetes.

—Primero te enseño tu habitación —dijo Mating.

—Os espero en la cocina —dijo Wang Hao.

Era un cuarto sencillo, con una cama y un armario, y mucha luz. En los marcos de aluminio de las ventanas se veían un par de pegatinas desgastadas.

—¿Te gusta? —preguntó su madre—. Es pequeño, pero es para ti solo.

Guowen asintió. Se sentía aún aturdido y cansado por el viaje.

Dejaron las maletas y se reunieron con Wang Hao.

—Yo soy del norte, de Harbin, por eso me gusta cocinar tallarines —le dijo a Guowen nada más sentarse a la mesa—. ¿Has estado en Harbin alguna vez?

Guowen negó con un gesto de cabeza.

—Cuando cocine tu madre comeremos más arroz, cuando cocine yo tendréis que aguantaros con los tallarines, aunque os gusten menos.

Rio con ganas.

—Él cocina mucho mejor que yo —dijo Mating, dirigiéndose a su hijo—. Este sabor que le da a los tallarines yo no sabría cómo lograrlo.

—Están muy buenos —corroboró Guowen con timidez.

No dijeron mucho más. Wang Hao era discreto. Hablaba lo justo. Parecía muy consciente del cansancio que arrastraban. La empatía que existía entre su madre y ese hombre era evidente, en la naturalidad con la que conversaban de las cosas más simples, en su forma de reírse. Su madre, a pesar del cansancio, parecía haber recobrado algo de energía gracias a su presencia.

Wang Hao sabía cocinar, pero, tal y como Guowen fue descubriendo poco a poco con los meses, ese era solamente uno de sus talentos. Regentaba dos tiendas, se ocupaba de limpiar el apartamento y de hacer las camas por las mañanas, traía bollos y refrescos por la noche cuando cerraba el negocio. Con sus ideas y sus pequeños detalles, sabía cómo inyectarle frescura y alegría a la rutina doméstica.

A veces sugería que fueran a algún sitio de excursión. Sin embargo, a pesar de sus buenas intenciones, aquellos planes rara vez se cumplían. Estaban demasiado ocupados.

Wang Hao le había confesado a Guowen en una ocasión que no conocía la mayoría de los lugares turísticos de Madrid. «Llevo aquí veinte años y es como si hubiera llegado ayer», reía. Se reía de sí mismo con facilidad. No era orgulloso, ni exigente, ni vanidoso con sus logros y sus talentos.

Durante los primeros meses, sin embargo, hicieron el esfuerzo de coger el coche un domingo para ir a la sierra. Llenaron sus mochilas con bañadores, agua y comida, y siguieron una ruta muy transitada por las familias madrileñas. Mating estaba obsesionada con integrar a su hijo en la sociedad española, con ofrecerle todas aquellas ventajas de las que ella, debido a las circunstancias de su llegada, no había podido disfrutar. No quería que se sintiera al margen, ni diferente, que un buen día le anunciara que no estaba contento y que quería regresar a China. Por eso pensaba que ese tipo de excursión era importante, que le acercaba a la vida y costumbres de los demás niños del país.

—Se llama Charca Verde, hay que caminar un poco y se llega a una charca donde puedes bañarte —dijo aquel día en el coche mientras estudiaba el mapa de carreteras.

La noche anterior habían discutido acerca de las consecuencias de cerrar el negocio durante un día.

«Vamos a tener muchas pérdidas —se preocupaba Mating—, ya sé que estaba decidida, pero a veces tengo dudas.» «Te contradices —contestaba Wang Hao—, si quieres que tu hijo se integre en la sociedad española tendrás que hacer lo mismo que los españoles, y ellos cierran sus tiendas los domingos.» «Sí, pero si perdemos dinero por cerrar la tienda será aún peor para él porque no tendré suficiente para cubrir sus necesidades básicas», insistía ella. «Venga, venga, solamente es un día, no tiene importancia.»

Fue una excursión rara. Llegaron allí, dejaron sus mochilas, y contemplaron el agua durante largo rato. Se acercaban a la orilla como gatos recelosos, metían el pie con cautela, y lo sacaban inmediatamente porque el agua estaba helada. Mientras tanto, era verano y los niños y las familias españolas chapoteaban, riendo sin parar y arrojándose a la charca desde las rocas. Eran diferentes, pensó ese día Guowen. En China jamás se había bañado. Alguna vez le habían llevado a la piscina pública atiborrada de gente, pero poco más. Tampoco sabía nadar. Contempló a Wang Hao, que había propuesto aquel plan pero que ahora se mantenía al margen, fumando sus cigarrillos sobre una roca plana, respetuoso con el agua, y a su madre, a la que nunca había visto en bañador, con sus omoplatos salientes y las costillas que se apreciaban por debajo de la piel a ambos lados de su columna, caminando insegura por entre la naturaleza.

Regresaron a casa sin comentarios, queriendo convencerse de que lo habían pasado muy bien cuando en realidad aquella excursión les había dejado indiferentes.

Otro día, visitaron el zoo. También fue idea de Wang Hao, y volvieron a cerrar la tienda ese domingo. Era un día caluroso y Mating vestía pantalones cortos y una visera, totalmente concienciada de su condición de turista. Recorrieron todos los recintos, comentando los comportamientos de los animales, mientras Wang Hao una vez más se mantenía algo al margen, distraído, siempre con su cigarrillo en la boca.

Cuando regresaron a casa, Guowen le preguntó:

—No parecías muy interesado, ¿es que no te gustan los animales?

—Claro que me gustan, pero prefiero verlos en libertad.

Wang Hao rio. Siempre que decía algo que Guowen juzgaba interesante, justo, o digno de reflexión, se echaba a reír, como quitándole importancia a sus palabras.

No tardó en desarrollar afecto y admiración hacia él. Era fácil quererlo, y Mating no ocultaba su satisfacción con esos lazos que se estrechaban cada día.

Guowen comenzó a ir al colegio, y cuando empezaron a irle mal los estudios, la primera persona a quien acudió fue Wang Hao. Este le inspiraba esa confianza y tranquilidad que siempre estuvo buscando y nunca encontró en su padre. Comprendía por qué su madre se había enamorado de él. Aún recordaba la incertidumbre diaria en China de no saber cuándo ni a qué hora ni en qué estado de embriaguez regresaría su padre, y no podía evitar compararla con la paz de espíritu que inspiraba la presencia de Wang Hao. Siempre estaba presente cuando se lo necesitaba. Si se producía un apagón de luz, aparecían cucarachas en el cuarto de baño o hacía falta salir corriendo a la tienda para comprar un ingrediente de última hora para la cena, ahí estaba siempre él para encargarse. Además, Guowen sabía que en esa casa nunca faltaría el dinero. La fisionomía de su madre no recuperó su lustre y juventud, permaneció frágil y consumida por aquellos años de sacrificio al lado de su padre, pero su nerviosismo y su rigidez se habían relajado. Ya no estaba en la obligación de ocuparse de todo, tenía alguien en quien apoyarse, se la veía más feliz, y aunque solo hubiese sido por ese motivo, pensaba Guowen, Wang Hao se merecía el mayor de sus respetos.

Aquel día, acababa de recibir las notas del tercer trimestre, y esperó cabizbajo a que Wang Hao y su madre regresaran de la tienda. Mientras ella se quitaba la ropa en el dormitorio, y él calentaba la comida, Guowen, sentado en una silla de la cocina, le dijo:

—Quiero dejar de estudiar.

Wang Hao se dio la vuelta.

—No me mires así. No quiero seguir en el colegio, la gente se mete conmigo, y he vuelto a suspender casi todas las asignaturas.

Le tendió el cuadernillo con las notas.

—¿Quién se mete contigo? ¿Y desde cuándo?

Guowen se encogió de hombros.

—Da igual. Ahora ya no se meten tanto, pero lo siguen haciendo. Los chicos de clase. Pero eso es lo de menos. No me gusta, y no sirvo para estudiar.

Wang Hao les echó un vistazo rápido a las notas, pero estaba todo escrito en español.

—¿Y qué te gustaría hacer?

—Había pensado en ayudarte en la tienda.

Guowen alzó la vista con timidez, a la espera de una reacción, pero Wang Hao se quedó pensativo.

—Vamos a tener que hablarlo con tu madre.

Conversaron un rato más, hasta que Mating llegó a la cocina. Guowen se retiró a su cuarto. Habían quedado en que sería Wang Hao quien le hablaría primero del tema. Su primera reacción fue poner el grito en el cielo; después, echarse a llorar. Guowen, que espiaba la conversación desde el pasillo, se acercó al marco de la puerta y vio cómo su madre ocultaba el rostro entre las manos y recostaba la cabeza sobre el pecho de Wang Hao.

—Venga, venga, tampoco es para tanto.

—¿Que no es para tanto, dices? Es un fracaso. Lo he traído aquí para que tenga una vida mejor y lo que está sucediendo es todo lo contrario. En China por lo menos hubiese podido estudiar. Me arrepiento, lo he traído demasiado tarde y es demasiado mayor para adaptarse.

—No digas tonterías. Lo has traído lo más pronto que ha sido posible, ya está. No te culpabilices por eso.

Guowen contemplaba la escena con el corazón encogido. Tuvo una sensación nueva, inesperada, que nunca anticipó que fuera a sentir, y menos en un momento como aquel. Un súbito resentimiento olvidado hacia su padre regurgitó de las profundidades de su ser. Él era el culpable de todo aquello. De no haber sido por su partida no estarían ahora en España luchando por aprender un idioma endemoniado, y su madre no se estaría consumiendo de dolor y culpa por cosas que no había podido evitar. Todo lo que habían soportado durante esos largos meses discurrió de nuevo ante su mente. Una nueva fuerza y determinación de hacer algo con su vida surgió en él de repente. Tuvo el impulso de correr hacia la cocina, abrazar a su madre que seguía llorando, y decirle que no se preocupara, que trabajaría duro como Wang Hao y que a pesar de abandonar los estudios saldría adelante y triunfaría. Aunque solo fuera por exorcizar la sombra de su padre y probarse a sí mismo que no estaban hechos del mismo material.

No volvieron a hacer más excursiones después del zoo. Por algún motivo, no se volvió a hablar del tema, y Guowen tampoco manifestó ningún interés por conocer más sitios. La vida diaria se fue concentrando en un universo cada vez más reducido. Primero se terminaron las excursiones, después Guowen dejó de ir al colegio, y pasado un tiempo, sus vidas se redujeron a las cuatro paredes de la tienda. Guowen y Wang Hao estaban solos la mayor parte del día. Acordaron que Mating se trasladaría al otro negocio que tenían al sur de la ciudad y que últimamente no estaba registrando muchas ganancias.

Guowen aprendió a hacer las cuentas, a encargar y recibir mercancías, a colocar cada producto en su lugar correspondiente y a solucionar las quejas de los clientes. Se sentía útil. Wang Hao delegó en él muchas responsabilidades, le asignó un sueldo mensual y nunca lo trató como al hijo de su pareja, sino como a un socio. También le daba consejos. «Hay palabras básicas de español que tienes que aprender», le decía. «Lo más importante, agilidad con los números. Y hay que ser rápido, para devolver el cambio sin equivocarse. No hay nada peor que eso. La gente se pone furiosa.» Al margen de los números, que Guowen había aprendido perfectamente en la escuela, estaban también los nombres de cada producto, las fórmulas de educación. Era una tienda miscelánea, con todo tipo de cosas, desde artículos de papelería a herramientas de jardinería.

Los días transcurrían a gran velocidad, idénticos unos a otros, y Guowen nunca se detuvo a reflexionar acerca de las carencias de ese tipo de vida. No echaba de menos amigos de su edad. Le bastaba la compañía de Wang Hao. Los mediodías, cuando disminuía la clientela, se sentaban en sillas detrás del mostrador de la caja y conversaban. Wang Hao hablaba de la vida en Harbin. Las tormentas de nieve, los deportes de invierno, la tradición de comidas con vodka heredada de sus vecinos rusos. Era un hombre sólido, al que se podía perfectamente imaginar creciendo a temperaturas extremas y a base de grandes cantidades de alcohol. Había llegado a España solo, nunca se había casado ni tenía hijos.

—¿Y cómo conociste a mi madre? —le preguntó un día Guowen durante una de esas conversaciones.

—Un anuncio en el periódico chino —contestó él—. Me sentía solo y quería compartir mi vida con alguien. Tuve mucha suerte.

Guowen lo miró con una sonrisa tímida y agradecida. Su madre también había tenido mucha suerte, pensó en ese momento, pero no lo dijo.

—Cuando sea mayor quiero ser como tú —le dijo Guowen. Hablaba totalmente en serio, pero Wang Hao se echó a reír.

—¿Como yo? Mírame bien. ¿De verdad quieres convertirte en alguien gordo y feo como yo?

Guowen no lo veía de esa forma. Aun así, contestó:

—No me refería a eso. Quería decir alguien con dinero, un buen trabajo y talento para ocuparse de su familia.

Wang Hao se puso serio. Nunca hablaban del padre de Guowen, pero sabía que aquella era una alusión indirecta a todo aquello en lo que su padre había fallado. Le revolvió el pelo cariñosamente con la mano.

—No te preocupes por eso. Te convertirás en alguien con muchos más talentos que yo, estoy seguro.

Por las noches, se reunían con Mating en el apartamento. Ella cogía el metro desde el otro local. Wang Hao siempre tenía la cena preparada. Por las mañanas, también se levantaba temprano y dejaba el almuerzo listo en recipientes herméticos sobre la encimera de la cocina. Cenaban los tres juntos y compartían anécdotas acerca de las ventas y los clientes. Por las noches, tumbado sobre la cama, Guowen contaba los billetes que iba ahorrando con el transcurso de los meses y que doblaba cuidadosamente por la mitad antes de introducir en un bote de cristal vacío. Pronto llenó el bote, y tuvo que utilizar un segundo. Soñaba, en la quietud y el silencio de la noche, con invertir en un nuevo negocio con esos ahorros. Pensaba a menudo en el futuro. Wang Hao le había dicho que solo era necesario tener algo de dinero, iniciativa y espíritu de sacrificio para triunfar. Sentía, a su corta edad, el impulso de hacer algo productivo. No echaba de menos el colegio, ni tampoco las diversiones propias de su edad. Había llegado a España con trece años, y de esa forma vivió hasta los dieciséis, momento en que, siguiendo una vez más el ejemplo de Wang Hao, colgó un anuncio en el periódico.

Dapeng

Nana llevaba días sin lograr concentrarse. Llegaba a casa alterada, arrojaba al suelo la enorme bolsa de plástico con los bolsos que vendía en la calle, y se sentaba en la mesa con la frente apoyada sobre su mano izquierda. Los niños lloraban y se peleaban entre ellos, pero le daba igual. Normalmente les pegaba un cachete a cada uno o ataba a Baobao a la mesa, pero ya ni siquiera se sentía con energías para dominar el caos de su propio hogar. Su mente estaba en otro lugar. Fangfang, que parecía consciente del estado de ánimo de su madre, se acercaba a ella y le acariciaba el pelo con las yemas de los dedos. Sin embargo, después le arrancaba las canas y se reía. Hacía nudos con los cabellos sueltos. Los examinaba a la luz de una bombilla. Nana se dejaba hacer, pero sin prestarle ninguna atención. Todos sus esfuerzos y preocupaciones se centraban ahora en la encrucijada de cómo conseguir dinero.

En la esquina de la mesa había colocado un calendario que todas las mañanas le recordaba el poco tiempo que les quedaba antes de que los echaran de aquella casa. Aún no sabía cuántos días exactamente. El propietario había calculado de tres a cuatro meses, pero ella no podía disipar el miedo de que en cualquier momento sonara el teléfono y le anunciara que debía marcharse al día siguiente. No era un hombre de fiar, había llegado a la conclusión, y si se había mostrado tan poco claro respecto al tiempo que podía quedarse, lo mismo podía llamar en cualquier momento y darle una desagradable sorpresa. No había buscado otros pisos. La aprensión hacia la incertidumbre del futuro paralizaba su mente, como si no fuera capaz de ver más allá de lo que tenía delante de sus narices. Sabía que debía hacer proyectos, que la vida no se iba a solucionar con esa actitud, pero estaba exhausta y paralizada por el miedo. Su único plan de acción había sido acercarse a comprar el periódico chino y echar un vistazo a los anuncios de alquiler. Todo estaba fuera de su alcance. Se planteó alquilar una habitación en un piso compartido, pero sin mucha convicción. No sabía muy bien si alguien accedería a compartir piso con ellos, ni tampoco cómo iban a caber en un cuarto cuatro personas y las cenizas de un muerto. Aunque se desprendiera de todo lo demás, aunque renunciara a todas sus pertenencias que por otro lado eran muy escasas, seguía siendo un plan disparatado.

Por otro lado, frente al viejo calendario descansaban también las cenizas en su majestuosa urna, recordándole cada día que debía ahorrar dinero para ofrecerle a su marido el entierro digno que le correspondía. No sabía qué era más importante, si el entierro o la casa. Cualquier persona sensata le hubiese dicho que lo prioritario era buscar un techo bajo el que vivir, pero ella no podía dejar de pensar que estaba en deuda con A'Lei, y con cada día que pasaba crecía la ansiedad por no ser capaz de ofrecerle el homenaje que se merecía. Se acordaba de la extravagante marca que su hija Yan le había hecho tatuar para poder identificarlo, y de todos los recuerdos caducos que habían emanado de su rostro sin vida durante aquel último encuentro en el salón de su hija. Sentía que le debía algo, algo importante que él no tuvo el coraje de exigirle, y esa culpa era casi más grande que la de no poder proporcionarles a su hija y a sus nietos un techo bajo el que vivir.

Yan le había enviado algo de dinero, pero poco, disculpándose porque su marido aún no había encontrado trabajo. Con ella no podía contar, igual que no podía depender de nadie en aquel mundo de gritos y silencios.

Los niños volvían a gritar, y Fangfang, como de costumbre, los señalaba gesticulando exageradamente y abriendo una boca enorme que no emitía ningún sonido.

—¡Silencio! —gritó Nana.

Aquella exasperación, que no era capaz de controlar, iba acompañada de una vaga sensación de impaciencia, como si las exigencias de la vida diaria se acumularan sin permitirle detenerse a pensar en nada. Había vivido así durante muchos años, sin pensar, hasta el accidente de Fangfang, pero ahora sentía que necesitaba un tiempo y un espacio para reflexionar.

Sacó un viejo bloc de notas del cajón donde guardaba los utensilios de cocina y decidió escribir una lista con posibles formas de conseguir dinero. Llevaba semanas dándole vueltas. En primer lugar, buscar un trabajo. La gente se burlaría al ver a una persona casi en edad de jubilación solicitando empleo, pero aún tenía esperanzas de que tal vez en algún negocio chino la edad, sinónimo de experiencia y sentido común, fuera vista como una ventaja. Marcó esa opción con un asterisco. Después estaba llamar a su yerno y explicarle que por el momento no podía seguir haciéndose cargo de Fangfang y de unos niños que, después de todo, él había engendrado. Discutirían, como siempre. Hablaban poco, pero era un hombre hosco y directo, sin pelos en la lengua, y en eso le recordaba un poco a ella misma cuando era joven. Su precipitación y su pragmatismo lo cerraban en banda a cualquier explicación, para él todo era blanco o negro, y Nana sabía que ante la sugerencia de que se ocupara de Fangfang y de los niños por un tiempo, su respuesta sería negativa. Aun así, marcó esa opción con un asterisco. Aquella era por supuesto una alternativa a la desesperada. Nana era plenamente consciente de lo que suponía abandonar a Fangfang y a los niños con Dapeng. Una vida de brutalidad y miseria, por un lado, y por otro, la sombría amenaza de que Fangfang volviera a quedar embarazada. Lo había pensado. Le había dado vueltas y vueltas, pero no tenía más alternativa, y se consolaba por lo menos con la idea de que sería una solución temporal y sobre todo con la certeza de que Dapeng nunca aceptaría. Después anotó otras alternativas más dudosas, como pedirle dinero a Yan, robar, o mendigar en el metro, pero enseguida las tachó. Miró a su alrededor y se preguntó cómo había acabado de esa forma. Ya no quedaba ni rastro de aquella apacible vida anterior con una familia unida, un buen negocio, y un bienestar de clase media. No reconocía absolutamente nada de lo que en un momento de su vida le había pertenecido, incluyéndose a sí misma. No, ella tampoco era la misma. Ni tampoco Fangfang. Si comparaba a su hija con la adolescente que había sido antes, ni siquiera reconocía sus rasgos físicos. Su mirada había perdido intensidad y agudeza, sus mejillas sin pliegues, como las de un bebé, eran como un suelo por el que la vida transcurre, fantasmagórica, sin dejar huella.

Era de noche y sintió la necesidad de tomar las riendas de su situación. Decidió finalmente llamar a su yerno y explicarle lo que sucedía. Él solo llamaba una vez al año, coincidiendo con el Año Nuevo, y preguntaba por sus hijos y por Fangfang. No tenían mucho de qué hablar. Aquella conversación no fue muy distinta de las anteriores. Se llamaba Xie Peng, pero allí todos lo llamaban Dapeng. Reconoció enseguida su voz grave y ruda, las interferencias de su teléfono, ese móvil con la pantalla rayada que seguramente seguía utilizando desde su última visita. Hablaron durante cinco minutos de tonterías, el tiempo, la sequía, los niños y la madre de Dapeng, que vivía con él en la misma casa pero no podía moverse de la cama.

—Escucha, te he llamado porque tengo un favor que pedirte —dijo por fin Nana.

Se hizo un silencio, y Nana sintió la tensión de Dapeng al otro lado del aparato.

—No tengo mucho tiempo —le dijo—. Mi madre está con resfriado y cuando está enferma es muy exigente.

—Solo voy a quitarte unos minutos —le dijo Nana—. Quería hablarte de los niños y de Fangfang. Pedirte si puedes ocuparte de ellos. Aunque sea por un tiempo. Aquí las cosas no nos van bien.

Dapeng volvió a carraspear y de nuevo transcurrieron unos segundos sin que dijera nada.

—Ya sé que ese no era el trato, pero no tengo más remedio que pedírtelo.

Él prolongó su silencio, hasta que dijo:

—No, ese no era el trato. Aquí no hay sitio ni dinero para mantener a tres personas más. Y los niños son muy pequeños. Yo tengo que trabajar en el campo, y ya sabes que mi madre está incapacitada. Tampoco podría ocuparse.

—Pero son tus hijos y tu mujer —le increpó Nana, alzando su tono de voz, y con indignación, ante su negativa tajante—. ¿No puedes hacer un esfuerzo?

—¿Acaso estás ya muerta? ¿Acaso estoy hablando con un espíritu? Porque si es así dímelo y entonces haré el esfuerzo de ocuparme de ellos, porque eso fue en lo que quedamos. Hasta entonces no va a ser posible.

Nana se quedó sin palabras. Aquella era la brutalidad de la que hablaba. De nada servía insistir. Dapeng no era un hombre dispuesto a hacer concesiones y era difícil negociar con él. A Nana siempre le pareció una persona testaruda y simple, con pocas ideas. Por esa simplicidad pensó que el matrimonio con Fangfang no generaría ningún roce. Sospechaba que él nunca tuvo grandes expectativas y que solo buscaba una mujer joven, fértil, y hermosa, sin importar su carácter ni sus limitaciones. Por todo eso accedió Nana al matrimonio, y también, por supuesto, porque nunca hubiese logrado casar a su hija de no haber sido con alguien como él.

Lili, amiga de Nana desde la infancia, fue la persona que se encargó de hablar con la madre de Dapeng desde China. Esta fue, después de todo, la que más interés mostró en ese enlace, y a pesar de carecer de movilidad física era capaz de mover montañas con sus propósitos. Había intentado casar a su hijo ya varias veces, pero sin éxito, y ya solo le quedaba juntarlo con alguien como Fangfang. Nana no estaba al corriente del motivo por el que sus intentos anteriores habían fracasado, ni tenía interés por averiguarlo. Era consciente de que de todos modos no podía permitirse el lujo de escoger. Aun así, ninguno de los dos, madre e hijo, le gustaba, ni tampoco la granja en la que vivían. Era un lugar que supuraba necedad y violencia. Su amiga Lili había insistido, desde China, y mucho antes de que ella conociera al futuro esposo, en que era una decisión acertada, y Nana se había convencido, pero cuando llegó allí con Fangfang para la boda se le cayó el alma a los pies. No pudo evitar constatar con amargura que había trabajado tantos años para acabar ofreciéndole a su hija un futuro triste o cuando menos incierto y una situación mucho peor que aquella de la que provenía.

Estaban en pleno verano. Accedieron al pueblo por una carretera estrecha sin asfaltar, montadas en un todoterreno que les cobró cinco yuanes por el trayecto desde la estación de autobuses. Fangfang se mostraba entusiasmada con la naturaleza. Acostumbrada a las cuatro paredes de su sótano de Madrid, aquella libertad era algo totalmente nuevo para ella. «Estamos en China, nuestro país», le repetía Nana constantemente desde que llegaron, pero ella no parecía tener conciencia de dónde se encontraban, ni de qué habían venido a hacer allí. Mientras ascendían la cuesta levantando polvo por el camino accidentado, Nana pensaba en A'Lei. Lo había llamado por teléfono para consultar con él la decisión de casar a Fangfang, pero de él tampoco obtuvo ninguna reacción ni respuesta. Por aquella época sus signos de enajenación eran muy pronunciados, y al igual que Fangfang, tampoco parecía muy al corriente de lo que se le hablaba. Su hija Yan le dijo sin vacilar que el matrimonio no le parecía buena idea, pero fue una respuesta a la ligera. A ella le daba igual. Por eso no pudo contar con el apoyo ni el consejo de nadie a la hora de tomar esa decisión.

Ahora, años después del matrimonio, y tras la conversación por teléfono con Dapeng, Nana se preguntaba si todo aquello fue una decisión acertada. Tampoco sabía si Dapeng se haría cargo de Fangfang y los niños después de que Nana abandonara el mundo, a pesar de que su amiga Lili le había asegurado que era un hombre de palabra, y que de todos modos ella misma velaría por ver cumplido el acuerdo. Aun así, Nana tenía reservas. Lili era más joven que ella, y seguramente viviría más años, los suficientes como para cerciorarse de que se cumplía el trato, pero quién sabe, no podía tener ninguna garantía.

La primera escena que presenciaron al bajarse del todoterreno fue cómo Dapeng se ensañaba a patadas y golpes con un ternero. El animal había caído al suelo con las patas dobladas y mugía agónicamente mientras miraba a su dueño con ojos aterrados. Se encontraban en una explanada a varios metros de la casa. Dapeng le arreaba en las costillas y en el trasero, y cuando hubo terminado, lo arrastró de las orejas por la arena, con tan mala leche que Nana pensó que acabaría arrancándoselas. Nana se llevó la mano a la boca. Fangfang, que había permanecido la mayor parte del camino sonriendo y señalando todo lo que veía, también se quedó petrificada, sin realizar el más mínimo movimiento. Esa fue la primera imagen que tuvieron de Dapeng, y a Nana se le quedó grabada para siempre. Cuando este distinguió su presencia a varios metros, se cubrió la frente con la mano para interceptar los rayos del sol y lanzó un silbido.

—¡Eh! —gritó—. ¡Bienvenidas!

No hizo comentario alguno acerca del ternero, que hacía ahora esfuerzos por levantarse del suelo. Realizó varios intentos, pero tenía las patas malheridas o tal vez rotas y volvía a caerse. Lo dejó allí tirado, atado a un poste de madera a pleno sol.

Aquel era entonces el lugar al que había condenado a su hija, pensó Nana, con remordimiento, y alzando la vista hacia el cielo como pidiendo misericordia.

Cuando más tarde le comentó a Lili sus impresiones, esta le increpó que se había vuelto demasiado *sofisticada*. «¿Acaso se te ha olvidado de dónde vienes? Tu pueblo no es mucho mejor que este, lo que pasa es que España te ha dado aires de grandeza.»

Tal vez fuera cierto, pensó. Recordó el lugar donde había nacido, un pueblo no mucho más próspero en donde los habitantes tenían fama de ladrones y mentirosos.

Aquella primera visita, que dio lugar a la boda, fue también la que dio lugar al primer embarazo de Fangfang. A la boda no acudió nadie salvo los interesados y sus madres respectivas. Colocaron con dificultad a la madre de Dapeng en una silla de ruedas. Todo fue breve. Firmaron los papeles y regresaron a casa sin ceremonias. Dapeng salió a trabajar nada más concluir el trámite, y no regresó hasta la hora de la cena. Durante todo ese día, Nana y Fangfang deambularon por los parajes cercanos sin nada que hacer, pero hacía demasiado calor y no tuvieron más remedio que volver al mediodía. Se habían llevado unos panecillos hervidos y un huevo duro cada una, que comieron en el umbrío salón de la casa.

—Debe de ser agotador trabajar en el campo con este tiempo —dijo Nana, dirigiéndose a la madre de Dapeng.

Esta veía la televisión sentada en la silla de ruedas. Normalmente no se movía de la cama, salvo en circunstancias excepcionales, pero una vez que lo hacía, trataba de aguantar el resto del día en la silla. Una manta vieja cubría sus piernas escurridas y permanecía quieta con la vista fija en el televisor.

—Mi hijo trabaja muy duro. Siempre ha trabajado muy duro —dijo—. Por eso es un buen partido.

El tono de su voz era hosco y distante como el de su hijo.

—En mi pueblo también hace calor, pero no tanto —observó Nana.

—El calor cansa, y en invierno el frío —dijo la anciana—, por eso aquí hace falta alguien que se ocupe de la casa. Mi hijo llega muy cansado. ¿Tu hija sabe cocinar y limpiar?

Miró a Fangfang, que masticaba lentamente su *mantou*, intimidada por aquella voz severa, sentada sobre un taburete con las rodillas muy juntas y sin levantar la cabeza.

—Bueno, limpiar sí sabe, ¿verdad, Fangfang?, aunque en casa siempre me he ocupado yo de las cosas. Y a cocinar estoy segura de que aprenderá enseguida.

La anciana refunfuñó para sus adentros, y después añadió:

—Cuando venga a vivir aquí tendrá que saber ocuparse de esas cosas, y hacerse útil.

—Descuide que así será.

Nana no tenía demasiadas ganas de seguir con esa conversación. Miró a su alrededor. Sus ojos recorrieron lentamente las paredes desnudas de la estancia y se detuvieron un instante en el rostro largo y arrugado de la anciana, con su mandíbula torcida y aquel desagradable tic en la barbilla. Era mucho mayor que ella y con más achaques. El día en que Fangfang tuviera que mudarse por fin a esa casa, lo más seguro es que aquella mujer estuviera ya muerta. O eso esperaba al menos. Su hija se había terminado el *mantou* y el huevo duro y no decía nada. No parecía del todo ajena a aquel lugar. Contemplaba, al igual que Nana, las paredes pero sin extrañeza. Fangfang, en realidad, poseía la facultad de saber estar en cualquier sitio sin sentirse del todo extraña, como no acababa tampoco de estar de pleno en ninguna parte. Su presencia era algo evanescente, camaleónica, por momentos se fundía con el decorado, su existencia se sumergía entre las conversaciones de los demás presentes, como si no se encontrara realmente allí, pero a la vez jamás mostraba signos de molestia o impaciencia.

Nana debería sentirse satisfecha por haberle encontrado por fin un marido, pero en cambio se sentía culpable. Hubiese debido aguardar con ansia el momento de ver a Fangfang instalada por fin en aquel nuevo hogar, igual que el sueño de todo padre era ver casados a sus hijos, pero en su caso era distinto. Sentía que con aquel matrimonio, al igual que con muchas otras cosas, le había fallado a su hija. La culpa estaba siempre ahí, como una bola pastosa, en la boca del estómago.

Ese día, Nana preparó la cena y estuvieron esperando a Dapeng hasta la caída del sol. Se sentaron a la mesa y hablaron poco. La anciana se llevaba los palillos a la boca sin apartar el rostro del televisor. Dapeng, sudoroso y exhausto, tampoco tenía ganas de conversación. Sus dedos grandes, de uñas manchadas de tierra, sujetaban con firmeza los palillos. Comió rápido y dejó los platos encima de la mesa para que los recogiera Nana.

—Mamá, ¿te dejo en tu habitación? —dijo, levantándose de la silla.

La anciana, distraída, ni siquiera respondió, y Dapeng se la llevó. Cuando regresó, se plantó de pie en el salón con las piernas entreabiertas, sin darse cuenta tal vez de su actitud decidida y beligerante. Su robusta silueta proyectaba una sombra sobre la mesa.

—Ya es tarde. Es hora de retirarse —dijo.

Después le hizo un gesto de cabeza a Fangfang para que lo acompañara. Esta miró a su madre, interrogante.

—Ve con él —le dijo Nana—. Es tu marido.

Fangfang se dejó arrastrar por Dapeng, pero sin apartar el rostro perplejo de su madre. Nana agachó la cabeza, contó hasta diez, y cuando volvió a mirar, estaba sola en la estancia. Tras terminar de fregar los platos, extendió las sábanas que le habían dejado sobre el sillón y se acurrucó de lado con las piernas dobladas.

No durmió en toda la noche pensando en su hija. Trató de prestar oído para discernir ruidos en la habitación, pero sin éxito. Estuvo dando vueltas en el estrecho sillón hasta que el cielo empezó a clarear y se escucharon los primeros ruidos en la casa, la tos gangosa de la anciana que se revolvía en la cama y después los pasos de Dapeng. Este apareció en la estancia principal sin camiseta y en ropa interior. Nana se hizo la dormida, pero observaba desde el sillón sus gestos mientras ponía a hervir la tetera metálica y sacaba unos cuantos *mantou* de un recipiente de plástico. Sus piernas macizas y lampiñas asomaban por debajo de sus calzoncillos, y sus pies anchos se asemejaban a los de un palmípedo. Se puso a silbar sin reparar en que podría despertar a Nana. Parecía contento y despejado. Después llevó unos cuantos panes y un vaso de leche de soja hasta la habitación de su madre y se fue a trabajar. La casa volvió a sumergirse en silencio y Nana se puso en pie. Deambuló descalza por el suelo de piedra y se acercó sigilosamente a la puerta del dormitorio donde habían pasado la noche su hija y Dapeng. Estaba cerrada y no se oía nada.

—¿Fangfang? —susurró—. ¿Estás ahí, Fangfang?

Pero no obtuvo respuesta. Volvió a colocarse en el sillón, y esperó. No tenía hambre. Aguardó ahí sentada, inmóvil, y con la mente en blanco, hasta que el sol fue tomando altura en el firmamento y en la casa comenzó a reinar un ambiente más tibio propio del mediodía. Entonces, Fangfang salió por fin del dormitorio. Nana se levantó bruscamente del sillón, se precipitó hacia ella, le agarró los hombros.

—¿Estás bien? ¿Has dormido bien?

Fangfang la miró, y sus ojos vacíos adquirieron de repente una expresión asustada. Se revolvió para zafarse de las manos de su madre que le apretaban los hombros, como si no entendiera el motivo de esa ansiedad. Nana suspiró. Por supuesto, no le diría nada. Aun así, parecía apagada y exhausta. No hizo intención de salir inmediatamente a la calle en busca de animales, insectos o plantas, sino que permaneció toda la mañana sentada en un sillón con las piernas cruzadas. En cierto modo, no parecía la misma, y era comprensible. Era la primera noche en muchos años que pasaba con un hombre. Y por si fuera poco, un hombre como Dapeng. Nana imaginaba su voluminoso cuerpo ejerciendo presión sobre el de su hija, sus fuertes brazos inmovilizando sus hombros y las plantas de sus pies sucias y cuarteadas restregándose sobre las pantorrillas blancas de Fangfang.

Hubiese deseado que las cosas fueran diferentes, pero no podía quejarse. Después de todo, ya tenía un marido, y había cumplido con el objetivo de ese largo viaje.

El día transcurrió sin novedades. Nana preparó la comida, se la llevó a la anciana a la cama, tal y como le había indicado Dapeng la víspera, y se dedicó a ver la televisión. No tenía ganas de hacer nada. Hacía calor. Todavía le quedaba una semana allí, pero ya estaba deseando regresar a España. No se sentía cómoda en esa casa, pero al mismo tiempo no podía creer que quisiera regresar al sótano infecto y a la miseria en la que vivía, que ni siquiera en su propio país tuviera un lugar mejor al que dirigirse.

Dapeng regresó por la noche como de costumbre. Cenaron, intercambiaron breves comentarios, y tras llevarse a su madre a sus aposentos se retiró con Fangang a la habitación, reproduciendo exactamente la misma escena que la noche anterior. Sin embargo, en aquella ocasión, le dio varias vueltas al cerrojo de la puerta del dormitorio. Nana tampoco durmió bien aquella noche, y cuando a las nueve de la mañana su hija salió del cuarto, lo hizo con una sonrisa. Su rostro ya no estaba sellado por esa mezcla de pavor y perplejidad del día anterior, y volvía a ser la misma de siempre. Salió a la calle y se dedicó a arrancar hierbajos y a cavar hoyos en la tierra, igual que hacía, como una niña pequeña, en los parques de Madrid. Ahora era Nana la que, confundida, observaba sus gestos y su naturalidad desde la ventana. ¿Qué había sucedido durante la noche para que de repente todo volviera a la normalidad? Tal vez fue Nana misma quien se había empeñado en dramatizar las consecuencias de su primera noche de bodas.

La casa y sus alrededores estaban sumergidos en un silencio que lo envolvía todo. Era una quietud diáfana acentuada por la uniformidad del cielo raso, y solo interrumpida de vez en cuando por el carraspeo de la anciana en el cuarto.

No la conocía, pensó, mirando a su hija. Ni ahora ni nunca había sabido ni sabría realmente lo que pasaba por su cabeza. Aquello la entristecía, la sumergía en un pantano fangoso de remordimiento, añoranza y culpa. Hacía tiempo, un par de años después del accidente, descubrió debajo de la litera de su hija una bolsa de tela llena de carpetas con dibujos firmados con su nombre. Había decenas, todos ellos representaban escenas de la China antigua, y Nana se volvió loca, hojeando aquella prolífica producción sin entender de dónde había salido pero comprendiendo que aquel era un testimonio más de lo aislada que había estado de su hija. En un momento quiso dar clases de pintura, pero ¿desde cuándo pintaba con regularidad? ¿De dónde había sacado tiempo para dibujar todo eso? Y peor aún, ¿por qué estaban esos dibujos tan cuidadosamente escondidos? Ahora ya nunca podría preguntárselo, pensó, sin apartar la vista de su hija, que se había quitado las chanclas y sumergía en ese instante los pies descalzos bajo una montaña de arena. Era curioso, porque sentía que el tiempo con Fangfang a su lado se dilataba, infinito, a través de las repetitivas rutinas diarias, pero que al mismo tiempo era un tiempo de textura distinta, de horas huecas y porosas, que se le escurrían de las manos sin que supiera sacarles ningún provecho.

Dapeng regresó de muy buen humor. Incluso le preguntó a Nana cosas acerca de España durante la cena, y le habló de la ciudad más cercana al pueblo, aquella a la que Nana y Fangfang habían llegado en autobús desde el aeropuerto.

—Dentro de unos años, a lo mejor, hasta la ciudad prospera. Están construyendo casas en la zona nueva y los ricos de la provincia están pensando en invertir. Ahí al lado de la estación de autobuses, ¿no visteis que estaban a punto de empezar las obras?

Nana asintió. Se había fijado en las barracas de obreros ya listas para la construcción.

—Y luego están los productos. Aunque no lo parezca, aquí vendemos los mejores productos de la zona.

A Nana no le interesaba la conversación. La ciudad no le había parecido diferente de tantas otras de tamaño medio que poblaban el interior del país, con su contaminación, sus edificios apagados de cemento gris y su caótico tráfico.

Terminaron de cenar y Dapeng, aunque de buen humor, manifestó impaciencia por retirarse. Apuró los últimos platos metiéndose grandes cantidades de comida en la boca, casi sin masticar, y se levantó bruscamente.

—Bueno, mamá, ¿lista para acostarte?

La anciana no rechistó.

—Y tú, Fangfang, ¿lista para retirarte? —preguntó al volver.

Nana percibió un brillo de picardía en sus ojos. Fangfang, sin motivo aparente, soltó una alegre carcajada.

—Hoy es más pronto que otros días. ¿Ya os vais a retirar? —preguntó Nana.

—¿Pronto, dices? No tenemos tiempo que perder —fanfarroneó Dapeng—. Me parece que no conoces bien a tu hija. ¡De tonta no tiene un pelo! Por las noches es insaciable. ¡De haberlo sabido, me hubiese casado con ella mucho antes!

Nana se quedó lívida. Vio cómo Dapeng arrastraba a Fangfang de la mano hasta el dormitorio. No contestó. Él tenía razón, pensó una vez más. No la conocía.

***

A pesar de su reticencia, no tuvo más remedio que dejar a los niños al cuidado de Ling y Long. No podía presentarse en un barrio como aquel con dos niños en brazos. Fangfang se quedó sola, como todas las mañanas, salvo que en aquella ocasión era por la noche. Sintió culpa por dejarla allí, sin saber por qué, ya que lo había hecho muchas veces. La bombilla amarilla apenas iluminaba la estancia y hacía un ruido de alas de mariposa. Estaba a punto de fundirse.

—Si hago esto, por muy poco digno que sea, es por vosotros —le dijo a su hija antes de marcharse. Pero más que con Fangfang parecía estar hablando consigo misma, para justificar sus actos.

Salió por la puerta sin darse la vuelta y caminó hasta el metro. Hacía mucho tiempo que no llevaba faldas apretadas y tacones. Había rescatado ambas prendas, prácticamente nuevas, de una maleta vieja. En España nunca se le presentó la ocasión de arreglarse, o tal vez solo una o dos veces, para asistir a la boda de algún conocido. Una vez en Sol, cogió la línea tres en dirección sur. A medida que iba dejando atrás más estaciones de metro, iban desapareciendo los turistas y el vagón se vaciaba. La gente que subía era de aspecto más variopinto que en el centro: un hombre joven y esquelético, sin afeitar, recorrió los asientos pidiendo limosna, y después, un inmigrante africano con auriculares enormes se sentó a su lado. La mujer que hacía meses entabló conversación con ella a la salida del metro le había dicho que tuviera cuidado, que la zona era oscura y algo inhóspita, pero que el dinero que podía ganar en una noche superaba con creces los ingresos de un mes vendiendo bolsos. «No merece la pena andarse con miedos y con prejuicios, cuando las cosas van mal, no tenemos más remedio, yo fue lo que me dije, y aquí me tienes.» Era una mujer con desparpajo, bastante fea, pero con buena figura. Debía de tener cincuenta años, y llevaba casi dos años dedicándose a eso. «También tienes la casa de campo, y la calle Montera, pero ahí es más difícil, hay mucha más competencia, y aunque parezca mentira, es mucho más peligroso.» No se conocían de nada. La mujer llevaba, igual que ella, casi veinte años en España. Hablaba con un marcado acento de Zhejiang. Sus labios pintados de un rojo intenso resaltaban la palidez de su rostro, y su cabello, largo, pegado al rostro, le llegaba casi hasta la cintura. Se había decidido a probar aquella profesión después de años regentando una tienda que no salía adelante. «Son malos tiempos para todos», dijo. Ese día, mientras consideraba la propuesta, Nana se preguntó si conseguiría sentirse cómoda con esas faldas cortas y tantas capas de maquillaje. Ahora, en el metro, se lamentaba de que no hubiesen podido hacer el trayecto juntas. La mujer le aseguró que volvería a pasar por la boca de metro donde Nana vendía bolsos todas las mañanas y que fijarían un día para visitar la zona, pero no había regresado. Nana esperó semanas, dándole vueltas a la idea, hasta que se decidió. Después de todo, le había asegurado que podría ganar, si las cosas se le daban bien, sesenta euros en una sola noche.

Pero al salir de la estación y ver frente a ella la encrucijada de calles desiertas, sin edificios ni farolas a los lados, comprendió que ahí era donde debía adentrarse, y dudó. Después pensó en la urna de su marido que esperaba su merecida ceremonia, y en el desahucio, y volvió a reunir fuerzas. Caminó cincuenta metros por la primera calle perpendicular y vio a dos mujeres de complexión robusta, descalzas, con faldas que apenas cubrían sus nalgas, y con enormes pechos comprimidos bajo camisetas de tirantes, apostadas en la acera. Tenían el pelo rubio, las piernas musculosas, y hablaban entre ellas un idioma que no era español. Fumaban. Llevaban el mismo diminuto bolso colgado del hombro. Cuando pasó por delante de ellas, se callaron y la miraron con hostilidad. Nana avanzó rápido, con la cabeza gacha.

Recorrió varias calles más. A izquierda y a derecha se veían naves y terrenos secos poblados de maleza. En una de ellas encontró a un grupo de mujeres africanas con el pecho descubierto. En su mayoría eran pechos gigantescos, que exhibían con orgullo. En otra halló a una mujer totalmente desnuda, y después siguió caminando hasta que por fin dio con una calle vacía. La mujer que encontró en la boca de metro se lo había advertido. No podía colocarse en cualquier esquina, allí la gente marcaba su territorio, los chulos distribuían a las chicas por nacionalidades y por zonas. Miró a izquierda y a derecha, y después estudió su posición, con una pierna hacia delante y una mano sobre la cadera. No se escuchaba nada, ni ruidos ni voces. Algún vehículo cruzaba de vez en cuando la carretera, pero ninguno se detuvo. Permaneció minutos así, preguntándose si se encontraba en el lugar adecuado, si aquella calle no estaría vacía por algún motivo concreto, hasta que de repente, como respondiendo a sus preguntas, sintió un fuerte impacto en el hombro. En el suelo acababa de caer una piedra. Antes de que le diera tiempo a reaccionar, le cayó otra en la cabeza, y segundos más tarde, una tormenta de proyectiles. Las voces procedían del final de la calle, y eran voces cazalleras, roncas, enfadadas. El grupo de mujeres se acercaba con paso militar, casi corriendo. ¡Fuera de aquí! ¡Intrusa! ¡Quién te has creído que eres para quitarnos la calle! Nana no lo pensó dos veces. Echó a correr sin mirar atrás, asustada, doblando esquinas, hasta que dejó de escuchar los gritos. Se detuvo por fin, inclinada, con las manos sobre las rodillas y sin aliento. Se pegó a la pared de una nave que flanqueaba la calle, para ocultar su presencia, y paseó la mirada para comprobar que no había nadie. Esperó a que se le pasara el sofoco. Le temblaban las piernas, respiraba con dificultad, y había perdido un zapato. Se quitó el otro y lo metió en el bolso, pero no le cabía. Lo arrojó al suelo. Ahora iba descalza. Contempló el escote de la camiseta roja que llevaba puesta, por donde asomaba la carne comprimida de sus pechos. Ahora no era muy distinta de las otras mujeres que había visto. Esperó, mirando el reloj cada cinco minutos, diciéndose que si no venía nadie en el próximo cuarto de hora se marcharía de allí, que en aquel lugar no había negocio, tratando de convencerse de que ese tipo de trabajo no merecía la pena.

De vez en cuando vigilaba su postura vacilante y la comparaba con la de otras mujeres. Sacó pecho. Cruzó los muslos tal y como había visto hacer a otras por el camino. Se sintió ridícula. Por un instante, pensó en lo que diría su marido si la viera allí, abandonada en mitad de un vertedero de papeles y preservativos usados. Se sintió avergonzada, humillada.

Por un segundo y por vez primera, se alegró de que él ya no fuera más que un montón de cenizas y no estuviera vivo para presenciar aquello.

Comenzó a sentir miedo. Pensamientos cada vez más sombríos emborronaban su mente y la arrastraban por oscuros vericuetos. Se imaginó a Fangfang tras su muerte, abandonada de la mano de Dios, engañada por su marido que no querría acogerla en China a pesar del acuerdo que habían firmado, y trabajando allí a merced de los proxenetas. Después pensó en Ting y en Baobao, separados de su madre, creciendo en algún orfanato de mala muerte. En vez de tristeza, lo que sintió fue miedo y cólera hacia esa miseria de vida que no creía merecer. De haber estado ahí A'Lei, con su espíritu tranquilo y resignado de antaño, le hubiese aconsejado aceptar las cosas como venían, pero ella se preguntaba ahora: ¿cuánto tiempo más podía aguantar?

En ese momento, escuchó el motor de un coche que se detuvo ante ella, bajando la ventanilla.

—¿Cuánto cobras? —escuchó.

Nana vislumbró un rostro de hombre joven. En el todoterreno había más gente además de él y del conductor.

—Veinticinco euros el completo —contestó Nana. Se había aprendido la frase de memoria.

La mujer que conoció en la boca de metro la había instruido acerca de los precios.

—Somos tres. ¿Subes?

Nana tragó saliva y asintió con un gesto de cabeza, tratando de mostrar calma. Le abrieron la puerta. El coche olía a patatas fritas de bolsa y a cerveza. Uno de ellos eructó. Era de noche y apenas veía sus rostros, pero eran jóvenes. Arrinconada contra la puerta del coche, observó cómo cerraban las ventanillas y el conductor daba media vuelta.

—Venga, al asiento de atrás, Toño, tú primero.

—Vámonos a otro sitio antes —contestó el tal Toño.

—El dinero primero —dijo Nana. Trató de sonar lo más convincente posible. Aquella mujer se lo dejó bien claro: no se te ocurra hacer absolutamente nada antes de que te den el dinero.

Uno de ellos rio.

—Parecía tonta —dijo—. Sí, sí, el dinero, ahora mismo te damos el dinero. ¿Cuánto tiempo llevas trabajando aquí? No te habíamos visto nunca.

Nana hacía esfuerzos por comprender su español, pero solo captaba palabras sueltas. Optó por no contestar. El mismo que acababa de hablar la miró de arriba abajo.

—Vaya, vista de cerca estás más madurita de lo que pensábamos.

Los demás se echaron a reír. Sabía que hablaban de su edad. A pesar de sus cincuenta y cinco años, siempre había parecido más joven. En la tienda, muchos clientes solían decir que resultaba imposible hacerse una idea de la edad de los chinos. Escondió la cabeza entre sus hombros como un avestruz y se sintió vieja y ridícula. Solo entonces se dio cuenta de que el vehículo seguía avanzando y que se alejaban de la zona. Se sobresaltó.

—Quedar por zona. No ir a otro sitio —dijo con voz firme.

El coche se detuvo.

—Tranquila, solo estábamos buscando un sitio más tranquilo, pero si eso es lo que quieres damos la vuelta.

Así se hizo. Atravesaron un barrio de edificios de ladrillo rojo, fuera del polígono, y una avenida ancha con farolas. Nana se dio cuenta, a la luz de esas farolas, de que sus clientes no eran tan jóvenes como le había parecido al principio. El que iba sentado en el asiento del copiloto llevaba un pañuelo sucio alrededor del cuello y el pelo poco cuidado. Los otros dos estaban medio calvos, con el cráneo rapado, y vestían camisetas negras. Sus rostros curtidos por el sol resultaban bastante anodinos. Regresaron a la misma calle donde se habían encontrado.

—Bueno, aquí nos tienes otra vez, exactamente en el mismo sitio, como tú has dicho, y eso que nosotros somos los clientes, para que luego te quejes.

El que acababa de hablar le dio un golpe a Toño, que estaba sentado en el asiento del copiloto, y volvió a decirle que se cambiara al asiento de atrás.

Nana sintió pánico. Volvió a exigir su dinero, que se guardó con prisas en el bolsillo trasero de la falda, y después Toño agarró sus hombros y la tumbó sobre el asiento. Veía su rostro muy de cerca, mientras que él, desabrochándose el pantalón y hurgando con sus manos por entre los pliegues de la blusa y la falda de Nana, no la miraba a los ojos. Fue rápido y mecánico, como ella se esperaba. Nana cerró los ojos y trató de pensar en otra cosa. Ni siquiera sintió asco ni dolor. La mujer que encontró en el metro le había sugerido que pensara en algo agradable, y ella se imaginó a sí misma años atrás recorriendo con A'Lei las carreteras desiertas de la provincia, con la ventanilla abierta y la brisa de otoño acariciando sus mejillas. Aquello le recordó que el motivo por el que estaba haciendo eso era precisamente por él.

Llegó el turno de los otros dos, que se habían quedado esperando fuera fumando. La experiencia no varió en gran medida. Cuando terminaron, se subieron al todoterreno y Nana quedó de nuevo sola en el mismo lugar en que la habían recogido. Ahora sentía un olor agrio y podrido flotando a su alrededor. Pisaron el acelerador y se alejaron de allí riendo a carcajadas y haciendo eses. Nana se preguntó a qué venía tanta risa, y solo cuando se palpó el bolsillo de la falda para contar el dinero se dio cuenta de que había desaparecido. Tanteó por todos lados, pero sin éxito. Comprendió que se lo habían robado. Su primera reacción fue echarse a correr por la calle desierta, en la misma dirección que el vehículo, gritando, ladrones, hijos de puta, que le devolvieran su dinero. Pero allí no quedaba ya nadie y la única respuesta que recibió fue el eco de su propia voz. Acababa de ofrecer su cuerpo gratis tres veces consecutivas a tres desconocidos. Le entraron ganas de llorar. Ahora comprendía sus risas. Ahora comprendía también su falta de experiencia y su estupidez.

De regreso a casa volvió a atravesar las mismas calles. Las africanas y las mujeres blancas, probablemente del Este, seguían allí, pero esta vez apenas le prestaron atención. Cogió el metro y se sintió mucho más esperpéntica que a la ida. Llamaba la atención, pensó, pero más por su estupidez y su fracaso, de los que en realidad nadie estaba al corriente, que por ir con aquella vestimenta y sin zapatos. Sin embargo, ella tenía la impresión de que lo llevaba escrito en el rostro. Ojalá no volviese a cruzarse con aquella mujer en la boca de metro. Después de todos sus consejos, no hubiese sabido qué decirle. Hasta se planteó cambiar de estación de metro para vender sus bolsos. Y de todos modos, ¿por qué entre tanta verborrea y tanto consejo no se le había ocurrido avisarla de que podían robarle el dinero? Ella también era una estúpida, después de todo. Y con esos pensamientos, medio mareada por el traqueteo del vagón, llegó por fin a la estación de Sol y, tras recoger a sus nietos, se dirigió a su casa, donde si por algo podía respirar tranquila era porque allí no habría nadie para preguntarle qué tal le había ido.

Baobao y Ting

Los dos embarazos de Fangfang fueron distintos. Con el primero, Nana apenas se dio cuenta hasta que empezó a crecerle la barriga. Se la veía más aplatanada por las mañanas, el rostro pálido y ojeroso y el humor trastocado. No sonreía tanto. Se pasaba las horas tumbada encima de la cama gimiendo, durmiendo o sin hacer nada. Lo que más llamó la atención de Nana fue que hubiese dejado de sonreír. Su interés por la naturaleza y los insectos se desvaneció sin explicación. Al principio, Nana pensó que estaba enferma. Por aquella época, pasaban la mayor parte del día juntas. Nana aún tenía dos trabajos. Por las mañanas vendía bolsos y por las tardes se dedicaba a limpiar un enorme edificio de oficinas con cristaleras y suelos enmoquetados. El trabajo era fácil. No le exigían una limpieza exhaustiva, tan solo vaciar las papeleras y pasar la aspiradora. Los baños eran responsabilidad del servicio de limpieza de por las mañanas. Al desempeñar el trabajo de noche y no tener que verse la cara con nadie, llevaba a Fangfang con ella. Esta se sentaba en una de las sillas giratorias de algún despacho directivo y daba vueltas sobre sí misma, riendo sin parar. En verano, cuando anochecía más tarde, contemplaba fascinada las vistas desde las cristaleras de los enormes despachos. Sin embargo, desde hacía varias semanas, había dejado de ocuparse con todo eso. A veces hasta era necesario arrastrarla para sacarla de la cama y conducirla con Nana hasta las oficinas.

Aquel día, mientras Nana limpiaba con un trapo el polvo de una de las mesas, Fangfang tuvo un violento espasmo y vomitó sobre la moqueta. Permaneció ahí, arrodillada y perpleja, atragantada y tosiendo. Nana arrojó el trapo al suelo, se precipitó hacia ella y, sin pensárselo dos veces, le pegó dos bofetadas.

—¡Cómo se te ocurre vomitar en la alfombra! ¿No podías haberlo hecho en el baño, o en la papelera? Dime ahora qué vamos a hacer para que no quede olor. No basta con la aspiradora. ¿Qué hora es? Voy a tener que ir a comprar amoníaco.

Aquella noche, abandonaron las oficinas más tarde de lo habitual. Nana tuvo que volver a salir, comprar amoníaco, frotar la moqueta con energía, y cuando se quiso dar cuenta ya habían transcurrido dos horas.

Fangfang siguió vomitando en los días sucesivos. Perdió apetito, y Nana no tuvo más remedio que llevarla al médico. Pagaron una consulta en una clínica china de los alrededores. No tardaron más de cinco minutos. Nana explicó en pocas palabras los síntomas de su hija, la doctora le recetó unos análisis, y al día siguiente fueron a recoger los resultados.

—Está embarazada —dijo la doctora sin el más mínimo gesto de sorpresa.

Nana sintió como si recibiera una patada en el estómago.

—¿Embarazada?

—Sí, eso mismo. —La doctora se encogió de hombros, contempló un instante a Fangfang—. Usted sabrá.

De camino a casa, Nana estuvo recapitulando su reciente viaje a China. Por supuesto que no le había recordado a Dapeng que debía usar preservativo, ¿acaso era necesario recordar algo así, poner de manifiesto con palabras algo tan evidente como que un hijo de Fangfang en las circunstancias en las que se encontraban no supondría ninguna bendición sino, al contrario, la mayor de las desdichas?

En retrospectiva, sin embargo, Nana se daba cuenta de lo estúpida que había sido. Era evidente que a Dapeng le daba igual todo eso. Es más, probablemente lo había hecho a conciencia. En realidad, si había accedido a casarse con Fangfang era en gran parte porque deseaba generar descendencia. Y no, por supuesto que no le importaba lo más mínimo el tipo de existencia que llevaban Nana y Fangfang a miles de kilómetros de donde vivían, una existencia remota, abstracta y sin referencias con la que nunca llegaría a empatizar.

Hubiese debido tomar ella misma las medidas oportunas, llevarla al ginecólogo antes de ese viaje a China, para que le ligaran las trompas, o le metieran dentro uno de esos aparatos que evitan que las mujeres se queden embarazadas. No sabía tampoco si la ligadura de trompas, a largo plazo, hubiese funcionado. Se hubiesen dado cuenta. Hubiesen protestado: que si eso no estaba dentro del contrato, que sin descendencia ese acuerdo ya no tenía sentido.

En fin, qué más daba. Las cosas estaban como estaban. Por supuesto, quedaba la posibilidad de abortar, pero debido a las circunstancias de su pasado no era una opción que Nana se hubiese detenido a contemplar.

El vientre de Fangfang fue creciendo, tímidamente al principio, después a un ritmo mucho más acelerado. Transcurridos los tres primeros meses, dejó atrás los vómitos y volvió a ser la misma. Caminaba con más dificultad, pero no parecía consciente de llevar una vida dentro. Nana trató de explicárselo. Le hablaba con frases cortas y sencillas, con las palmas de las manos extendidas sobre su vientre duro y redondo, pero cuando sentían las patadas del niño, Fangfang se echaba a reír, como si le hiciera cosquillas, o como si todo aquello evocara en ella la misma perplejidad y diversión que las voces que provenían de la radio. Al fin y al cabo, era lo mismo. Seres vivos, pero que no veía.

Nana sospechaba que su hija no era plenamente consciente de que ese vientre le pertenecía. No se detenía a observarlo, ni a palparlo, ni tampoco manifestaba asombro por su tamaño. A medida que fue avanzando su embarazo, aumentó la preocupación de Nana. ¿De qué forma iba a comunicarle que sentía contracciones o que había roto aguas?

Nana dejó de dormir por las noches. Se tumbaba junto a su hija sobre el colchón. Esta, un bulto voluminoso y dócil en la penumbra de la estancia, le recordaba a un perezoso león marino. Nana palpaba las sábanas buscando líquido amniótico, de manera casi compulsiva durante el último mes, y estudiaba cada gemido y cada suspiro que lanzaba su hija en sueños, en busca de algún indicio que sugiriera que tenían que salir corriendo hacia el hospital. Pero Fangfang durmió plácidamente hasta el final. Se revolvía un par de veces para cambiar de postura durante la noche, pero sin ninguna señal de molestia. Nana había tenido dos partos naturales sin complicaciones, con rotura de aguas, pero no recordaba mucho más. Los había vivido de forma práctica y sin romanticismo, como una fase molesta por la que había que pasar. Ahora, trataba de ponerse en la piel de su hija, pero no era capaz.

Fueron nueve meses tranquilos, pero tristes, que reavivaron recuerdos de lo sucedido veinte años atrás. No sabía si era la edad, o los giros que había dado la vida, pero Nana vivió esa etapa con cierto sentimentalismo. No podía evitar pensar que en ese mismo cuerpo hacía veinte años había habitado otro ser que sin desearlo había arruinado no solo el germen de su propia existencia, sino la de su hija, y también, por qué negarlo, la de Nana. Parecía mentira pensar que una vida tan breve hubiese demostrado poder suficiente como para cambiarlo todo. Era algo en lo que nunca hasta entonces se había detenido a reflexionar. Ahora sí, de repente, fantaseaba con ciertas ideas, se imaginaba cómo hubiera sido. Niño o niña, hermoso y testarudo como su hija, o dócil como A'Lei. Cumpliría pronto dieciocho años, y solo ahora, después de tanto tiempo y sin saber exactamente por qué, Nana se detenía por primera vez en su recuerdo.

Al final, todo se desarrolló de forma rápida y sencilla. Fangfang corrió hacia su madre con gesto asustado una mañana, agarrándose el vientre, como si algo estuviera a punto de escapársele por debajo. No hubo necesidad de palabras, ni tampoco ninguna duda. Llegaron al hospital en taxi, condujeron a Fangfang hasta la sala de dilatación, después a la sala de parto, y pocas horas después había nacido Baobao.

Durante las horas que duró el parto, cuatro exactamente, Fangfang no sabía de dónde procedían sus dolores y miraba a su madre con gesto asustado en busca de una explicación. Al cabo de varios intentos, y tras comprobar que era incapaz de seguir las instrucciones de los médicos y de empujar, se acordó que le hicieran una cesárea. Después de dar a luz, durmió durante horas, y cuando volvió a despertarse no se asombró de ver a una criatura tumbada en una cuna de paredes transparentes junto a su cama.

Logró dar el pecho durante meses, con sorprendente destreza. El niño se despertaba por las noches y Nana lo enganchaba al seno de su hija. Esta gruñía un instante, el niño se callaba, y todos seguían durmiendo. No tenían dinero para pagar leche de fórmula, y el que Fangfang tuviera suficiente leche materna fue al principio una de las grandes preocupaciones de Nana.

Baobao fue un bebé difícil. Se despertaba a menudo por las noches con un llanto furioso y dormía poco por el día. A medida que fueron pasando los meses, se consolidó en él lo que Nana identificó como un carácter testarudo y nervioso. «Igual que su madre de pequeña», se decía, pero sin detenerse a pensar que aquel juicio con respecto al carácter de Fangfang se basaba exclusivamente en sus frecuentes disputas y en la enemistad de sus relaciones de antaño.

No era algo objetivo, y trataba una vez más de disfrazar la sospecha de que en realidad nunca la había conocido.

Aún recordaba aquella ocasión, durante la última reunión de profesores y alumnos a la que acudió acompañada de Yan, en que le comunicaron el deseo de Fangfang de dejar de estudiar. Los profesores dijeron que estaban de acuerdo, que, en vista de su actitud en clase y con sus compañeros y de los resultados de su última evaluación, no les parecía una decisión descabellada.

Al margen de aquello, hablaron más extensamente acerca de Fangfang. Que no participaba en nada, que parecía hablar sola en los recreos, que no había conseguido dominar el español. Dijeron que era tímida, retraída, que parecía triste. Quisieron indagar acerca de su comportamiento en casa. Qué hacía, cómo se comportaba, si compartía sus rutinas del colegio con los demás miembros de la familia. «¿Cómo definiría usted en unas cuantas palabras el carácter de su hija?», preguntó una de las profesoras. Ya le había costado trabajo describir las rutinas domésticas de Fangfang, aún más en presencia de Yan, que hacía de intérprete y había sido testigo de sus embustes. Y ahora, ¿que cómo describiría el carácter de su hija? Se encogió un instante de hombros. «Retraída, sí, eso —contestó apresuradamente—, y también testaruda y un poco maleducada.»

Incluso entonces, tuvo la intuición de que no estaba siendo justa, pero no hizo caso de esos pensamientos, ni se detuvo a cuestionar los motivos por los que había sido incapaz de ofrecer una descripción algo más matizada del carácter de su propia hija. Lo cierto era que no le venían palabras a la cabeza, que cuando pensaba en ella solo surgían en su mente las discusiones que tenían y sus fugaces y anodinos encuentros a la hora del desayuno.

Incluso ahora, cuando reflexionaba acerca de su hija adolescente, no sabía quién había sido. Se había quedado con la idea fija de que Fangfang era testaruda, pero ¿acaso lo era?, ¿lo había sido realmente? Nana ya tenía suficiente con los quebraderos de cabeza del día a día como para añadirle a eso cualquier tipo de remordimiento por no haber hecho las cosas como supuestamente debía. Sin embargo, la asaltaban a menudo aquellos pensamientos. De joven, había sido perfectamente capaz de conjurar esas sombras, pero ahora, con los años, se había vuelto más débil, más insegura, o tal vez, pensaba a veces, tan solo más humana y menos indiferente.

Fangfang no era lo único que le remordía la conciencia. También A'Lei, y Yan, y a veces hasta sus nietos Ting y Baobao. ¿Había sido justa con ellos? ¿Y de dónde, en primer lugar, había surgido de repente tanta consideración por la justicia?

Se preguntaba si había hecho bien en mandar a A'Lei a Portugal con su hija, si de veras había creído que estaría mejor allí o si simplemente había querido quitarse una preocupación de encima. Durante mucho tiempo se había negado a admitir que después de la transformación de A'Lei —desde que empezó a beber, hasta que comenzó a sufrir crisis de ansiedad y finalmente a ignorar totalmente a las personas con las que vivía— simplemente había dejado de quererlo. Había deseado que se marchara, tener la certeza de que estaba bien pero no volver a verlo más, ahorrarse el sentimiento de tristeza y de culpa hacia Fangfang que evocaba su mera presencia. Sin embargo, ni siquiera se atrevió a confesarse a sí misma todo aquello. Se esforzaba por creer que todo lo que hacía era en beneficio de A'Lei.

Con Yan había experimentado algo parecido, pero en términos opuestos. Se preguntaba si había sido demasiado parcial hacia ella, si por haberle consentido todos sus caprichos y haber hecho la vista gorda hacia muchos de sus comportamientos la había malcriado. Si la persona fría, egoísta, groseramente segura de sí misma, en la que se había convertido, no había sido más que el producto de la educación y los tratos que había recibido.

Hacia Ting y Baobao sus consideraciones eran más de orden práctico. ¿De verdad estaba haciendo lo posible para darles lo mejor? ¿En qué clase de adulto se convierte un niño que ha crecido con una madre retrasada y en el seno de un hogar sin luz y con cucarachas? Deseaba pensar que aquellas cosas no eran determinantes, y a veces hasta se tachaba de convencional y obsoleta por seguir creyendo que lo más importante en la infancia de un niño son los bienes materiales. Pero no podía evitarlo. Reinaba en su mente esa sensación, ese interrogante, esa duda en relación a si la ruinosa situación de su vida era o no el resultado de algo que había hecho mal y por lo que ahora debía pagar las consecuencias.

El nacimiento de Baobao también cambió la organización de las rutinas. Por lo pronto, Nana tuvo que renunciar a su trabajo de limpieza en las oficinas. No podía dejar a Fangfang sola con el niño, no ya por temor a que se le cayera de los brazos o por que en algún arrebato de pasión lo abrazara con demasiada fuerza hasta asfixiarlo, sino por los motivos contrarios. No le hacía el menor caso. Seguía siendo Nana quien se encargaba de colgarlo del pecho de su hija cuando lloraba. Fangfang no protestaba, pero tampoco demostraba el menor interés por su existencia.

Dejar las oficinas fue una decisión difícil. Nunca desde que había cerrado su negocio había conseguido un empleo como aquel, sencillo, que le dejara tanta libertad y en el que no tenía que rendir cuentas a nadie. Se lo había proporcionado una conocida de Ling. Esta última demostró abiertamente su preocupación por la situación de Nana en la época inmediatamente posterior al traspaso del negocio. La llamaba a diario por teléfono para preguntar cómo estaba y si había encontrado otro trabajo. Se trataba de esa misma preocupación, mezclada de culpa y compasión, que en Ling fue mermando poco a poco pero que Long siguió manifestando a lo largo de los años.

Tras el nacimiento de Baobao, Nana volvió a quedarse en casa todas las tardes. Preparaba comidas, cambiaba pañales, lavaba ropa constantemente, y dormía poco por las noches. Echaba de menos las oficinas, y la sensación de salir de casa, respirar un aire distinto, romper con una monótona rutina que la mantenía prisionera dentro de las cuatro paredes de su sótano. Porque la realidad era que, al margen del trabajo en las oficinas, salían poco, cada vez menos. Nana siguió vendiendo sus propios bolsos a la salida del metro, pero solo durante un par de horas todas las mañanas. En un principio lo hizo acompañada de Fangfang y Baobao, pero era verano, hacía calor, y Fangfang se impacientaba. Salía a la calle con una visera de un plástico rosa transparente y se dedicaba a hojear los periódicos y carátulas de viejos DVD que vendían en el quiosco a pocos pasos del metro. Nana no tenía más remedio que vigilarla. Mientras tanto, Baobao dormía junto a los bolsos en un cochecito de juguete que habían rescatado de los cubos de basura. Cuando se despertaba con un llanto, Nana le daba una orden a su hija para que regresara. La cubría rápidamente con una sábana vieja, y le colocaba el niño al pecho, pero Fangfang protestaba. Tenía calor, se sacudía la sábana de los hombros, malhumorada, y Nana no tenía más remedio que dejar los bolsos desatendidos. La gente que se detenía a verlos se impacientaba, y la miraban con ojos raros, como si estuviera loca, como diciendo: «Qué hace esta señora vendiendo bolsos con un bebé recién nacido y una mujer medio loca».

En vista de las dificultades, probó en una ocasión a dejar a Fangfang en casa con Baobao. El resultado fue nefasto. Se dijo que sería muy poco tiempo, que Baobao ya había cumplido cuatro meses, que lo dejaba dormido y con el estómago lleno, y que no tenía por qué suceder nada. Aun así, sentó a Fanfang en un taburete antes de marcharse y le dijo muy lentamente y articulando bien las palabras:

—Tienes que cuidar de tu hijo, ¿entiendes? Me voy a ausentar durante un rato. Si se despierta tienes que atenderlo.

De camino al metro, se convenció a sí misma de que, después de todo, lo peor que podía suceder era que Baobao se echara a llorar y Fangfang no le prestara la menor atención, pero se tranquilizó con la idea de que eran pocas las posibilidades de que se despertara. Aun así, no consiguió dominar su ansiedad. Se precipitó hasta la boca de metro con la mercancía a cuestas, y una vez allí, casi sin aliento, extendió sus bolsos y esperó, igual que todas las mañanas, pero sin dejar de mirar el reloj. Sabía ya de antemano, incluso antes de regresar, que esa prueba no se repetiría, aunque solo fuera por ahorrarse la angustia y la incertidumbre que le había generado.

Cuando volvió a casa, Nana se detuvo un instante y pegó el oído a la puerta antes de entrar. No escuchó ningún ruido, y suspiró aliviada.

Una vez dentro, lo primero que vio fue a Fangfang tumbada plácidamente sobre el colchón con la radio entre las manos. No estaba bien sintonizada y se escuchaban interferencias. Parecía adormilada. Nana giró la vista hacia el colchón protegido con cojines sobre el que había colocado a su nieto y comprobó que estaba vacío. Su corazón dio un vuelco. Giró con brusquedad la cabeza hacia todos los rincones de la estancia, y pronto descubrió a Baobao a pocos metros de donde lo había dejado, con el pañal de tela suelto y jugando alegremente rebozado en sus propios excrementos. El hedor era intenso. Nana comprobó que el niño tenía diarrea. Cuestionó a su hija, pero no obtuvo respuestas. No llegó a comprender si esta había intentado cambiarle el pañal, o si Baobao se había despertado y se le había despegado por accidente. El excremento semilíquido le cubría el pelo, la boca y las orejas, y estaba esparcido por todo el suelo. Nana dejó escapar un grito horrorizado. Cogió al niño en brazos y lo metió debajo del grifo de la cocina, mientras le gritaba encolerizada a Fangfang que cómo había podido permitir aquello.

Sabía que no debía gritarle, que ella no tenía la culpa, pero no pudo controlar la exasperación del momento. Después se tranquilizó. Con Baobao ya aseado y el suelo fregado, volvió a suspirar tranquila y le pidió en silencio disculpas a su hija.

Transcurridas unas semanas de aquel incidente, alguien llamó a su puerta. Le dijeron que eran de los servicios sociales. Una chica joven, con el pelo largo recogido en una coleta, y su intérprete, un chino también joven, bien vestido, con una mochila a la espalda.

Le entregaron una notificación. El intérprete le anunció que alguien había dado aviso en el edificio de que había un bebé desatendido en la casa. Nana no se molestó en dar explicaciones. Contempló unos instantes aquellos rostros extraños y sintió una inmensa pereza ante la perspectiva de relatar los motivos por los que en una ocasión concreta había probado a dejar a Baobao solo con Fangfang. Tampoco comprendía cómo se había dado nadie cuenta. Tal vez Baobao había llorado, pensó.

Los dos visitantes examinaron la estancia de reojo. Las humedades, el olor a cañería, los azulejos desconchados y las cucarachas muertas amontonadas al lado de la escoba. A Nana no le había dado tiempo de nada tras escuchar el timbre, y durante unos minutos se colocó delante de su escoba para tapar los escombros. Pero solo fueron unos minutos. Enseguida comprendió que la vivienda hablaba por sí sola, y que por muchos esfuerzos que realizara por disimular los cadáveres de cucaracha, aquello no cambiaría la impresión general de los visitantes.

—Queremos que vengas un día a nuestras oficinas —explicó la chica del pelo largo, a través del intérprete.

Su actitud era amigable. Sonreía constantemente y ahora le había entregado un llavero a Baobao para que jugara. El niño lo agitaba con vehemencia, entre sonrisas.

—No te preocupes. Solo queremos ayudarte.

Nana no sintió miedo. Fijaron una fecha para la semana siguiente, y ese día se presentó con Fangfang y Baobao en unas oficinas muy cerca de donde vivían.

El lugar era pequeño, y estaba medio vacío. Tras esperar cinco minutos fue conducida a un despacho con una mujer de mediana edad y aspecto severo que tecleaba ferozmente delante de un ordenador. No le dijo nada al principio. Solo después de unos minutos, finalizada su tarea, empujó su silla giratoria hacia Nana y con una acartonada sonrisa le dio los buenos días.

La chica joven que había acudido a su casa la semana anterior llegó pocos minutos después con el mismo intérprete. La sesión duró casi dos horas. Le preguntaron todo tipo de cosas, empezando por el final.

—¿Cómo se te ocurrió dejar al niño solo en casa?

Nana no tuvo más remedio esta vez que explicar con detalle su situación. Transcurridas dos horas, lo sabían todo, en concreto sus problemas económicos y los detalles de lo sucedido con Fangfang.

Le preguntaron por su salud también. Cómo se encontraba, si dormía bien, si creía sufrir de ansiedad o depresión. Nunca nadie le había hecho ese tipo de preguntas. Confesó que dormía mal, pero todo lo demás fueron respuestas negativas.

Nana salió de allí con la promesa de que encontrarían una guardería pública donde matricular a Baobao y la posibilidad de beneficiarse de una subvención. Para que ella pudiera descansar, para que gozara de más tiempo para sí misma, para que volviera a trabajar por las mañanas si lo necesitaba, dijeron. Hablaban de ciertos derechos, de necesidades, cuya existencia ella jamás se había planteado.

Poco tiempo después, Baobao comenzaba su vida en la escuela infantil. Consiguieron la subvención, pero, aun así, fue necesario abonar un coste mínimo mensual del que accedió a hacerse cargo Yan. Nana tuvo que pedírselo por teléfono. Lo hizo con dignidad, consciente de que ya le había pedido suficientes cosas y de que Yan accedía a sus peticiones por un sentido de la obligación y un respeto hacia sus progenitores que veía como un valor arraigado de su cultura al que no tenía más remedio que someterse.

Nana le estaba agradecida, pero no se sentía cómoda pidiendo esos favores. Lo hacía porque no tenía más remedio. «Si no nos ayudas no saldremos adelante, mi único sueldo miserable en estos momentos es lo que gano vendiendo bolsos y los pocos ahorros que quedan de mi empleo en las oficinas.» Sonaba a exigencia, casi a amenaza, y odiaba tener que expresarse en esos términos, pero se consolaba pensando que no podía hacer otra cosa. Todo lo que ganaba iba destinado al alquiler. Vivían casi en penumbra y reciclaban la misma agua durante una semana para lavarse.

Hacía tiempo que sus sentimientos hacia Yan se habían vuelto confusos. Estaba demasiado acostumbrada a hablar con ella a través del teléfono, obedeciendo siempre a un mismo aburrido protocolo que dictaba de forma inflexible el orden y la secuencia de su conversación. Un qué tal, cómo ha ido la semana, la venta de bolsos, el trabajo, Fangfang, Baobao, pero siempre sobrevolando la superficie de esos asuntos en vez de penetrar su esencia. Después de todo, qué sabían una y otra acerca de la verdadera esencia de las cosas. ¿Acaso habían compartido algo alguna vez? El pasado y la adolescencia de Yan eran como una nebulosa de recuerdos, algunos nítidos y cristalinos, pero la mayoría vagos, llenos de generalidades y lugares comunes que Nana con los años sospechaba haber inventado para rellenar los vacíos de muchas escenas de las que ya poco recordaba.

Había admirado a su hija en el pasado. Se había sentido orgullosa de ella y de quién era, porque sacaba buenas notas, porque hablaba bien español, porque sabía desenvolverse. Su opinión objetiva acerca de sus talentos y habilidades no había cambiado con los años, pero sí sus sentimientos. Aquel orgullo y admiración, por ejemplo, habían sido cuestionados, criticados y transformados finalmente en la más absoluta indiferencia.

La creciente sensación de que a su hija Yan no le importaban lo más mínimo sus penurias se fue consolidando paralelamente a un creciente interés por la vida secreta de su otra hija, su existencia previa al accidente, sus silencios, sus problemas, que ahora se culpaba de no haber escuchado más de cerca.

Pero Nana no era mujer que echara la vista atrás, y aunque de vez en cuando la atormentaban esas consideraciones, trataba de ahuyentarlas y de seguir viviendo en el presente.

***

Volvieron a China al año siguiente, esta vez por deseo explícito de Dapeng, que quería conocer a su hijo. Había lanzado un grito de júbilo cuando Nana lo llamó por teléfono para anunciarle que era varón, pero desde entonces no había recibido ninguna otra noticia, ni tan siquiera una foto.

—No podemos permitirnos el billete —dijo tajantemente Nana, que no tenía ninguna gana de hacer ese viaje.

Dapeng se ofreció a pagarlo, sin vacilación, y Nana recibió aquella propuesta con resentimiento y mal humor. «¿O sea que sí tienes dinero para pagar dos billetes de avión a China pero no para ayudar con los gastos del día a día?», estuvo tentada de preguntar, pero optó finalmente por morderse la lengua.

No encontró forma de negarse, y de todas formas, no tenía ahora trabajo estable y durante su estancia allí por lo menos se ahorraría todos los gastos.

El viaje fue parecido al primero. Largas horas de avión rodeados de chinos expatriados con negocios y vidas prósperas que con sus gigantescas bolsas llenas de licores, tabaco y perfumes del Duty-free solo le recordaban su propia miseria. Después, el viaje en tren, dominado por ese sabor agridulce que le producía regresar a su tierra; la nostalgia, por un lado, y por otro la impaciencia que le generaba bandearse entre las muchedumbres, el polvo y el ruido. Ya no estaba acostumbrada a eso en Madrid. Cerca de la estación de trenes se compró tres *baozi* rellenos de cerdo y repollo que compartió con Fangfang y Baobao una vez dentro del vagón. Hacía tiempo que no comían carne, se dijo mientras les hincaba el diente.

En el pueblo tampoco nada había cambiado. Dapeng los recibió empapado en sudor y con las manos embadurnadas de tierra. Acababa de llegar del campo. Lo primero que preguntó fue por Baobao, antes incluso de dirigirle la palabra a Nana o a Fangfang.

—¿Dónde está mi hijo? —dijo.

Ni siquiera sabía su nombre. Baobao venía dormido y arrullado en una sábana dentro de su cochecito. Dapeng quiso verlo enseguida. Retiró la sábana sin contemplaciones y se quedó mirándolo, examinando cada detalle de su rostro y su fisionomía. Era la primera vez que Nana lo veía detenerse en algo. Por lo general hablaba a gritos, con brusquedad y gesto decidido, no parecía movido por la reflexión sino por violentos impulsos primarios.

La existencia de Baobao cambió ciertas cosas. A pesar de que Fangfang volvía a retirarse cada noche al cuarto con Dapeng, Nana volvía a dormir en el salón y la relación con la anciana se mantuvo tirante; ahora muchas conversaciones giraban en torno al niño. Dapeng se preocupaba por su vida en Madrid, y hacía preguntas que nunca antes Nana le había oído articular, como que dónde dormía, qué comía, si iba al colegio.

A Nana aquellas preguntas la cansaban. Todas las noches, al tumbarse encima del colchón raído que le habían colocado en el suelo, sentía un intenso dolor de cabeza y un hormigueo en el cuello. Comprendió que aquella visita le estaba generando una tensión que no había experimentado desde hacía tiempo. Por un lado estaban las incesantes e inquisidoras preguntas de Dapeng y su madre acerca del tipo de vida que llevaba Baobao, y que cuestionaban a cada momento la capacidad de Nana de proporcionar a su nieto una vida digna. Nana se sentía atacada, obligada a dar explicaciones y a justificar cada detalle de su existencia, al mismo tiempo que agraviada por la actitud de dos individuos que solo manifestaban exigencias pero sin contribuir en nada al bienestar de Baobao.

Al margen de eso, estaba también la relación de Fangfang con Dapeng. Este salía cada mañana de la habitación con un gesto silencioso pero complaciente. Nana se dijo que solo se quedarían allí unos días, que sería mucha mala suerte que Dapeng volviera a dejar a Fangfang embarazada. Se acordaba de varias compañeras del colegio que después de casadas habían tardado meses antes de concebir, y ese pensamiento la reconfortaba. Por su pésima situación económica, y un poco también por pereza, había decidido no llevar a su hija al médico antes del viaje. Ahora se arrepentía. Los riesgos que desde Madrid le habían parecido remotos ahora adquirían una dimensión palpable y mucho más real.

Estuvieron allí quince días solamente, pero en el avión de regreso Nana tuvo la sensación de que habían transcurrido meses. Suspiró aliviada cuando el avión despegó. Cuando después de diecinueve horas de viaje introdujo la llave en la cerradura y abrió la puerta de su sótano, que olía aún más a humedad que de costumbre y en el que habían ido a morir durante esa corta estancia un ejército de cucarachas, se sintió, por primera vez, como si pusiera el pie en un confortable y añorado hogar.

A las pocas semanas, Fangfang volvió a manifestar una familiar apatía. Nana tembló de miedo ante un sombrío presagio. Se aferró a la incertidumbre durante varias semanas más, pero cuando comenzaron los vómitos ya no volvió a albergar ninguna duda.

Ting fue distinta de Baobao en todos los aspectos. Más frágil, más discreta, parecía como si con solo rozarla se fuera a deshacer como una figura de arena. Nació prematura, con dos kilos de peso, y tuvo que pasar un tiempo en incubadora. Su existencia adquirió desde el principio un carácter poco definitivo, tanto que a Nana no le hubiese sorprendido levantarse un buen día y constatar que por cualquier motivo se había desvanecido su presencia. Baobao, por el contrario, era caprichoso, ruidoso, demandante, a menudo exasperante, un niño que mucho antes de empezar a hablar ya tenía muy claro lo que quería y sabía hacer valer su voluntad. Pegaba alaridos de rabia cuando no recibía la comida en el orden que él quería —la leche primero, lo sólido después—, y tenía muy claro en qué dirección quería pasear cuando Nana lo subía al cochecito.

Llegaba a ser tan exasperante que Nana en una ocasión estuvo a punto de ahogarlo en la bañera. El recuerdo de ese impulso súbito, que apenas duró una milésima de segundo, aún le erizaba la piel. No sabía por qué se había comportado de esa forma. Baobao insistía en ponerse de pie y pegar saltos en la bañera, y a pesar de los esfuerzos de Nana por hacerle ver que era peligroso, no atendía a razones. En esas estaban cuando Nana lo agarró de la muñeca y se la retorció con fuerza hasta que la piel de Baobao adquirió una tonalidad violácea. Pero en vez de echarse a llorar, el niño se ensañó a mordiscos con ella con la rabia de un tiburón. Nana agarró el cuello de Baobao entre sus dedos índice y pulgar. Una sombra cruzó su mente durante un instante. Pensó en la posibilidad de hacer presión, y realizó un tímido amago, pero su corazón comenzó a latir con tanta fuerza que empujó con pavor a Baobao hacia las paredes de la bañera. Entonces sí, este se echó por fin a llorar. Nana aún no acababa de comprender si lo había empujado por pavor a sus propios impulsos o porque deseaba que escarmentara y que sintiera dolor. O ambas cosas a la vez. Cualquiera de las dos posibilidades revelaba su lado más brutal y violento y el que ella más despreciaba, aquel negro agujero de su carácter que en ocasiones la había hecho desear huir de sí misma. Era algo difuso, sin contorno, pero a la vez vibrante y real, la intuición de que llegado el momento y si los cables se le cruzaban o las circunstancias dejaban de estar de su parte sería capaz de cualquier cosa.

Ese impulso era el secreto más guardado de su carácter, algo que no había compartido con nadie, ni con sus hijas, ni con A'Lei. Cuando oía a conocidos hablar acerca de otras personas y decir «Es un buen hombre», o «Tiene buen corazón», no podía evitar remitirse a sí misma y pensar que no, que ella no era una persona buena, o que si lo era, poseía potencial para dejar de serlo en cualquier momento.

Hacia Ting jamás manifestó uno de esos arrebatos, pero a la vez comprendió desde el principio que su afecto hacia ella no era tan sincero y profundo como hubiese debido ser.

Nana hizo dos llamadas el día del nacimiento de Ting, una a su hija Yan, otra a Dapeng. Este no demostró el mismo entusiasmo hacia su hija que hacia Baobao, ni tampoco grandes deseos de conocerla.

—Buscaremos un momento después del verano para encontrarnos —se limitó a gruñir.

Hubiese preferido un hijo, y no mostraba ningún escrúpulo en confesarlo abiertamente.

***

Nana se estiró la camisa de cuadros de franela antes de entrar en el restaurante. El dueño la estaba esperando. Echaba la ceniza de su cigarrillo sobre un gigantesco cenicero de cristal y estaba apoyado sobre una silla giratoria de cuero de color negro. La examinó de arriba abajo.

—¿Cuántos años tienes? —le preguntó, algo sorprendido, nada más verla entrar.

—Cincuenta y cinco.

Permaneció en silencio unos segundos.

—¿No estás ya casi en edad de jubilarte?

Nana se encogió de hombros, clavó una mirada obstinada sobre el hombre.

—Necesito el dinero.

—Ya.

El hombre apagó la colilla y expulsó lentamente una bocanada de humo.

—Estábamos buscando a alguien más joven. No me dijiste tu edad cuando llamaste.

—Ya lo sé. Es porque creo que la edad no es importante. Estoy en perfecta salud. Puedo hacer el mismo trabajo que una persona joven.

—Ya.

El hombre volvió a mirarla de arriba abajo. Nana creyó detectar cierto escepticismo, algo de soberbia, y por eso contuvo la respiración, estirando el cuello y echando los hombros hacia atrás con orgullo.

—De verdad que estoy capacitada para hacer el trabajo, y puedo hacerlo bien.

—Fregar platos seguro que puedes. Pero necesitamos a alguien que limpie las mesas, que suba y baje escaleras. Este restaurante se llena por las noches. Es bastante cansado. ¿Has trabajado alguna vez en un restaurante?

—Sí, hace mucho —mintió Nana—. Conozco el tipo de trabajo. He criado a dos hijas y a dos nietos, no tengo marido, sé muy bien lo que es trabajar. Además, la gente joven es menos de fiar. Un día faltan y no sabes por qué. Son menos responsables, conmigo no tendrás ese problema. —Nana apretó las mandíbulas—. Y las personas más mayores también necesitamos trabajar —añadió.

El hombre no decía nada. Su rostro seguía reflejando el mismo escepticismo, y Nana sentía como un calor y una rabia que le hervían por dentro. ¿La miraba así porque era mayor, o porque había intuido su pobreza y su desesperación por ganar dinero? Se sintió pequeña, disminuida por esa mirada que no se le quitaba de encima, y no tuvo más remedio, a riesgo de caer en el ridículo, que volver a afirmarse.

—Soy una persona honesta, que necesita trabajar, como todo el mundo. Aquí en España no hay discriminación por edad.

El hombre soltó una carcajada.

—¿Dónde has oído esa frase? ¿En algún programa de televisión?

Nana agachó la cabeza para que él no detectara su rubor. No contestó.

—Bueno, ¿entonces?

—Tengo que pensarlo. Me has gustado, pero no sé si eres la persona más adecuada para el puesto. ¿Has trabajado en otros sitios?

—Sí, tuve una tienda durante varios años.

—¿Y ya no la tienes?

—No. Tuvimos problemas. Ahora no trabajo.

—¿Y no has tenido más trabajos?

—No. Bueno, sí, en el restaurante.

—Aquí el horario es largo, de una de la tarde a una de la madrugada.

—Bueno —dijo Nana—. Yo solo podría trabajar por el día.

El rostro del hombre fue poco a poco esbozando una sonrisa incrédula.

—¿Por el día solo? —Se echó a reír—. ¿Y eso lo decides tú?

—Por la noche tengo que ocuparme de mi hija, y de mis nietos.

—Eso no puede ser.

—¿No podríais contratarme solo para el turno de mediodía?

—Excepcional. No he visto a ningún candidato como tú. De verdad que si pudiera te contrataría, aunque solo fuera por la cara con que dices las cosas. —Volvió a reír.

—Entonces, ¿eso significa que no puede ser?

—No quiero contratar a dos personas.

—¿Por qué no si son dos buenos empleados?

—Nadie se va a molestar en contratar a dos personas a tiempo parcial pudiendo contratar a una, ¿no lo entiendes?

—¿Y por qué no?

—Bueno, basta ya. —El hombre frunció el ceño, impacientándose—. Tengo más cosas que hacer. Si me decido, descuida que te llamaré. ¿Has dejado tu teléfono?

Nana asintió. Se dio la vuelta. Con los hombros caídos, la boca reseca y los pulmones vacíos, salió de allí. En la puerta, estuvo varios instantes contemplando el restaurante, la fachada roja y el rótulo negro con letras doradas: «Gran Muralla». Se dio la vuelta y se despidió de ese lugar, con la certeza de que era para no volver.

La abuela

No recordaba gran cosa acerca de la vida antes del accidente de Fangfang. Sentía como si algo, monstruoso y devastador igual que una montaña de lava, lo hubiese devorado todo. Sin embargo, sí tenía una vaga noción de que alguna vez había regresado a casa por las noches y deseado no encontrarse con nadie. También que por las mañanas las voces de sus hijas y el olor a arroz cocido, el tintinear de platos y el carraspear de A'Lei la molestaban, la irritaban por dentro, no como algo contundentemente insoportable, sino más bien algo molesto e insistente, igual que el revolotear de una mosca. Ahora, con Ting, Baobao y Fangfang en casa, sentía algunas veces algo parecido, y en medio de una infructuosa búsqueda de empleo, todavía más. Cuando llegaba la noche, cerraba los ojos y se imaginaba apretando un botón que la desconectase del mundo, de la respiración de su hija y de sus nietos a tan solo unos centímetros, del crepitar de los pasos de los vecinos en el piso de arriba, de los olores a moho y a cañerías, del ronronear de los motores de los coches en la calle, y por supuesto de sí misma.

No había encontrado ese botón. Por las noches no lograba descansar, no solamente porque Ting y Baobao la despertaban a menudo con llantos o pesadillas, sino porque no conseguía sumergirse del todo en la inconsciencia de un sueño profundo. Su sueño era más bien un estado líquido, vibrante y frágil como una pompa de jabón, que cualquier cosa podía trastocar, y por eso ya muy de mañana se levantaba cansada, inflada y ojerosa.

No la llamaron de ningún trabajo. Lo había probado todo: empleada de fábrica, camarera, cocinera, vendedora, recepcionista, cuidadora, prostituta. Compraba el periódico chino regularmente con la esperanza de encontrar algo a su medida, pero cuando no la miraban con desprecio, lo hacían con condescendencia o con sarcasmo.

Llegados a ese punto, se dijo que ya no podía seguir por ese camino cada vez más pedregoso y que no la conducía a ninguna parte. Aquella tarde en concreto, al regresar de su entrevista con el dueño del restaurante Gran Muralla, tuvo una punzante sensación de extrañeza con respecto a sí misma y a su presencia en España. Se preguntó qué estaba haciendo allí, por qué seguía aferrada a un proyecto y unas ilusiones que ya no se tenían en pie. Tuvo sentido en su momento, con el negocio, con A'Lei, con el sueño de una vida mejor, pero ahora ya no quedaban más que las ruinas de esas ambiciones. No era la primera vez que se planteaba regresar a China, pero la idea la atemorizaba. Pensaba que allí, en medio de cuchicheos y habladurías, ya tampoco tendría su lugar: que por qué había vuelto, que qué había sido de su negocio, que por qué regresaba a una miseria peor de la que había tratado de huir. No tenía ganas de dar explicaciones, de justificarse ante nadie, empezando por sí misma. A pesar de la sensación de ahogo que experimentaba en España, intuía que también en China se ahogaría, aunque tal vez de una forma distinta, oprimida no tanto por el trabajo, el agotamiento y la falta de dinero, sino por la estupidez de la gente.

Tampoco sabía bien a qué gente se refería. Tenía la idea de que en el pueblo eran todos viejos, ociosos y malpensados, pero tal vez ni siquiera fuera así. Lo principal era precisamente eso, esa incertidumbre de no saber ni cuánto había cambiado el pueblo, ni sus gentes, ni ella misma. Recibía llamadas de dos de sus hermanos espaciadas en el tiempo, generalmente por el Año Nuevo chino, pero no todos los años. Algunos años se olvidaban, habían estado muy ocupados, le decían al año siguiente, pero con el tiempo dejaron de justificarse. Gracias a esas conversaciones se enteraba de que habían construido una nueva carretera y un puente, pavimentado algunas calles o abierto algún pequeño comercio, que los hermanos barberos que sentaban a sus clientes en sillas de plástico a pleno sol sobre los caminos de gravilla habían obtenido una licencia y abierto una peluquería. Ese tipo de cosas. Muchos habían muerto, pero no sabía quiénes, y, por qué negarlo, tampoco le importaba.

El pueblo estaba probablemente irreconocible, y era en parte el miedo a encontrarse de repente en un lugar nuevo, de recuerdos difusos que ya no evocaban nada, lo que la echaba atrás cada vez que se planteaba volver. También por supuesto estaba el orgullo y la humillación de retornar sin nada.

Y después, lo más importante de todo, su madre, de ochenta y seis años, con la que había dejado de hablarse desde lo sucedido con Fangfang. Esa realidad era como una sombra, como un funesto agujero negro en mitad de todas aquellas dudas e incertidumbres acerca del lugar de donde venía y al que no sabía si sería capaz de regresar.

Ahora con el tiempo se consolaba pensando que su relación con ella siempre estuvo muy lejos de la perfección. Fueron demasiados hermanos a los que atender y su afecto hacia ellos, áspero y desgastado por las exigencias del día a día, no había logrado establecer lazos genuinamente íntimos con ninguno. Era un afecto que cristalizaba a través de sacrificios diarios, pero no de momentos compartidos ni de nada que se le pareciera. O por lo menos eso quería pensar. En otras ocasiones se decía que todo eso era solamente una excusa, que su madre sí logró establecer lazos fuertes con Fangfang cuando vivieron juntas en el pueblo, y que tal vez ese afecto disoluto hacia sus hijos que ella tanto le criticaba había sido condicionado por su propio carácter hosco y el de sus hermanos.

La ruptura definitiva tuvo lugar a raíz de lo sucedido con Fangfang. Transcurrieron varias semanas antes de que decidieran comunicarle a la abuela la noticia. Nunca supo por qué se había demorado tanto, si por la tensión de esas semanas o por el temor a la reacción de la abuela. Cuando por fin se decidió a llamar, Nana lo hizo sin fuerzas y con el último aliento que le quedaba. Aún recordaba perfectamente aquella conversación, su forma torpe y poco articulada de explicarle las cosas, y la perplejidad inicial de la abuela. Esta no comprendió nada, y a medida que Nana trataba de darle más detalles comprendía cada vez menos. «¿Un error médico? ¿En una clínica de España? ¿Una clínica ilegal? ¿Qué me estás diciendo?» Al final quedó claro que no creía ni una palabra de lo que decían y les echó a su hija y a su yerno todas las culpas de lo sucedido. «Negligencia vuestra —había dicho, y después—: Las cosas no han podido ser así, algo me estáis ocultando.»

Nana comprendió entonces la profundidad del afecto que su madre profesaba hacia Fangfang, una profundidad que hacía su dolor insoportable, y que por eso había obstruido toda su capacidad racional de entendimiento. De nada servía insistir, comprendió por fin, y de todas formas, ella tampoco tenía fuerzas para luchar por su versión de los hechos a través del teléfono y a miles de kilómetros de distancia.

La abuela insistió en hablar con Fangfang. «No puede decirte nada, ya no es la misma persona que antes, no sabrá quién eres», le explicó Nana, con un nudo en la garganta. Vivió los instantes de silencio que sucedieron a esas palabras con terror, como si se le viniera encima una trituradora en un callejón sin salida. Escuchó el sollozo contenido, los espasmos de la abuela, y después el largo y monótono timbre del aparato que anunciaba que se había cortado la comunicación.

Volvió a intentarlo, días, semanas después, pero sin éxito, y al cabo de un tiempo, cuando se decidió a volver a probar, escuchó una grabación que le comunicaba que ya no existía ese número de teléfono.

Las cosas no fueron tan definitivas como parecían al principio. Nana hablaba con sus hermanos, no de forma regular, pero sí lo suficiente como para recibir información acerca de la situación de su madre. Que estaba bien, que trabajaba como de costumbre sus tierras, que no había cambiado lo más mínimo ninguno de sus hábitos. Nana quedaba satisfecha con esa breve puesta al día llena de hechos abundantes y muy pocas explicaciones. No recibía ningún comentario acerca de su estado de ánimo, pero Nana nunca formuló queja alguna al respecto. En realidad, era prácticamente el mismo tipo de información que hubiese obtenido de primera mano.

Sus hermanos nunca preguntaron por qué se habían dejado de hablar, y de haberlo hecho, tampoco Nana hubiese sabido qué responder. Las razones parecían tan confusas, tan poco lógicas, que con el tiempo perdió por completo la noción de cuál fue el verdadero motivo. Al margen de eso, se había establecido un tabú familiar alrededor de lo sucedido con Fangfang, y por ello sus hermanos tampoco hicieron grandes esfuerzos por indagar en el asunto.

Aquella mañana, Nana se despertó con dolor de cabeza y pesadez en las piernas. Sentía la vista un poco nublada, no sabía si por la oscuridad opaca de la estancia o porque estaba aún medio dormida y aquel estado dotaba a su entorno de una textura ondulada y flotante. Los demás dormían. Sobre la mesa de la cocina descansaba el periódico chino lleno de garabatos. Círculos sobre las ofertas de trabajo que juzgaba interesantes, y algunas anotaciones. Se sentía torpe e inflada como un elefante, y se dejó caer sobre una silla.

La visión tardó unos minutos en presentarse a sus ojos. Nana apoyó la frente sobre sus manos y ejerció presión con el dedo pulgar sobre una de sus sienes para mitigar el dolor. Un montón de puntos negros y blancos gravitaban bajo la penumbra de sus párpados, y fue solo al levantar la vista y abrir los ojos cuando la vio, allí, frente a la pequeña ventana que daba al patio. El pelo suelto de color blanco le caía sobre los hombros. Llevaba unos pantalones negros de pinzas y una camisa blanca. Estaba tiesa delante de ella, con una sonrisa burlona. Tenía aspecto masculino, casi parecía un hombre, por su vestimenta pero también por esa delgadez que endurecía y afilaba su rostro. Su piel era oscura y seca, acartonada, como la había conocido siempre. No era piel de muerto. Parecía recién salida de un día en el campo, ajada, algo sucia y sudorosa. Nana se la quedó mirando, fascinada, sin miedo. El espectro de su madre señaló con el dedo índice su propia frente, y tras darle un par de toques ligeros, la cabeza se le desencajó del tronco sin oponer resistencia. Se echó a reír, pero entonces ya no reconoció la voz de su madre. Era una risa endiablada, sarcástica, y de una potencia inusitada. Al cabo de unos segundos, el cuerpo y aquella cabeza danzante se pusieron a dar vueltas sobre sí mismos a una velocidad y con una energía vertiginosas, como un tifón, y la risa se volvió más loca aún, pulverizándolo todo, hasta que no quedó en la estancia nada más que un ambiente tóxico, polvoriento y seco.

Nana se levantó del taburete con los pies pesados como plomo y se dirigió al colchón en el que retozaba Fangfang recién desperezada. La miró, deteniéndose en la plana inexpresividad de su rostro.

—Ya está —le dijo, casi en un susurro, y con el corazón encogido—. He tenido una visión. La abuela se nos muere.

La contempló, apretando fuerte las mandíbulas, deseando con todas sus fuerzas que Fangfang, detrás de aquellos ojos líquidos y pitañosos, comprendiera lo que le estaba diciendo.

Aquello que cambió nuestras vidas para siempre

—¿Has estado alguna vez en un karaoke? —preguntó aquel día Guowen.

—En China sí, aquí nunca.

—Hay uno por aquí cerca.

Habían terminado de comer en el mismo restaurante de siempre, donde ya los conocían y pedían todos los domingos los mismos platos como parte de un ritual. Hacía un calor inusual para principios de junio, y las calles estaban desiertas. Caminaron sin hablar por un callejón en cuesta, pero al llegar vieron que el local estaba cerrado.

—¿Y ahora qué hacemos? —dijo Guowen.

—Podemos ir a tomar un zumo o un refresco.

Entraron en una cafetería con cristaleras sucias y camareros con camisas blancas y actitud tosca. Fangfang pidió un zumo de naranja, Guowen un té, que le sirvieron en una pequeña taza de loza.

—Hay que ver lo malo que está el té aquí. Y te lo sirven en estas tazas.

—Es que aquí no se bebe té —dijo Fangfang.

Ella trataba de racionalizar los comentarios de Guowen hacia los españoles, de explicar por qué hacían las cosas de cierta manera en vez de criticar sus comportamientos. La conversación comenzaba así, pero a menudo terminaban riendo.

—¿Te imaginas pedir un té verde en China y que te lo sirvan en una taza de estas con una pasta de mantequilla?

Fangfang se echó a reír.

Después, en su casa, el recuerdo en retrospectiva de aquel día juntos se le antojaría como una película a cámara lenta, dilatada por el calor y la espera en esa cafetería umbría de cristaleras y paredes sucias. Guowen había insistido, con una insistencia poco habitual en él, en que fueran al karaoke, y esperaron varias horas en la cafetería hasta que cayó la tarde, viendo salir y entrar a gente.

El lugar donde la llevó era un bar oscuro con taburetes giratorios tapizados en rojo y alineados a lo largo de la barra, con dos camareros, uno mayor y otro más joven, y varios grupos de personas sentados en mesas alrededor de una pantalla gigante.

—Voy a pedir unas cervezas —dijo Guowen.

Fangfang aguardó a que regresara. Contempló esa comitiva dispersa. Habían abierto hacía poco y aún se respiraba una atmósfera de principio de noche. El local olía un poco a amoníaco y a limón, probablemente porque lo habían limpiado antes de abrir, y las risas y las conversaciones sonaban aún discretas y perezosas, como si hicieran esfuerzos por arrancar.

Por lo demás, era un lugar excepcionalmente oscuro, con focos en el techo que se giraban hacia diferentes esquinas y un aire algo clandestino. Fangfang buscó con la mirada, pero no vio ningún español. Se preguntó qué clase de sitio era aquel. Guowen, que regresaba en ese momento con las cervezas, pareció leer su pensamiento.

—Este es el karaoke chino más antiguo de Madrid, ¿lo sabías?

No, no lo sabía, pero tampoco le impresionó el comentario. El lugar, algo vetusto, no poseía ninguna peculiaridad que evidenciara su historia.

—Está todo bastante viejo y anticuado —comentó Fangfang.

—Ahí reside precisamente su encanto, ¿no? —dijo Guowen—. Un lugar feo, pero con personalidad.

Fangfang volvió a mirar a su alrededor, poco convencida. Para ella aquel decorado era más bien fruto del abandono y la falta de gusto. Pero Guowen era polémico y optimista. Le gustaba conversar, discutir, hablar, volver a hablar, y darle mil vueltas a las cosas, y lo hacía con un entusiasmo casi infantil. Ese era precisamente uno de los aspectos que habían cautivado a Fangfang, y en esos momentos volvió a sentirse profundamente seducida por su presencia.

Guowen sugirió que se trasladaran a una de las salas privadas del primer piso, y ascendieron por unas escaleras en penumbra hasta un pasillo con varias puertas de madera lacada. La sala era pequeña y olía a cerrado. Tenía una pantalla grande y, enfrente, un sillón largo en forma de ele y una mesa de cristal. En una de las esquinas estaba la libreta con el repertorio de canciones. No parecía muy distinto de las salas de karaoke de China, pero sí más antiguo y con cierto aire a hostal de carretera.

—Aquí estaremos más tranquilos —dijo Guowen.

Se percibía un ligero temblor en su voz, y vaciló varios segundos antes de tomar asiento en el sillón. Fangfang también estaba inquieta, al principio no sabía por qué, pero enseguida comprendió que era porque nunca antes habían estado solos, o tal vez sí, en cierto modo, pero siempre en lugares públicos, y no como ahora, solos de verdad.

Por un segundo se sintió igual que el primer día, como si no lo conociera, como si lo viera por primera vez. Se sentaron el uno junto al otro, con el cuerpo encogido, tratando de ocupar el menor espacio posible, y así permanecieron unos segundos.

—¡Qué tontos somos! —exclamó entonces Guowen—. ¡Estamos aquí como pasmarotes y sin pedir canciones, y en este sitio cobran por horas!

Lo dijo con una carcajada, pero, aun así, su voz sonó algo vacilante y su comentario permaneció unos segundos flotando en el ambiente.

El deseo estaba ya allí, desde mucho antes de atravesar el umbral de esa sala, caliente y burbujeante bajo sus pieles, sus músculos y sus cartílagos. Nunca se había manifestado de forma tan inequívoca porque nunca antes se habían encontrado en una situación que brindara la posibilidad real de consumarlo. Era un deseo que Fangfang, confundida, experimentaba como algo abstracto y desconocido, sucio, y seductor a la vez.

La primera canción que pusieron rompió súbitamente y con mal gusto el silencio en el que estaban sumergidos, igual que el grito de una vecina en el patio a la hora de la siesta.

—Qué canción tan horrorosa... Espera, vamos a buscar otra —dijo Guowen.

Aun así, la música logró relajar la tensión. Cogieron el micrófono y cantaron un par de canciones de las que Guowen nunca había oído hablar. No tenía tiempo para escuchar música, decía. En el repertorio solo había temas antiguos, pasados de moda. Fangfang hizo una pequeña selección. Aquella actividad los ocupaba, aunque sus movimientos transmitían pereza y falta de entusiasmo. En ese momento, entró uno de los camareros con una bandeja llena de cervezas y un plato con trozos de fruta cortada en triángulos.

En cuanto el camarero volvió a salir por la puerta, Guowen la besó. Fangfang sintió como si el beso fuera distinto, más apasionado que los que se daban en los parques o furtivamente en el restaurante. La apretaba con fuerza, presionando los labios de Fangfang con sus mandíbulas.

La música continuaba sonando, pero ellos dejaron de prestar atención a su ritmo y a las imágenes del televisor.

Fangfang lo abrazó, y siguieron abrazados durante un rato. Después, él introdujo la mano por debajo de su camiseta y, cuando rozó el pecho de Fangfang, esta sintió un rubor que le subía hasta las orejas. Había contemplado a menudo su pecho casi plano en el espejo, su piel blanca casi translúcida atravesada de pequeñas venas azules y el pequeño pezón erguido como una cabeza de alfiler. Tenía un pecho pequeño pero bonito, pensaba, y era precisamente esa secreta autocomplacencia lo que la avergonzaba. Era también la primera vez que sentía el tacto rugoso de los dedos de Guowen sobre algo que no fueran sus manos. La primera vez también que alguien la tocaba de esa forma. Los dedos de Guowen temblaban al principio, indecisos, giraban, avanzaban y volvían atrás con cierta reverencia, hasta que por fin se sumergieron en la carne de Fangfang sin más preámbulos y sin que ella opusiera resistencia. Después, todo fue muy rápido. Su forma de quitarle la camiseta, de desabrocharse él la camisa, dejando al descubierto su cuerpo infantil y lampiño y sus espaldas estrechas, de niño. Minutos después, sin quitarle la falda, le bajó las bragas con tanta impaciencia que quedaron enrolladas sobre sí mismas como un trapo de cocina mojado.

—Espera, espera, ¿y si entra alguien por la puerta? —preguntó Fangfang.

Guowen se levantó rápidamente y echó el cerrojo. Fangfang estuvo a punto de preguntar: «Espera, y si llaman y ven que no les abrimos, ¿qué van a pensar?», pero cuando se disponía a hacerlo sintió cómo algo caliente y duro trataba de abrirse camino entre sus piernas.

—Espera, tócame un poco antes —dijo Guowen, retirándose de repente—. Además, tengo que sacar el preservativo.

—¿Que te toque? ¿Cómo?

Fangfang se dejó guiar por las palabras de Guowen. «Así, así, un poco más arriba, un poco más fuerte, más lento ahora.»

Aquello que estaba manipulando la tenía fascinada. Era algo casi sobrenatural, caliente como un animal vivo, palpitante, a ratos duro como una piedra, monstruoso, y de repente blando, pequeño y chicloso, de una consistencia fofa como el pellejo de un pollo. En esos momentos era cuando Guowen le decía que más rápido, más fuerte, y aquello volvía a inflarse como un globo que se llena de agua.

—Espera, ahora me toca a mí —dijo entonces Guowen, parándola en seco.

—¿Que te toca el qué? —dijo Fangfang.

El pudor y la vergüenza que sentía casi le hacían olvidarse del tímido placer que afloraba en su interior.

—Abre las piernas. No pienses que soy de esos tíos egoístas que solo piensan en sí mismos.

Fangfang había estado demasiado absorbida como para pensar en eso.

—No, no, no hace falta —dijo cuando comprendió.

—Que sí, de verdad, ya verás cómo te gusta.

Fangfang lo intentó. Sintió su lengua viscosa como una serpiente rozando su clítoris con una concentración tan dedicada que casi logró conmoverla, pero el mero pensamiento de estar abierta de piernas, en esa postura tan fea y tan vulnerable, la distraía totalmente del placer y le producía una vergüenza que le abrasaba las orejas.

—Basta, basta, déjalo ya —dijo al cabo de pocos minutos.

—¿Qué pasa, lo hago mal?, ¿no te gusta?

—No, no es eso, es solo que no hace falta.

Guowen frunció el ceño. Por un instante, algo estuvo a punto de romperse. El recelo y la desconfianza asomaron tímida y sigilosamente, entreverados con sus palabras, pero Fangfang volvió a besarlo con un ardor impetuoso que no dejó más lugar para suspicacias.

Guowen se puso el preservativo rápidamente, con manos temblorosas, y la penetró. Fangfang sintió un dolor punzante al principio, como si le clavaran algo. Se quedó petrificada, esperando a que el dolor se hiciera más intenso, pero sorprendentemente no tardó en convertirse en una fricción suave, jugosa, casi líquida. Poco después de empezar a disfrutarlo, sintió cómo el cuerpo de Guowen se tornaba rígido y se pegaba a ella como una ventosa. Lo escuchó resollar con energía, con impaciencia, sus movimientos más rápidos, más bruscos, parecían alejarlo de ella, como si se lo estuviera tragando una fuerza centrípeta proveniente de un agujero en lo más profundo de sus entrañas.

Apenas duró unos segundos. Después se apartó, sudoroso, con la mirada extraviada y la respiración aún acelerada. Sus cuerpos seguían pegados, tumbados boca arriba sobre el sillón. Fangfang observó de reojo el preservativo con el semen de un color blanco amarillento colgándole del pene.

—Lo siento —dijo por fin Guowen.

—¿Por qué?

—No te he dejado tiempo. He sido demasiado rápido.

—No pasa nada.

Fangfang estaba siendo sincera. No se sentía impresionada, pero tampoco decepcionada. En realidad, tampoco había sabido bien qué esperar de todo aquello.

—¿Lo habías hecho alguna vez? —preguntó Guowen.

—No —contestó Fangfang, agachando la cabeza, un poco avergonzada.

—Yo tampoco —dijo él después de unos segundos.

Guowen se quitó el preservativo, le hizo un nudo y lo tiró a la papelera. Lo primero que pensó Fangfang fue que eso los delataría ante los dueños y camareros del bar.

—¿No sería mejor tirarlo en el baño? Para que no se enteren los del bar —dijo.

—Como tú quieras, pero tampoco estamos haciendo nada malo.

Aquella habitación privada había cobrado, sin embargo, un aspecto sombrío y decadente, con las ropas tiradas, la moqueta vieja y el mobiliario oscuro, y esa pantalla enorme a la que nadie estaba prestando atención.

—Vámonos de aquí —dijo entonces Fanfgang, que había encontrado sus bragas debajo de la mesa—. Además —añadió, mirando el reloj—, se está haciendo tarde.

De repente, quería marcharse de allí, regresar a casa, como si hubiese cometido un delito.

Guowen se vistió rápidamente, bajaron a la planta de abajo, pagaron. Una vez en la puerta, una idea terrorífica surgió en la mente de Fangfang.

—¿Y si tenían cámaras ocultas en la sala? ¿Y si nos denuncian o llaman a la policía y a nuestros padres?

—No seas tonta. No pueden llamar a la policía por eso. Además, ahí no había ninguna cámara.

Guowen pasó un brazo por encima del hombro de Fangfang y le frotó la espalda para reconfortarla. Ella se sintió un poco mejor, pero, aun así, quería regresar a casa.

—Aún es pronto —dijo Guowen—. ¿No quieres que vayamos a otro sitio?

—Estoy cansada.

Sus palabras poseían un tono seguro, definitivo, y Guowen no insistió, pero una sombra de tristeza nubló su rostro.

—¿Qué pasa? ¿Te ha molestado? ¿He hecho algo mal?

—No, no es eso —dijo Fangfang, algo conmovida, contemplando su rostro redondo. Era un chico sensible, vulnerable, pensó, y sintió una vez más que lo quería de verdad—. Es solo que estoy cansada, nada más.

Guowen la acompañó hasta una esquina a varias manzanas de su casa, como hacían siempre por temor a cruzarse con sus padres, y allí se despidieron.

Una vez sola, Fangfang caminó lentamente hacia el apartamento. Hacía calor y ahora, ya de noche, se veían a muchas personas por la calle. Se sentía algo vacía, no podía evitarlo, aunque trataba de animarse. Ya no era virgen, pensaba. Ahora era igual que todas esas personas que se cruzaba por la calle, igual que Víctor, igual que Min, igual que su hermana y sus padres. Había practicado sexo. Sin orgasmo, eso sí, pero qué más daba. Seguramente, a su alrededor también caminaban muchas mujeres que jamás habían experimentado un orgasmo. Esa comunión con su entorno, sin embargo, la dejaba indiferente, hasta la enfurecía un poco, y la hundía en una profunda soledad. Desde que había conocido a Guowen no había vuelto a sentirse sola, o por lo menos no como anteriormente, pero ahora esa familiar sensación volvía a asaltarla de repente.

Tal vez esa soledad estaba ligada a una cierta decepción hacia Guowen, no sabía por qué. Él no había hecho nada, simplemente lo más natural del mundo, buscar placer, y tratar de darle placer a ella, pero ella lo había rechazado, por vergüenza en parte, pero también por rechazo a ese placer en sí, tan egocéntrico, tan egoísta y visceral. Era una ingenua, después de todo, pensó. Quizá había idealizado tanto a Guowen que el más mínimo comportamiento humano por su parte poseía potencial para defraudarla, y en ese sentido ese sexo que habían practicado lo había vuelto más de carne y hueso, más mortal.

Llegó a su casa y se dio una ducha. Cerró los ojos sintiendo el cosquilleo del agua que se deslizaba por su cuerpo. Giró el grifo, el agua salió más fría, y el cambio de temperatura le erizó la piel. Permaneció allí varios minutos, aislada por el susurro del agua, hasta que volvió a cerrar el grifo y la casa se sumergió de nuevo en el más absoluto silencio. Pensó que su hermana no estaba, pero al entrar en la habitación vio que simplemente estaba dormida.

Se la quedó mirando y le dijo, en voz muy baja, por miedo a que estuviera medio despierta y a ser escuchada:

—Desde hoy ya no soy virgen, Yan.

Lo dijo como si tras ese acontecimiento se hubiese operado un cambio en la naturaleza misma de su ser, con un poco de nostalgia hacia quien ya no era, igual que cuando se es consciente de dejar atrás una etapa que ya no volverá a ser vivida.

¿Era su hermana virgen?, se preguntó. Estaba casi segura de que no lo era. Sus padres, por supuesto, tampoco. Alguna vez, aunque pocas, cuando era más pequeña, había escuchado ruidos en su habitación y se había preguntado si estarían retozando en la cama. Con pudor y vergüenza, con un poco de asco también, como diciéndose, Dios mío, eran sus padres, cómo podían estar haciendo *eso*.

Fangfang estaba ya acurrucada entre sus sábanas. Su cabeza siguió dando vueltas y vueltas a todo eso hasta quedarse dormida.

Volvieron una vez más al mismo karaoke. En aquella ocasión ya no se molestaron en mirar el catálogo de canciones. Las siguientes veces fueron a un hotel de aspecto no menos decadente, regentado por un matrimonio chino, con paredes forradas de madera y una cama con cabecero de hierro que se hundía con el peso.

Fangfang no recordaba en cuál de aquellas ocasiones dejaron de usar el preservativo, o si fueron varias veces, y cuántas. Si alguien le hubiese preguntado, no hubiese sabido explicar los motivos. Más tarde recordaría que fue precisamente el deseo de indagar en esos motivos, imperceptibles, inextricables, lo que dio lugar a su primera verdadera discusión con Guowen.

Pero hasta que eso sucedió no se preocuparon por ello y siguieron viviendo en su burbuja de voluptuosidad y deseo. Las sensaciones mezcladas de asco, pudor y vergüenza que Fangfang experimentó la primera vez en el karaoke fueron paulatinamente desplazadas a medida que continuaron explorando, conociendo y comprendiendo sus respectivos cuerpos. Casi sin darse cuenta, ya no pensaban en otra cosa. Alquilaban la habitación de hotel por la mañana y a veces ahí permanecían el día entero, alejados del mundo, viendo discurrir la vida de los demás a través de una ventana con vistas a la Gran Vía.

Guowen parecía haberse vuelto más hombre, más seguro de sí mismo. Su optimismo hacia la vida redobló. Ahora hablaba de viajes a Venecia con paseos en góndola —lo había leído en un libro de viajes de un autor chino—, de hijos que irían a colegios privados y hablarían varios idiomas y de una jubilación en las playas del sur de China en la región de Sanya. Todo ello, por supuesto, con Fangfang. Había mejorado mucho, y era consciente de ello, de ser capaz de proporcionarle placer a Fangfang, un placer intenso que transfiguraba su rostro, y eso lo enorgullecía y le insuflaba una dosis de seguridad en sí mismo que no era capaz de disimular.

Fangfang no sospechó que estaba embarazada hasta pasados varios meses. No había vivido su sexualidad con ese miedo, no sabía por qué. Sus reglas nunca habían sido regulares. Por eso cuando un buen día en mitad del desayuno le entraron las arcadas y tuvo que escapar corriendo al cuarto de baño, tuvo una sospecha repentina que la dejó paralizada. Había visto películas y se acordaba de los vómitos, seguidos del test de embarazo. Su experiencia fue casi igual de banal que las de esas películas. Repitió el test dos veces, hasta que no le quedó ninguna duda.

Durante los días sucesivos a aquel descubrimiento, se mezclaron en ella sentimientos de miedo, ansiedad, confusión y rabia. Estuvo dudando durante toda la semana en si quedar o no con Guowen. Al final lo hizo, pero ese domingo se mostró ensimismada y triste, sin deseo de compartir nada con él.

—Hoy no tengo ganas de ir al hotel —le dijo—. ¿Por qué no vamos a ver una película?

Guowen no puso pegas, ni manifestó signos de contrariedad. Siempre se plegaba a sus deseos con gusto. Era verano y había pocos estrenos en la cartelera. Se metieron con dos cartones de palomitas a ver una película de acción americana en los cines Callao. En medio de la penumbra de la sala, Guowen colocó su mano sobre la de Fangfang y comenzó a acariciarle los dedos con movimientos circulares. Fangfang se retiró. Sintió un profundo hastío, como si la penumbra de esa sala fuese un túnel largo que la hubiese conducido hasta los confines del universo. Percibió la tensión de Guowen, su forma brusca de retirar el brazo, y sus movimientos inquietos durante el resto de la película.

Sus comentarios no se hicieron esperar ni un segundo a la salida del cine.

—¿Te pasa algo? ¿Qué te he hecho?

Su voz sonaba triste.

—Nada, no me has hecho nada.

—No has querido saber nada de mí durante toda la película.

—Quería concentrarme en lo que pasaba.

—¿Y eso qué tiene que ver?

Fangfang era consciente de lo absurdas que sonaban sus excusas. Concentrarse en qué, si apenas entendía lo que decían, y Guowen lo sabía perfectamente.

—Estoy cansada —dijo por fin, para zanjar el tema.

Eso, por lo menos, era verdad.

Después caminaron un rato, en silencio. Hacía bochorno a pesar de que eran ya más de las siete de la tarde. El cielo se había engrisecido y por encima de sus cabezas reinaba una acumulación de nubes y de contaminación. Habían encendido las farolas de la calzada a pesar de que todavía era de día y Fangfang se dedicó a contemplar ensimismada sus tenues luces amarillas.

—Nunca te había visto así —dijo Guowen—. Tienes que decirme qué te pasa. —Pronunció aquella última frase muy convencido y con algo de autoridad, una autoridad que en realidad no poseía. Después volvió a decir con tono abatido—: ¿O es que no confías en mí?

Fangfang tenía miedo a decírselo, pero no sabía bien por qué. Miedo a enfadarlo, a decepcionarlo, a que la dejara plantada. Recorriendo las calles, llegaron sin querer a la tienda de Li Peng, que estaba cerrada. Li Peng había regresado a Taiwán por un asunto familiar. Se lo dijo a Fangfang la última vez que se vieron: que empezarían las clases de pintura en septiembre, que tendrían que posponer su encuentro con Guowen. Las persianas de la tienda estaban echadas y cubiertas de grafitis, y los alrededores desiertos. Fangfang tuvo un intenso y súbito deseo de verlo, de echarse en sus brazos y hablar con él. Comprobó con sorpresa y nostalgia que Li Peng le inspiraba esa seguridad que no había sido capaz de encontrar ni en sus padres, ni en su hermana, ni siquiera en Guowen en aquellos momentos.

Sintió un repentino deseo de hallarse en la parte trasera de la tienda escuchando las instrucciones de Li Peng que guiaba su pincel sobre un lienzo vacío. Anhelaba esa sensación, sí, de encontrarse inmersa en una tarea que requería toda su concentración y que la arrastraba hacia un mundo ajeno a las preocupaciones del día a día.

Ni siquiera tuvo fuerzas de decirle a Guowen que aquella era la tienda de Li Peng. Dejaron atrás el local. Fangfang pensó con sencillez que lo echaba de menos, sin tener conciencia en esos momentos de que nunca más lo volvería a ver.

En algún momento de la tarde, Guowen decidió cambiar de estrategia y comportarse como si nada. Comenzó a relatar anécdotas del trabajo: una mujer que se había desmayado en la tienda y una noche en que no cuadraban las cuentas. Estaban sentados en un banco solitario en medio de una plaza detrás de unos cines.

—En el futuro, cuando abramos nuestro propio negocio, tendremos que andar con mucho cuidado si contratamos a alguien para que nos haga las cuentas. Tiene que ser alguien de confianza —dijo.

Fangfang ya no sabía de qué futuro estaba hablando. Todos aquellos planes con los que soñaban tan a menudo se habían difuminado en su mente y eran ahora como espejismos sin forma ni relieve.

Pero Guowen siguió hablando.

—Mi madre me ha contado que una conocida suya contrató una vez a alguien que se llevó todo el dinero de la caja. Y era china también, una persona supuestamente de confianza, imagínate. Salió de allí una noche y no volvió a dejar rastro.

Guowen no parecía ajeno a la indiferencia de Fangfang, pero hacía esfuerzos por narrar anécdotas interesantes. Sin embargo, no trató de establecer ningún contacto físico. Fangfang había doblado las rodillas sobre el banco y apoyando sobre ellas la barbilla, las rodeaba con sus brazos, en una postura infantil y como escudándose de cualquier intento de acercamiento.

—Estoy seguro de que nos va a ir muy bien, ¿sabes? Tengo ese presentimiento.

Hizo ese comentario a modo de conclusión, como si quisiera desvincularse de las desgracias ajenas.

—Yo no estaría tan seguro —dijo entonces Fangfang, alzando por primera vez la cabeza, y con gesto sombrío y grave.

—¿Por qué dices eso? Hoy estás de mal humor y lo ves todo negro —dijo Guowen.

Fangfang supo entonces que tendría que decírselo en algún momento, y que ese momento era ahora.

—Estoy embarazada.

Recordaría días más tarde ese banco solitario de la plaza detrás de los cines porque allí tuvieron su primera verdadera discusión. La única que tendrían, por otro lado, en el resto de sus vidas.

El rostro de Guowen adquirió una palidez visible incluso bajo la tenue luz de las farolas de la plaza.

—¿Embarazada, de quién?

Estaba muy serio y había pronunciado esa pregunta como si fuera la duda más natural del mundo.

—De ti, de quién va a ser, si no.

—¿Cómo lo sabes? ¿Estás segura?

—Totalmente.

Guowen seguía mirándola sin mover ni un solo músculo de la cara.

—¿Cómo es posible? ¿Eso cómo ha sido? ¿Y cuándo? Siempre tenemos cuidado.

—No todo el cuidado que deberíamos. Acuérdate de esa vez en el hotel, por la mañana. Y de esa otra por la noche, justo antes de dejar la habitación.

—Sí, pero esa vez por la noche fue solo al principio, nos descuidamos un poco, después usamos preservativo.

—Déjalo —dijo Fangfang—, qué más da cuándo haya sido. El caso es que ha sucedido y ya no hay vuelta atrás.

Guowen se levantó un momento del banco, nervioso, buscó en los bolsillos de sus vaqueros y sacó un paquete de cigarrillos. Su mirada, algo alterada, parecía la de un niño que se resiste a aceptar la realidad.

Fumaba de vez en cuando, pero no porque le gustara, sino porque se lo había visto hacer a su padrastro, y pensaba que le daba un aire interesante y muy masculino.

—No sé por qué tuviste que insistir en no usar preservativo. Mira ahora las consecuencias —dijo entonces Fangfang.

—¿Yo, insistir? ¿Cómo puedes decir eso? Yo no dije nada. Soy yo siempre el que se acuerda de usarlo, el que va a la farmacia a comprarlos.

—Qué más da que seas tú el que vaya a comprarlos si luego se quedan en tu bolsillo.

—Pero es que no fui yo, ¿no recuerdas? Los dos nos dejamos llevar, tú tampoco dijiste nada.

Guowen se impacientaba ante la actitud cada vez más resentida y acusatoria de Fangfang, mientras que ella contemplaba su ansiedad, su lucha por justificarse, que crecía por momentos, casi con gesto triunfal, satisfecha de ver repartida por fin de forma un poco más equitativa la angustia generada por esa noticia.

—Eso que dice la gente, ¿sabes?, que los hombres sois egoístas, que solo pensáis en vosotros, no es más que la pura verdad.

—Yo no soy así. Y lo sabes perfectamente.

Era cierto. Sin embargo, Fangfang sentía deseos de herirlo, pero solo porque ella se sentía herida, y aquel era su mecanismo de defensa.

—No sé por qué respondí a ese maldito anuncio en el periódico. Si no lo hubiera hecho, no te hubiera conocido nunca, y ahora no estaríamos en esta situación.

—¿Eso es de verdad lo que hubieses deseado?

No, por supuesto que no. Se le había formado un nudo en la garganta que le impedía tragar, y comprendió que estaba siendo cruel con él, que solo trataba de ayudarla. De repente, el nudo se fue endureciendo, y los ojos se le llenaron de lágrimas.

—¿Qué vamos a hacer ahora?

No pudo dejar de llorar en diez minutos, y cuando por fin lo consiguió, esas fueron las primeras palabras de Guowen:

—Nada, nada, no pasa nada, tendremos que afrontar el problema como tantos otros que nos vendrán en el futuro, pero lo haremos juntos, que es lo importante.

Aquella frase pareció reconfortar a Fangfang, que apoyó por fin tímidamente la cabeza sobre su hombro. Apenas se habían rozado en todo el día, y ahora ella tenía la sensación de haber echado de menos su cuerpo, el olor a naftalina de sus camisas y el tacto áspero de su piel.

—Saldremos de esta, no te preocupes.

Guowen parecía más sereno, más satisfecho ahora que había logrado tranquilizar a Fangfang. Permanecieron en silencio en el banco, en esa postura, él sentado, Fangfang con las rodillas dobladas y la cabeza sobre su hombro, durante mucho rato. Se había hecho totalmente de noche, y se alzaba ahora sobre sus cabezas un cielo turbio y sin estrellas.

—Tendremos muchos hijos en el futuro —dijo Guowen de repente con una voz ronca, y después, tras una breve pausa—: Pero esta vez, en concreto, por el bien de todos, será mejor no seguir adelante..., ¿verdad? ¿O tienes otra cosa en mente?

Reinó un brevísimo instante de tensión, hasta que Fangfang dijo:

—No, claro que no, mejor no seguir adelante.

Las semanas que siguieron fueron largas. Hacía mucho calor y en el apartamento solo había un ventilador de pie gigante que daba vueltas a todas horas en el salón. Yan estaba todas las mañanas en casa viendo series de televisión y comiendo chicles y gominolas. Dejaba los envoltorios sobre el apoyabrazos del sofá, junto con platos y vasos vacíos y cartones de zumo, hasta que llegaba la noche y echaba todos sus plásticos y restos a la basura. Fangfang caminaba por su casa como un zombi, molesta, con náuseas, con la creciente sensación de que un fenómeno invisible estaba revolucionando su ecosistema interno. Era eso precisamente lo que estaba sucediendo, pero en vez de algo milagroso, ella lo veía como una invasión. Tenía que disimular sus arcadas y deslizarse sigilosamente hasta el baño. En una ocasión su hermana le había preguntado si sufría de diarrea y qué demonios hacía todo el día metida en el baño, pero lo hizo con indiferencia, sin levantar la cabeza de la pantalla.

Fangfang se sentía ajena a la vida en general, pero sobre todo a la vida de familia en ese apartamento. Cuando se echaba encima de la cama por las noches, tenía la sensación de que algo burbujeaba en el interior de su cuerpo, y tomaba plena conciencia del poder de la decisión que estaba a punto de tomar. Se decía que todos sus órganos luchaban por mantener vivo algo que, en muy poco tiempo, en cuanto encontraran una clínica y consiguieran una cita, ella estaba a punto de destruir.

No se sentía culpable por ello. Estaba impaciente por ver llegar ese momento y no lograba concentrarse en nada. Los comentarios de su hermana no le llegaban, se quedaban suspendidos en el aire a medio camino. De sus padres se había olvidado totalmente, era como si ya no vivieran en esa casa. Se acordaba de ellos solo cuando escuchaba sus pasos, sus voces, sus susurros, al regresar de la tienda, y eso la ponía de mal humor. Al margen de esa irritación también sentía miedo, y por eso hacía lo posible por evitarlos. Salía de su cuarto más tarde por las mañanas. No sabía cuál era exactamente el motivo de ese temor. A veces pensaba que era miedo a ser delatada por algún gesto o cambio en su aspecto físico. Estaba cansada. Se miraba en el espejo y se sentía inflada, pero cuando se ponía de perfil, su silueta no reflejaba grandes cambios. Aun así, estaba convencida de que su madre notaría algo, igual que había sido muchas veces consciente de sus engaños.

Habían establecido un código para las llamadas de Guowen. Acordaron que sería Fangfang la que llamara siempre a menos que surgiera algo urgente que comunicar. En ese caso, él dejaría sonar el teléfono una vez, volvería a colgar, y llamaría de nuevo.

Durante los días que sucedieron a la conversación en el parque, Fangfang lo llamaba todos los días. Lo hacía por la noche, cuando perdía de vista a Yan y antes de que regresaran sus padres. «Qué, has encontrado ya una clínica», le preguntaba, casi sin saludarlo ni preguntarle cómo estaba. Su impaciencia había adquirido tales proporciones que era incapaz de pensar en otra cosa. Sus modales se habían vuelto un poco bruscos, su relación más tirante. Los primeros tres o cuatro días la respuesta fue negativa. «Ten paciencia», le decía Guowen. «Es fácil decirlo cuando no eres tú el que se ha quedado embarazado», le contestó Fangfang, a lo que él ya no tuvo nada que objetar. La conversación por teléfono enfriaba de algún modo sus relaciones, y las palabras de Guowen perdían ese poder reconfortante que poseían en persona. Nada más colgar, Fangfang experimentaba una soledad heladora y se veía asediada por toda clase de miedos. No sabía por qué lo veía todo negro. A veces cerraba los ojos y trataba de racionalizar. «Esto se va a terminar enseguida», «encontraremos una clínica», «nos darán cita», «antes de que me dé cuenta estará todo solucionado». Aun así, aquella voz dentro de su cabeza no lograba calmar sus ánimos. Sentía algo transgresor, sucio, dentro de toda aquella historia. Sabía que cada minuto que dejaban pasar, el feto crecía dentro de su cuerpo. Sabía que a partir de un cierto número de semanas, la ley en España no permitía abortar. Sabía que a cada paso y con cada decisión que tomaba, perpetuaba una cadena de engaños. Tendría que acudir a una clínica clandestina, mentir a sus padres, disimular los cambios de su cuerpo. También tenía la vaga sensación de estar haciendo algo mal. A pesar de que no albergaba ninguna duda acerca de su decisión, el verse en aquella situación la llenaba de culpa, una culpa abstracta y sin motivo concreto, ligada a la clandestinidad de sus actos, de su relación con Guowen, a la impunidad con que estaba tomando una decisión de la que dependía la vida de una futura persona. Y a todo ello se añadía la sucia connotación del sexo. Todos sus pensamientos, sus visiones, lo que decía, lo que tocaba, adquiría un matiz pardo y oblicuo. Sentía que vivía en un basurero de pensamientos fermentados y hediondos.

Por fin llegó la llamada de Guowen. A los cinco días exactamente, y precedida de un aviso de comunicación urgente. Al principio, Fangfang dudó. Estaba comiendo restos de un pescado en salsa, sentada sola en uno de los taburetes de la cocina. El teléfono sonó una vez, dejó de sonar, y segundos después volvió a hacerlo de nuevo. Por fortuna no había nadie en casa.

—Ya tenemos cita. —En la voz de Guowen se escuchaba una mezcla de excitación y alivio—. Este sábado, a las nueve de la mañana.

Lo primero que sintió Fangfang, junto a una emoción premonitoria de que aquello por fin iba a terminar, fue miedo. Miedo a todo, pero así, de forma inmediata, a la excusa que iba a dar para salir de su casa tan pronto en fin de semana.

—Invéntate algo —le dijo Guowen—. Que te vas de excursión a la montaña.

Los días que siguieron fueron largos. Los minutos transcurrían lentos para Fangfang, que permanecía sentada sobre su cama con la mirada fija en las telarañas y las manchas del techo. Pero el momento llegó por fin, dilatado, distorsionado por la larga y ociosa espera y el calor de esos días de verano. Era viernes por la noche y Fangfang había tomado la decisión de no decir nada en casa. Rezaba por no cruzarse a nadie en la hora del desayuno, pero era consciente de la inverosimilitud de aquella esperanza. Colocó sus ropas para el día siguiente, una camiseta de algodón y una falda larga, dobladas encima de la mesa. Casi no pudo dormir en toda la noche. De madrugada, cuando por fin cayó rendida por el cansancio, su último pensamiento fue que todo aquello era una pesadilla, y que se levantaría al día siguiente con la sorpresa de que nada de aquello había sucedido. Tuvo un sueño ligero y entrecortado. A las seis de la mañana ya estaba despierta, con un nudo en la garganta, alerta a los ruidos del apartamento.

Su madre no estaba en la cocina cuando salió, y su hermana seguía durmiendo. Vio a su padre de espaldas, de cara a la encimera. Estaba ya vestido y su camisa de hilo blanca acentuaba su silueta escurrida. Sus brazos delgados, curtidos por el sol, tenían no obstante un aspecto fibroso y saludable. Por un momento tuvo el impulso de coger su bolso y salir de allí corriendo antes de que le hicieran preguntas, pero justo cuando esa idea cruzó su pensamiento, su padre se dio la vuelta.

—¿Ya estás levantada?

Fangfang ni siquiera juzgó necesario responder a aquella pregunta. ¿Es que no veía que sí lo estaba? Sintió un profundo mal humor ante la perspectiva de tener que entablar conversación con él, por breve que fuera.

Su padre dejó lo que estaba haciendo y pareció observarla de arriba abajo, con una atención poco habitual en él. Fangfang pensó inmediatamente que había reparado en algo, y sintió pánico. Si se descubría algún detalle en ese preciso instante no tendría más remedio que escapar, salir corriendo. Su padre nunca le permitiría acudir a esa clínica. ¿O sí? Quién sabe. Volvió a pensar que no lo conocía, que desde ese fracaso de cena que les preparó, algo se había roto definitivamente, algo que llevaba ya tiempo desgarrado y a punto de desprenderse.

—¿Qué te pasa? ¿Te encuentras mal? ¿Por qué estás ahí plantada sin decir nada?

Fangfang se sobresaltó. Había debido permanecer un rato ensimismada. Su padre hablaba con tonos suaves y respetuosos a pesar de que Fangfang apreciaba su falta de genuino interés.

Fangfang miró de soslayo y vio que sobre la encimera había un plato con arroz.

—¿Tienes hambre?

—No.

Parecía hasta más amable de lo habitual. Fangfang tenía que acudir a la clínica en ayunas. En realidad, no sabía muy bien qué había venido a hacer a aquella cocina. Quería abrir la nevera y sacar un par de plátanos para retomar fuerzas después de la intervención, y eso hizo sin más dilación.

—¿Te marchas? ¿A estas horas? —preguntó su padre.

Su pregunta fingía naturalidad, pero su voz delataba signos de alarma, como si hubiese detectado algo poco habitual en el comportamiento de su hija.

—He quedado con un amigo para hacer unas compras.

Ni siquiera se detuvo a pensar en lo absurdo de aquella excusa. Le daba exactamente igual que las tiendas estuvieran cerradas, que la creyeran o no. Lo único que apremiaba era la necesidad de salir de allí, de dejar atrás el opresivo ambiente de ese apartamento y olvidarse de las suspicacias y dudas de sus padres, sin importar cuáles fueran, igual que ellos se olvidaban, pensó en un último instante fugaz cargado de resentimiento, de los problemas de sus hijas nada más salir por la puerta.

La calle tenía el mismo aspecto de siempre, pero algo más vacío. Madrid era una ciudad perezosa, que no amanecía hasta bien avanzada la mañana, muy distinta de las ciudades chinas. Las cafeterías solo empezaban a llenarse partir de las nueve y media con los primeros desayunos y muchos comercios no abrían antes de las diez. Los sábados aquella sensación se acentuaba, y aún más con el calor del verano. Aquel día en concreto, a medida que avanzaba calle abajo por la Gran Vía y se cruzaba con dispersas comitivas de ancianos fumando en bancos de madera, mujeres rechonchas y jubiladas que arrastraban un carro de la compra, o algún que otro turista con mochila y aspecto alelado, tenía la sensación de ser la única persona en esa ciudad que se disponía a hacer algo verdaderamente importante. La trascendencia de ese objetivo se hallaba en total discordancia con la banalidad de su entorno, y eso magnificaba aún más la conciencia que tenía de sí misma, avanzando calle abajo, camino a su cita con Guowen, como un gigante aplastando a su paso una ciudad en miniatura, sin ver apenas nada de lo que tenía delante, o viéndolo todo muy pequeño, insignificante, desde una enorme distancia.

Guowen ya estaba esperando en la boca de metro. Tenía aspecto de recién levantado. Sonrió tímidamente, la abrazó. Su rostro mostraba signos de no haber dormido en toda la noche, ojeras, una tez macilenta, y también una ambigua expresión de lástima y de culpa.

—Cuánto siento todo esto —dijo con una voz sincera, y presionando la mano de Fangfang.

Ni siquiera se había atrevido a besarla. Fangfang sintió un enorme alivio al verlo, a la vez que la certeza de que esos días de angustia y elucubración constante a solas en su casa hubiesen sido diferentes a su lado.

—En menos de dos horas volveremos a esta misma estación de metro y todo habrá terminado.

Fangfang asintió, con una sonrisa. Caminaron de la mano por pequeñas calles durante casi veinte minutos. Guowen sacaba de vez en cuando una hoja de papel y un callejero del bolsillo trasero de su pantalón, estudiaba las direcciones, y seguían caminando.

Llegaron por fin a un portal en una calle estrecha con dos panaderías y una tienda de flores.

—Es aquí.

Un poco más abajo, en la acera de enfrente, tres chicos escuchimizados con aspecto de drogadictos fumaban en la puerta de un portal. Una mujer mayor se asomó a un balcón con una regadera, en ese mismo edificio, y gritó:

—¡Fuera de aquí, delincuentes, o llamo a la policía!

En su balcón lucían varias jardineras con exuberantes geranios de aspecto aterciopelado. Ella llevaba una especie de camisón de flores y varios rulos en la cabeza.

Uno de los muchachos escupió. Arrojó la colilla del cigarro con desprecio.

—Cállate, zorra.

Otro de los chicos le dio un empujón en el hombro.

—Anda, vámonos de aquí.

Fangfang los vio alejarse. El que había escupido lo hizo a regañadientes, casi obligado por los otros dos.

Aquella escena había distraído la atención de Fangfang del lugar en el que se encontraban. Volvió a mirar la fachada del edificio y el portal.

—¿Cómo dices? ¿Que es aquí? ¿No íbamos a una clínica?

—Sí, la clínica está en el segundo piso.

Fangfang sintió un ligero desvanecimiento, un pánico que le reblandeció las rodillas y que dificultó su ascenso por las empinadas escaleras de ese portal oscuro y sin ascensor. Habían llamado al timbre y una voz había preguntado quién era. Guowen había dicho que tenían cita, y se había abierto el portal.

Era una casa antigua con olor a patio. Dos largos y estrechos pasillos conducían desde la escalera hasta las puertas de los pisos. Vieron un gato blanco y negro al llegar a la segunda planta, y una ventana abierta con marco de madera manchada de excrementos de paloma.

Les abrió una mujer asiática que no parecía china y que no llevaba indumentaria de hospital. Atravesaron un pasillo oscuro, un despacho con una mujer española —«Es nuestra secretaria», dijo la mujer— y después varios cuartos con las puertas cerradas hasta llegar a una sala sin ventanas con una camilla y un carro lleno de utensilios médicos.

—Enseguida llega el doctor —dijo la mujer. Y después, dirigiéndose a Guowen—: Tú, si eres tan amable, acompáñame, por favor.

En ningún momento se había hablado de dinero, pero Fangfang sabía que Guowen entraría en el despacho, abriría su monedero y le entregaría a la mujer española un fajo de billetes. No sabía cuántos, no tenía la menor idea de cuánto costaban ese tipo de cosas, si miles o cientos de miles de pesetas. Le había preguntado por teléfono el día en que llamó para comunicarle la hora de la cita en la clínica, pero él le respondió casi con enfado que no quería oír hablar de eso.

Fangfang aguardó varios minutos hasta que Guowen regresó. La casa estaba totalmente en silencio. Habían atravesado un salón con sofás y revistas que parecía la sala de espera, pero allí no había nadie. Se respiraba un olor concentrado a vivienda, era una mezcla a mueble de madera, detergente y comida, muy distinto del olor de los hospitales. Las paredes de la sala estaban pintadas de amarillo, y se veían algunas manchas a la luz de la bombilla.

El médico no tardó en llegar. Era un hombre chino, con bata blanca, de unos cuarenta años, con el pelo muy corto y un rostro neutro picado de cicatrices de acné. Llevaba un anillo de casado y unos zapatos negros asomaban por debajo de la bata. Olía a jabón y a gomina de pelo, y les tendió la mano nada más entrar.

—No tengas miedo —le dijo a Fangfang—, es una operación muy sencilla.

Explicó brevemente en qué consistía: sedación, aspiración del feto, y legrado. Después debería permanecer una hora en observación en la sala de espera. Los efectos secundarios: sangrado similar al de una menstruación y letargo o dolores de cabeza debidos a la anestesia. Le aconsejaban reposo de veinticuatro horas y después vida normal.

Fangfang escuchaba aquel torrente de palabras sin registrar todo su contenido, como si se tratara de un anuncio de televisión. Después, el doctor se sentó en la mesa de despacho, sacó una hoja de uno de los cajones, y empezó a hacerle preguntas de todo tipo.

—¿Cuántas semanas de embarazo?

Fangfang miró a Guowen, con gesto vacilante.

—No estoy segura —dijo por fin.

—¿Última regla?

Fangfang volvió a dudar, pero el doctor le instaba a darle respuestas rápidas.

—¿No recuerdas?

—No exactamente. Creo que hace unos tres meses.

—¿Día exacto?

—No sé.

Tomaba notas con pulso rápido y mucha concentración. Incluso cuando ella no respondía, parecía seguir anotando frenéticamente. Durante los minutos que duró ese interrogatorio, Fangfang tuvo una extraña y distorsionada conciencia de las cosas, como si de repente no entendiera lo que había venido a hacer allí. Todo poseía la incongruencia de un sueño. La voz del médico le sonaba como esas voces salidas de un tocadiscos que giran a cámara lenta, y la presencia de Guowen distante y efímera como una sombra. Finalmente, tras colocar de nuevo el bolígrafo sobre la mesa, el médico se quitó las gafas y dijo:

—Si está todo claro y no hay preguntas, vamos a hacer una ecografía y procederemos a la intervención. —Y después, girando la vista hacia Guowen—: Si eres tan amable, nos esperas fuera.

Hubo unos instantes de silencio.

—¿No puedo quedarme con ella en la sala?

—No.

Su voz fue clara, tajante, parecía como si ya le hubiesen hecho esa petición más veces y estuviera harto de negarse. Fangfang sintió que se hundía sobre su silla. Vio cómo Guowen se levantaba, lo miró con aplomo, y realizó un tímido movimiento de cabeza en gesto de adiós.

***

Guowen nunca olvidaría aquel rostro. Era un rostro triste, ojeroso, pálido, suplicante, que arrastraba el sufrimiento de todo lo sucedido en las últimas semanas, pero un rostro lleno de vida, plenamente consciente y rebosante de expresividad, que Fangfang nunca más volvió a recuperar.

Los acontecimientos se precipitaron. Transcurrieron quince o veinte interminables minutos en la sala de espera. Hacía calor y se respiraba un ambiente cargado. Todas las ventanas estaban cerradas, las cortinas echadas, y reinaba un silencio y una quietud recalcitrantes. Guowen trataba de pensar en cosas agradables. Irían al hotel y pedirían un servicio de desayuno en cuanto salieran de allí, se darían un masaje, probarían un nuevo restaurante por la noche. Sin embargo, los pensamientos eran como rebeldes remolinos que se resistían a tomar forma, y Guowen hacía tantos esfuerzos por atraparlos, inmovilizarlos, que consiguió que se le pusiera dolor de cabeza.

Tras una espera que se le hizo eterna, escuchó por fin abrirse una puerta, y vio aparecer al doctor con las sienes relucientes de sudor y su habitual neutralidad en el rostro pero con un brillo diferente en los ojos. A medida que se fue acercando y Guowen pudo observarlo mejor, vislumbró una inquietud latente en su mirada.

—Ha surgido una complicación, tienes que llevarla al hospital —dijo con precipitación.

Guowen sintió las palpitaciones de su corazón y de sus nervios con tanta violencia que creyó que se desmayaba. ¿Dónde estaba Fangfang? ¿Y qué demonios le había sucedido?

—Complicaciones, han surgido complicaciones —repitió el médico, exasperado, dejando claro con su actitud que su preocupación ya no era Fangfang, sino más bien que la sacaran de allí lo antes posible.

Todo sucedió muy rápido. Hicieron la llamada al hospital desde el despacho. Escuchó la voz de la mujer española desde la sala de espera, pausada, sin signos de alarma, y poco después las sirenas. Tres hombres entraron en el piso a toda prisa, preguntaron dónde estaba el enfermo, y sacaron a Fangfang del quirófano en una camilla. Solo entonces tuvo ocasión de verla, pero tenía una máscara en la cara y solo distinguió sus párpados cerrados y engrandecidos, igual que dos redondos montículos, y su rostro pálido como el de una muerta.

No tenía fuerzas para gritar, llorar ni hacer preguntas. Los hombres que habían llegado con la ambulancia intercambiaban frases en español, pero hablaban rápido, y no comprendía muchas de las palabras. Algo lo tenía paralizado por dentro. Se montó con ellos en la ambulancia. Fangfang seguía cubierta con una sábana, entubada, era casi imposible verle la cara. El vehículo daba tumbos y giros bruscos y la sirena no dejaba de sonar. Guowen se sentía mareado, succionado por una espiral de ruido y movimiento que lo sumergía poco a poco hacia las profundidades de un abismo del que ya nunca volvería a salir.

Una vez dentro del hospital grande y concurrido, le preguntaron por fin quién era. Fue después de llevarse a Fangfang en camilla por un largo pasillo y de pedirle que esperara. Permaneció solo mucho tiempo, sentado en una silla de plástico, con otras personas, un niño con un parche en un ojo que daba saltos en el suelo de un azulejo a otro y varios hombres y mujeres de rostros flemáticos y apagados. No sabría decir cuánto tiempo estuvo allí, pero una chica joven y amable, de bata blanca, con un cuaderno en la mano, salió finalmente por una puerta y le preguntó si era un familiar.

—Soy su novio —dijo Guowen.

Aquella palabra sonó absurda nada más salir de su boca. No era un padre, ni un hermano, su relación no poseía la autoridad ni la fuerza de un parentesco, y por eso desde el momento en que abandonó la clínica comenzó a crecer en él la sensación de que la vida de Fangfang se le escapaba de las manos.

—Necesitamos hablar con sus padres. ¿Tienes un número de contacto? ¿Y cómo se llama tu novia?

—Fangfang. ¿Qué le ha pasado? ¿Está bien?

La chica lo miró con ojos compasivos y negó con un gesto de cabeza.

—De momento ha entrado en un coma. No sabemos si saldrá de esta. Y si lo hace, probablemente no sea en las mejores condiciones.

Guowen bajó la vista, mareado, completamente obnubilado por esas palabras, pero la chica no apartó de él su mirada compasiva y grave. Ni siquiera sabía lo que era un coma, cuánto se suponía que duraba ese estado. Recordaba alguna alusión en el periódico a personas que se despertaban de un coma después de veinticinco años en estado vegetativo, pero aquello le sonaba a ciencia ficción y nunca había terminado de creérselo. En ese momento, sintió un fuerte deseo de zarandear a esa chica, de hacerle preguntas, para comprender mejor qué le había sucedido, qué le estaba sucediendo a Fangfang, para fijar con palabras algo que en su mente se perfilaba a la vez como monstruoso e incongruente. Pero sabía que no podía. A pesar de la amabilidad de su rostro, su cuerpo rígido, muy erguido, y la neutralidad de su voz le recordaban que seguían existiendo ciertas formalidades y que no podía volcar en ella su incertidumbre y su pena.

—Necesitamos hablar urgentemente con los padres de Fangfang —dijo la chica—. Después vendrán aquí otras personas, para hacerte preguntas. ¿Dónde habías oído hablar de esa clínica?

—Por el periódico chino.

Guowen les dio el único teléfono que tenía, el de la casa de Fangfang. Sus padres no tardaron en llegar. Los vio desde el final del pasillo, y supo inmediatamente que eran ellos, no porque fueran los únicos chinos en aquel hospital, sino más bien por el terror y la inseguridad reflejados en sus rostros. Caminaban rápido, la mujer delante, voluminosa, vestida de oscuro, con pantalones estrechos que acentuaban la anchura de sus caderas, y el pelo recogido sin estilo en una coleta. El hombre tenía los ojos vidriosos y titilantes de la emoción.

La hermana de Fangfang venía detrás, algo más serena y expectante, pero también con el rostro transfigurado por el miedo. Un destello de incredulidad se desprendía de su mirada, como si no acabara de creer lo que estaba sucediendo, y eso la mantenía ligeramente más distante y al margen de los acontecimientos. Más tarde fue ella quien le explicó a Guowen que habían recibido en casa la llamada del hospital avisando de que Fangfang había sido ingresada. Se acababa de levantar y había estado a punto de no coger el teléfono, le dijo. Preguntó pero no le dieron explicaciones. Sus padres estaban en la tienda y tuvo que ir a buscarlos a toda prisa. Fue la única conversación que Guowen tuvo con Yan.

La llegada de sus padres significó para Guowen una total pérdida de derechos sobre la vida de Fangfang. Experimentó aquello con resentimiento al principio, después con aceptación. Ya nadie salía a hacerle preguntas, a darle el parte de nada. Al principio y durante los primeros días, ni siquiera lo dejaron entrar en la habitación. Comprendió casi con asombro que Fangfang y él apenas se conocían, que habían mantenido su relación siempre en privado y a la sombra, y que en el mundo de realidades prácticas que ahora imponía su ley estaba condenado a permanecer en esa sombra. Comprendió también, con humildad, que su sufrimiento era incomparable al de unos padres, y también, a consecuencia de todo ello, y paulatinamente, que ya no pintaba nada allí.

Aun así, permaneció en el hospital días, con el corazón en un puño, a la espera de algún cambio en el estado de Fangfang, observando la evolución de los acontecimientos desde la distancia. No tuvo más remedio que presentarse ante sus padres, explicarles cuál había sido la situación que los había conducido hasta aquello. La primera reacción de la madre de Fangfang fue una violencia y una rabia inusitadas. Que cómo había podido hacerle *eso* a su hija, que él era el culpable de lo que había sucedido. No le quedó claro qué quiso decir con *eso*, si se refería a dejarla embarazada, o llevarla a esa clínica de mala muerte. Fue ella quien vetó su entrada a la habitación de Fangfang durante una semana. Después de siete días se tranquilizó. Parecía más consciente de la realidad y de sus consecuencias. «Él no tiene la culpa», le dijo su marido, y con un gesto de cabeza pero sin mirar a Guowen le permitió por fin que entrara a ver a su hija.

Hacía siete días que no la veía, y su rostro parecía el mismo sin serlo del todo. Era un rostro neutro, del que había sido borrado toda huella de sufrimiento. Guowen pensó que sentiría algo intenso, pero no fue así. Las máquinas que tenía conectadas, los tubos, el ir y venir de médicos y enfermeros, las voces de los familiares transformaron ese crucial encuentro en algo aséptico y totalmente carente de intimidad. Quería acercarse, susurrarle algo al oído, reclamar su presencia, aunque sabía que ella no lo escuchaba y no estaba realmente ahí.

Salió a los pocos minutos de la habitación sin que nadie le hiciera ninguna pregunta. Se sintió superfluo, de más. Comprendió que su relación con Fangfang, que para él lo había significado todo, que había transformado su universo y su manera de ver las cosas, no era en realidad más que un espejismo, y que, confrontada a un acontecimiento trágico y excepcional como aquel, se hundía en medio de las aguas como un náufrago a la deriva. Se acordaba también de todo lo que Fangfang le había contado acerca de sus padres y como consecuencia de ello sufría también momentos de rabia. «Cómo te atreves a prohibirme la entrada a su habitación; de haber estado consciente, seguro que a quien no hubiese querido ver es a ti.» Le hubiese gustado gritarle a su madre algo de eso. Pero por supuesto no lo hizo. Sabía que con esas palabras se hubiese ganado un veto definitivo. También le producía lástima contemplar cómo el afecto de la madre de Fangfang florecía ahora que era demasiado tarde. Sabía, por todo lo que le había contado Fangfang, que era una afecto extraviado que nunca había sido reencontrado, y ahora, mientras contemplaba su angustia y sus muestras de emotividad y de dolor, se preguntaba qué clase de pensamientos cruzaban su cabeza.

En otros momentos sentía la necesidad de hacer algo útil por Fangfang. Se imaginaba a sí mismo desplegando sus poderes sobrenaturales para devolverle la conciencia, y ganándose, gracias a ello, alabanzas y agradecimientos por parte de todos esos familiares y médicos que hasta ahora no habían hecho más que ignorarlo. Sabía muy bien que no podía hacer nada por ella, pero hubiese deseado lavar su piel con una esponja todos los días, peinarla, quitarle las legañas y cortarle las uñas, para demostrarle a ella y a sí mismo cuánto la quería, para canalizar de alguna forma la magnitud de ese afecto que a raíz de lo sucedido había quedado estancado y sin vía de escape.

Una tarde, varios días después del accidente, dos policías se presentaron en la sala de espera del hospital para hacerle preguntas. Uno de ellos era delgado y joven, reservado y serio, y el otro más maduro, grueso, y hablador. Llegaron acompañados de uno de los doctores y lo primero que hicieron fue mostrar sus placas de identificación.

—Me han dicho que llevas una semana sin moverte de aquí —dijo el mayor.

Guowen asintió. El hombre lo miró con lástima.

—A lo mejor deberías pensar en volver a casa, darte una ducha y tomar algo caliente.

Guowen no se molestó en contestar. La presencia de aquellos dos hombres lo incomodaba, y no pudo evitar preguntarse qué querían de él. Debieron de leer la alarma en su rostro, porque el mayor dijo:

—No te preocupes, solo hemos venido a hacerte unas preguntas. Queremos saber más acerca de la clínica a la que acudisteis.

Guowen se encogió de hombros.

—No tengo mucha más información.

—Nos han dicho los médicos que la encontraste a través del periódico chino. ¿Tienes ese periódico, y sabrías traducirnos el anuncio?

Guowen asintió.

Le preguntaron todo tipo de detalles acerca de la secuencia de acontecimientos y también le pidieron descripciones del apartamento y de las personas con las que se habían cruzado.

—¿Serías capaz de identificarlos si volvieras a verlos?

Guowen dijo que sí. El policía joven, sin expresión en el rostro, tomaba notas.

—¿Sabías que era una clínica ilegal?

—No —contestó Guowen—. Ni siquiera lo pensé.

Después hizo una pausa. ¿De verdad no lo había pensado, ni por un solo segundo? No estaba seguro. De lo que sí estaba seguro era de que una respuesta afirmativa a aquella pregunta lo llenaba de culpa en todo ese asunto. Esa idea lo golpeó de repente. De no haber sido por él, de no haber escogido precisamente esa clínica de entre las tres o cuatro que se anunciaban en el periódico, ahora seguramente Fangfang no estaría tumbada sobre una camilla luchando entre la vida y la muerte. Aquel pensamiento lo hundió en la depresión.

Segundos después, con resignación y tristeza, pero también con un diminuto destello de esperanza, como si solo aquello fuera capaz de redimir un poco su culpa, preguntó:

—¿Va a ser posible detenerlos?

El policía mayor frunció el entrecejo.

—Está la cosa complicada de momento.

—¿No basta con ir al piso y arrestarlos? —preguntó Guowen.

—Al piso ya hemos ido, muchacho. Allí ya no queda ni un alma. Está totalmente vacío.

***

La idea de volver al lugar donde se encontraba la clínica surgió con espontaneidad. Ese día, decidió que aquel policía rechoncho y dicharachero tenía razón y que a lo mejor había llegado el momento de volver a casa para darse una ducha.

El padre de Fangfang, que era la única persona que lo miraba de vez en cuando con curiosidad y lástima, le aseguró que contactaría con él si recibían novedades acerca del estado de su hija. Se marchó tranquilo, pero triste y vacío.

Cuando se dispuso a regresar a casa, después de siete días durmiendo a las puertas del hospital igual que un vagabundo en un aeropuerto, se dio cuenta de que no sabía exactamente qué hospital era ese ni dónde se encontraba. Había hecho una llamada a su madre y su padrastro desde una cabina para decirles que no se preocuparan, resumiendo brevemente lo sucedido. Ellos estaban al corriente de la existencia de Fangfang. No le hicieron preguntas, y le dejaron libertad para que actuara de la manera que él creyera oportuna. Sin embargo, Guowen solo dijo que Fangfang había tenido un accidente, sin mencionar la clínica, ni el aborto.

Ahora estaba a punto de reencontrarse con ellos, y afrontar, estaba seguro, cierta preocupación por su ausencia y un largo interrogatorio. Él, sin embargo, solo quería estar solo. Se sentía débil y mal alimentado. Había sobrevivido a base de patatas fritas de bolsa y algún que otro sándwich de la cafetería del hospital. La comida era mala. Ahora, la cintura de los vaqueros se le había quedado ancha y en el espejo del baño del hospital había podido comprobar que tenía el rostro algo demacrado. Odiaba pensar que su madre insistiría en que había perdido peso y tenía mal aspecto, pero estaba seguro de ello, y casi podía adivinar sus palabras, recalcitrantes, como si eso fuera lo importante. Odiaba pensar que tendría que volver a dar la cara en la tienda, hablar con los clientes, dar las gracias y los buenos días. Nunca había sentido tan pocas ganas de trabajar, ni de hacer nada. Lo único que quería era encerrarse en su cuarto y no volver a hablar con nadie. El futuro había adquirido también, lo empezaba a ver ahora, y lo vería cada vez con más claridad a medida que avanzaran los días, un carácter difuso, y todo su entusiasmo por hacer planes parecía desintegrarse. Sentía como si la vida hubiese tomado una consistencia distinta, como si después de mucho tiempo engañado alguien le hubiese quitado una máscara de los ojos para mostrarle la hostilidad del mundo real. ¿Y qué era entonces el mundo anterior en el que había estado viviendo? No sabía, pero lo veía como un universo infantil y algodonado que nada tenía que ver con ese otro universo en el que ahora se encontraba.

Guowen fue sacudido por una bofetada de calor nada más salir del hospital. No había ninguna nube en el cielo y ninguna sombra de camino al metro. Tuvo que estudiar el plano una vez dentro de la estación para saber a qué distancia se encontraba y los transbordos que tendría que realizar. No tenía ninguna gana de llegar a su casa, y recorrió con la vista el entresijo de líneas y colores. En ese momento, se le ocurrió que podía volver a la clínica, pero no supo bien con qué objetivo, para cerciorarse de que realmente el piso estaba vacío, o tal vez con un secreto deseo de sorprender al doctor y a las otras dos mujeres o de hallar alguna pista acerca de su paradero. Se apeó en la plaza de España y volvió a recorrer el mismo camino que la semana anterior. Era como si Fangfang aún estuviera allí, a su lado. Podía sentir el tibio sudor de su mano pegada a la suya, el ritmo algo vacilante de sus pasos, y su olor a jabón.

La calle, con sus panaderías, seguía igual. Incluso vio a los tres muchachos de la última vez tirados en el portal, pero el balcón de los geranios estaba vacío. No parecieron reconocerlo. Sus rostros reflejaban la misma apatía y Guowen se dijo que sus vidas no habrían cambiado sustancialmente en el transcurso de siete días. Por un segundo, a pesar de su aspecto desastrado, sucio, y de sus miradas sin horizonte, envidió la continuidad de sus vidas, pero enseguida giró la vista hacia el portal y se olvidó de ellos. Llamó al timbre pero nadie respondió. Era el mismo timbre gris y roñoso al que llamaron siete días atrás con aprensión pero, por qué negarlo, también con la esperanza de que aquella visita solucionaría sus problemas y sin sospechar que los conduciría hacia la ruina. Llamó a varios timbres más hasta que alguien le abrió, y subió de nuevo las escaleras con aplomo, comparando lo que había visto la última vez con lo que veía ahora. La ventana con excrementos de paloma era la misma, pero el gato negro y blanco ya no estaba ahí.

Tampoco nadie abrió la puerta del piso. Llamó varias veces. Trató de mirar por la mirilla, de acercar la oreja, pero reinaban la oscuridad y el silencio. Estaba a punto de marcharse cuando vio aparecer a una vecina. Era una mujer mayor con enormes gafas de pasta, que entrecerró los ojos durante varios segundos, escrutando su presencia, como si no lograra distinguirlo bien en la penumbra del portal.

—¿Andas buscando la clínica? —le preguntó—. Porque si es eso lo que andas buscando, ya no está. Clandestinos. Vino la policía y todo a buscarlos hace unos días. Desaparecieron en mitad de la mañana, lo dejaron todo.

La mujer no se movía del marco de la puerta. A sus espaldas se adivinaba una estancia oscura, con todas las persianas echadas para combatir el calor.

Guowen no hizo ningún comentario. Se quedaba mudo cuando hablaba con españoles, y no sabía qué decir cuando alguien le daba conversación, a menos que tuviera algo realmente importante que comunicar. En parte era el temor a no saber expresarse, pero también se sentía intimidado por sus formas y sus voces, la vehemencia de sus ademanes.

—Gente un poco rara —dijo la señora—, no se sabía muy bien a qué se dedicaban, siempre recibiendo visitas, al principio pensábamos que era otro tipo de negocio, ya me entiendes. Pero muy educados y respetuosos, eso sí.

Guowen sintió la necesidad de preguntar algo, de saber más acerca de esas personas que habían arruinado la vida de Fangfang, quiénes eran, y de dónde habían salido, pero no sabía por dónde empezar. Segundos después, sin embargo, el torrente de palabras de aquella desconocida en mitad de un portal sombrío y a las puertas de un piso que estaba vacío le hizo comprender que la situación era absurda, y que si había acudido a ese lugar en busca de algo que iluminara los pormenores de esa tragedia, tendría que conformarse con regresar con las manos vacías. Quizá lo que había deseado era encontrarse cara a cara con aquel médico para romperle la nariz de un puñetazo, pero no era ese su estilo, y dudaba de que esos fueran sus verdaderos motivos. En realidad, había venido hasta allí en busca de algo que tal vez sugiriera, aunque solo fuera tímidamente, que todo lo sucedido no había sido su culpa. Quería situar a esas personas dentro de un mundo real que no fuera el marco aislado de lo sucedido con Fangfang. Quería dejar de verlos como cerebros exclusivamente programados con la misión de hacerle daño, y dejar de verse a sí mismo como a un culpable por haberla conducido hasta allí.

La mujer seguía con su monólogo.

—Tampoco hemos sabido cuántos exactamente vivían en el piso. Ni siquiera yo, que vivo al lado. El hombre estaba casi siempre, pero las mujeres se parecían todas, y a veces llegaban nuevas, era todo muy raro, y además, como apenas salían de casa era más difícil todavía saber quién vivía allí y quién estaba de visita.

Poco a poco, Guowen fue cayendo en la cuenta de que esas palabras le resbalaban, de que oculta bajo los inescrutables motivos de esa visita se hallaba la tímida y vacua esperanza de recuperar algo de Fangfang.

—Me tengo que marchar —dijo, dejando a la mujer con la palabra en la boca.

Esta ni siquiera se asombró con su rudeza. Se dio la vuelta y cerró la puerta de su apartamento, tal vez acostumbrada a que la cortaran en seco. Era una puerta maciza y alta, de madera oscura barnizada. Guowen volvió a quedarse solo. Bajó lentamente los escalones, salió del portal, y dobló la esquina sin darse la vuelta. Pasaría más veces por ese portal a lo largo de su vida, pero nunca volvería a entrar. Curiosamente, siempre recordaría, con una cristalina nitidez impropia del recuerdo, todos los detalles de aquel interior: los escalones de piedra negra y maciza moteados de blanco, las ventanas alargadas con las cuerdas de tender que daban al patio, el olor a excremento de paloma, a podrido, a humedad, y también un poco a muerte, y el eco ondulado que producían los ruidos y las voces —sus pasos, las palabras de la vecina— sobre las paredes blancas de gotelé.

***

Había transcurrido más de un mes y Fangfang se mantenía estable pero sin salir del coma. Guowen acudía dos veces por semana al hospital, y sus padres se turnaban para estar con ella y atender el negocio. Cuando Guowen iba a visitarla, reinaba un profundo silencio que solo interrumpían de vez en cuando la visita de médicos y enfermeras. Tras el revuelo y la emoción inmediatamente posteriores a la tragedia, parecía como si ya nadie tuviera nada que decirse. Guowen se encontraba a menudo al padre de Fangfang sentado junto a la ventana con las manos sobre su regazo y la mirada perdida, en resignada espera. No mostraba signos de impaciencia. Al contrario, daba la impresión de llevar toda la vida sentado en esa silla al pie de la cama de su hija.

La madre de Fangfang daba más vueltas. Se levantaba, examinaba a su hija de cerca en busca de signos de vida, o salía fuera a por un vaso de agua.

Guowen no los conocía de nada, y esa realidad le pesaba, porque sentía no solamente que no tenía nada que decirles, sino que no era bienvenido. Por eso sus visitas eran breves. La madre de Fangfang le había preguntado alguna vez si quería un vaso de agua, pero su amabilidad era rígida y sonaba más a una orden que a una fórmula de cortesía. El padre no parecía tener fuerzas ni para hacer preguntas. Había frutos secos y pieles de plátano sobre la pequeña mesa de metacrilato cuadrada de la habitación, y un fuerte olor a hospital.

En cierto modo era como si Fangfang no estuviera allí, como si su presencia física hubiese sido sepultada por la intensa concentración de preocupación y dolor que reinaba en aquella sala. Guowen regresaba a casa vacío. A medida que pasaron las semanas se apoderó de él un sentimiento de desesperanza y hastío, pero justo cuando empezaba a sentir aquello recibió una llamada del padre de Fangfang.

—Se ha despertado —dijo, y su voz temblaba de la emoción.

Guowen casi no pudo esperar a terminar su día de trabajo en la tienda. Recibió la llamada al mediodía. Los días habían empezado a acortarse y, cuando se puso el sol, le pidió permiso a su padrastro para salir antes.

Corrió de la tienda al metro y de la boca de metro hasta el hospital como un caballo desbocado, temiendo no llegar a tiempo de ver algo, pero sin saber el qué.

Estuvo esperando casi media hora en la misma familiar sala de espera a las puertas de la sección de cuidados intensivos, hasta que una de las enfermeras lo invitó a pasar. Le hubiese gustado entrar solo, vivir en privado ese encuentro con Fangfang, pero ya se había hecho a la idea de que no volvería a existir intimidad entre ellos.

Allí estaban sus padres, mudos, apáticos. El padre de Fangfang ya no manifestaba esa emoción que se había dejado sentir a través del teléfono. Parecía haber regresado a la realidad, sentado muy recto sobre su silla y a un par de centímetros de su mujer, que permanecía de pie.

Fangfang no era la persona que Guowen había anticipado ver, y tal vez lo mismo les había sucedido a sus padres. Estaba despierta, sí, recostada sobre su camilla, muy quieta, pero solo en el sentido más estricto de la palabra. Era alguien distinto, flemático y lejano, que al cruzar su mirada con Guowen pareció atravesarlo como si fuera un cristal transparente y ella estuviera fijando la vista en un punto mucho más remoto.

«Hay lesiones graves», eso le dijeron. «Lesiones irreversibles.» Tampoco nadie le dio muchas explicaciones. Los médicos estaban ocupados haciéndole pruebas y discutiendo su estado, y sus padres demasiado pendientes de los médicos como para atender a Guowen.

Guowen la contempló con intensidad, buscando algo reconocible en ese rostro plano y asombrosamente virgen de expresión. Le sonrió, pensando estúpidamente por un instante que ella le devolvería la sonrisa.

Le hizo un par de visitas más, de forma espaciada, durante la siguiente semana y hasta que le dieron el alta. Solo en una ocasión la vio sonreír, pero fue una sonrisa tonta que sin embargo por un instante le otorgó una turbia densidad a su mirada. El rostro de Fangfang se había convertido en un rostro replegado hacia sí mismo. Había perdido agudeza y reflejos, no manifestaba ninguna emoción, pero Guowen intuía, o eso quería creer, por lo menos al principio, que algo se movía en sus profundidades. Se negaba a aceptar que no existiera nada más allá de aquella rotunda inexpresividad. Se decía que lo que sucedía en el interior de Fangfang era como un movimiento de placas tectónicas, lento, sumergido, imperceptible, pero, no obstante, real.

Guowen comenzó a barruntar su retirada en cuanto los médicos anunciaron que le darían el alta. No fue una decisión del todo consciente, sino una especie de rendición progresiva, una derrota ante una fuerza mayor. Primero se imaginó el inminente cambio de escenario, yendo a visitar a Fangfang a su domicilio en vez de al hospital. Todavía no había hablado con los padres de Fangfang, pero no tenía ninguna garantía de obtener su permiso. Si ya había sentido que no pintaba nada en ese hospital, no podía ni imaginarse lo que sentiría en aquella casa, y veía ese gesto más como una molestia para ellos que un gesto de generosidad y cortesía. Y después, pensaba también, ¿qué clase de rutina se establecería con esas visitas, durante cuánto tiempo, y con qué objetivo? Desde lo sucedido en la clínica había dejado de tener claro quién era él en relación a Fangfang, y no podía imaginar su presencia física en ese hogar más que como una intrusión. Los padres de Fangfang eran, al fin y al cabo, desconocidos, y sentía que imponer una rutina de visitas en la que sería testigo de sus respiros, sus susurros, sus palabras, el ruido de sus pasos en la intimidad de su hogar constituía casi un asentamiento en un espacio que no le pertenecía. Aunque las visitas duraran media hora, o cinco minutos, así lo veía. Su instinto le decía que no sería correcto, pero por otro lado también dudaba. No sabía si esos pensamientos eran tan solo una forma de justificar su deseo de no volver a ver a Fangfang.

A veces pensaba fríamente en las consecuencias de esa decisión: no volver a ver a Fangfang. Nunca. Darle la espalda con la certeza de que no volverían a cruzarse. Aquel pensamiento le producía escalofríos. Había construido proyectos basados en una vida en común con ella, había prometido casarse, tener hijos, vivir con ella para siempre. Pero, claro, pensaba después, ¿qué solidez poseían esas promesas en el contexto de una relación que apenas había durado unos cuantos meses? No sabía, contrastaba pensamientos, y emociones contradictorias, vacilante con todo por un lado, pero por otro profundamente convencido, con un convencimiento instintivo procedente de lo más hondo de sus entrañas, de que aquella situación no tenía salida.

También era consciente de que empezaba a experimentar cierta distancia con respecto a Fangfang y a la relación que habían mantenido. Ciertos detalles se volvían difusos. Cuando pensaba en ella en casa, ya no conseguía evocar su voz ni su risa, sino su mueca de pánico antes de entrar en el quirófano y su rostro pálido y comatoso. Por más esfuerzos que realizaba, esas imágenes se imponían sin que él pudiera hacer nada por conjurarlas. Era consciente de la importancia de preservar aquella vivencia anterior de la que solo ellos dos eran protagonistas y que los unía de forma verdadera, pero todo se mezclaba, el horror, el recuerdo, la violencia de lo que estaba viviendo, disolviendo presente y pasado en una sustancia híbrida y gelatinosa.

Su madre y su padrastro estaban preocupados. Wang Hao preparaba suculentas comidas como única muestra de consuelo, y su madre no dejaba de observarlo, haciendo comentarios acerca de su salud, pero al margen de eso manifestaban un respetuoso silencio. Guowen agradecía ese respeto y esa distancia. Hubiese deseado compartir algo con ellos, algún pensamiento, alguna emoción, pero se sentía en constante lucha interna consigo mismo y eso lo dejaba exhausto y en perpetuo estado de mutismo.

Un día, durante la hora de la comida, sentados sobre un taburete detrás del mostrador de la tienda con un cuenco de arroz en la mano, Wang Hao le dijo:

—Las cosas pasan. Ahora parece imposible, pero saldrás de esta y seguirás adelante con tu vida.

Guowen contemplaba ensimismado los granos de arroz blanco pegados unos a otros sobre su cuenco, los champiñones y los trozos de cerdo oscurecidos por la salsa de soja. Alzó la vista hacia Wang Hao.

—¿Estás seguro de lo que dices?

—Convencido.

Si Wang Hao se refería a que el dolor se disipa con el tiempo, de eso estaba él también seguro y no necesitaba de nadie para convencerse. Él mismo con los años había olvidado prácticamente a su padre, y su resentimiento hacia la decisión de abandonarlos. Pero si estaba seguro de que la pena remitía con el tiempo, no estaba convencido de que sucediera lo mismo con la culpa. Por todo ello, ahora más que nunca volvía a pensar en su padre, y se preguntaba si él tal vez también vivía ahora con la culpa de haberlos abandonado. Hubiese deseado hablar con él, no ya desde la emotividad, como un niño rencoroso o triste que llora su partida, sino de hombre a hombre, en busca de algún consejo. También sintió deseos de explicarle con más detalles a Wang Hao lo sucedido y su papel en el accidente de Fangfang. ¿Seguiría pensando tras esa confesión que todo pasa, que el tiempo lo borraría todo, que podría seguir adelante con su vida? Tal vez no. Sin embargo, todo eso eran solo divagaciones. Sabía que no sería capaz de hablar, ni con él, ni con su madre, ni con nadie, porque un nudo en la garganta le impedía articular hasta sus propios pensamientos.

Una noche tuvo un sueño. Venían a buscarlo. Lo sacaban de la cama cuatro o cinco encapuchados vestidos con trajes de malla negros muy ajustados y le decían que le iban a dar su merecido. Uno de ellos abría la boca, señalándosela con una mano envuelta en un guante negro, y le decía:

—¿Ves esto? Ahí es donde está ahora tu novia, y ahí es donde vas a ir tú.

En ese momento, abrían todos la boca mostrando unos colmillos blancos desmesurados.

—Estamos listos para descuartizarte —decía uno.

Entonces se despertó. Con sudores, con un vértigo que no consiguió dominar hasta transcurridos varios minutos. Tuvo ganas de gritar, le entraron náuseas, incluso una vez despierto. Sumergió su rostro entre sus manos y rompió a llorar.

Otra noche soñó, aunque en esa ocasión de forma menos clara, que Fangfang volvía de repente a ser la misma de antes pero solo para recriminarle su decisión de haberla llevado a esa clínica. En aquel sueño rompía con él, lo denunciaba, lo metían en la cárcel.

Volvió al hospital pocos días después de aquel sueño, pero esta vez no como un día más dentro de esa rutina que llevaba practicando desde hacía semanas, sino con un propósito bien definido. Aquellos sueños lo habían sumido en un estado de ansiedad que no podía controlar. Apenas comía. Pensamientos, hechos, recuerdos, todo se entremezclaba dentro de su cabeza. Sentía que todo su ser estaba siendo succionado por una vertiginosa espiral.

Tomó la decisión de seguir con su vida y dejar atrás a Fangfang, no solo porque no se veía a sí mismo haciendo visitas a su domicilio y en presencia de sus padres por los siglos de los siglos, sino también a raíz de un profundo sentimiento de impotencia ante la situación. «No te entiende, no te reconoce, no recuerda nada de lo sucedido, tiene una mente de niña de tres años.» Todo eso le dijeron y a ello trató de aferrarse para no hundirse por completo en la autoflagelación y la culpa.

Esa persona ya no era Fangfang. Fangfang ya no existía. O tal vez sí, pero sumergida en unas profundidades insondables que nadie estaba en poder de reconquistar. Aquello era lo que se repetía constantemente, al tiempo que trataba de convencerse de que tenía derecho a salir del agujero en el que se veía atrapado.

En realidad, no fue una decisión convencida, sino más bien el producto de una derrota, una resolución que le generaba odio hacia sí mismo, incertidumbre, y lo mantenía en perpetuo estado de lucha con sus principios, sin saber realmente quién era y sin lograr decidir si aquella persona cobarde en la que se había convertido merecía su propio respeto y el de los demás.

Llegó al hospital con las manos empapadas en sudor y con un intenso dolor en las sienes. Buscó a Fangfang con la mirada nada más entrar en la habitación. Guowen había perdido su capacidad de observación, y pequeños cambios en la disposición de los objetos y del mobiliario, en la postura de Fangfang en la cama o en la pigmentación de su piel, pasaban desapercibidos, porque ya no vivía aquellas visitas con expectativa y suspense, porque, le sabía mal admitirlo, todo aquello se había convertido en parte de una tediosa rutina, y porque secretamente y tal vez de forma inconfesable, ya no esperaba nada de aquella situación.

Apenas había dormido en toda la noche pensando en aquello, pero su resolución era firme y ya no se echaría atrás. Esperó minutos en la habitación contemplando a Fangfang, pero ya sin verla realmente, con la mirada extraviada, en un estado de confusión que le hacía sentir como si gravitase en el ambiente. Así permaneció largo rato, hasta que vio entrar a uno de los médicos. No se demoró mucho tiempo, y en cuanto salió por la puerta, Guowen lo siguió, abandonando al padre de Fangfang, como de costumbre sentado en su silla.

El médico ya avanzaba a grandes zancadas por el pasillo y tuvo que correr para alcanzarlo.

—Perdone, quería hacerle una pregunta.

Era un médico joven, al que ya había visto más veces, con gafas metálicas y ojos claros de persona generosa.

—Dime —le dijo con amabilidad.

—Es sobre Fangfang —arrancó. Después hizo una pausa. Se le atragantaron las palabras, no supo cómo darles orden, y menos en español, pero el médico esperaba sin dar señales de impaciencia—. Quería saber si su estado..., si tiene solución —dijo por fin.

—Puede mejorar algo, si es eso a lo que te refieres.

—Pero ¿cuánto?

No sabía cómo ser diplomático. Quería preguntarle directamente si Fangfang se quedaría tonta para siempre, y aunque no supo cómo hacerlo, el médico pareció comprender.

—Las lesiones en el cerebro son muy graves. Le vamos a dar el alta en unos días, pero es casi seguro que no recupere el habla. —Hizo una pausa—. No, no volverá a ser la de antes.

El médico volvió a sonreír, pero esta vez con una expresión de lástima en el rostro.

—Ánimo —le dijo, colocando una mano sobre su hombro antes de girarse y volver a sus asuntos.

Guowen se quedó paralizado un instante en medio del pasillo. Tuvo entonces un impulso irrefrenable, un pequeño trance premonitorio de que nunca nada volvería a ser como antes, y recuperó en un segundo esa capacidad de apreciar su entorno que había perdido a consecuencia del carácter monótono y mecánico de sus visitas. Las voces mezcladas de pacientes, familiares y enfermeros del hospital se volvieron más nítidas, el ir y venir del personal empujando camillas, más ruidoso y manifiesto, como si alguien hubiese inoculado de repente una dosis de hiperrealidad a ese contexto. Después, sin darse cuenta de lo que hacía, como teledirigido por una fuerza ajena, giró los pasos sobre sí mismo y, en vez de encaminarse hacia la habitación de Fangfang, se dirigió hacia la puerta de salida. Su conciencia atravesó un instante infinitesimal de vacilación, pero el ímpetu que lo propulsaba hacia adelante fue mucho más poderoso.

Sabía que no regresaría. Lo supo en el preciso momento en que el médico se dio la vuelta tras pronunciar sus palabras, sin importarle las preguntas, las sospechas ni los juicios que su ausencia generaría en todas las personas que lo habían visto acudir tan a menudo al hospital. Había pensado hacer las cosas de otra manera menos impetuosa y más valiente, acercarse a la cama de Fangfang y transmitirle mentalmente todos sus miedos y sus pensamientos y los motivos por los que se marchaba. Pero no había sido capaz, y ese joven cobarde que huía ahora de una situación a la que no era capaz de hacer frente era él, por poco que le gustara, por mucho que hubiese deseado ser una persona diferente.

Salió por la puerta del hospital con una sensación de flotar en la atmósfera. Hacía calor y cuando alzó la vista sintió que el cielo se derrumbaba sobre sus hombros. Hubiese deseado desintegrarse y mezclarse con el polvo y las partículas del aire, reencarnarse en algo diferente, dejar de existir. Le pidió perdón a Fangfang en silencio, pero eran tantas las cosas por las que disculparse que no supo por dónde empezar. Murmuró para sus adentros, mientras se abría paso entre el gentío. «Perdona por haberte abandonado. Perdona por ser un cobarde. Perdona por ser un egoísta. Perdona por haberte arruinado la vida y por salir impune de esta en primer lugar.»

Durante todo el camino de regreso no dejó de pensar en su padre. Se había comportado de la misma forma que este se había comportado con él y con su madre, abandonando a Fangfang en el momento en que más se le necesitaba. Cualquiera hubiese podido argüir que él y Fangfang no se conocían apenas, que no estaban casados, que sus obligaciones hacia ella eran mucho menos vinculantes, pero él no lo veía así. Se acordó de su hucha con los ahorros que pensaba invertir en un negocio, de sus planes de futuro con Fangfang, recientes y muy reversibles y aún no comprometidos por nada, cualquiera hubiese podido objetar, pero, una vez más, así no era cómo él veía las cosas. En cierto sentido acababa de traicionar la parte más genuina de su ser, ese compromiso personal de honestidad y lealtad hacia la gente que más quería. Deseaba ante todo ser una persona fiable, aquello que su padre no había logrado ser para él y para su madre, y ese objetivo, esa misión secretamente establecida hacía tiempo, se había convertido casi en un signo de identidad. Ahora, sentía que había fallado en su objetivo, que había traicionado no solo a Fangfang, sino también a su madre y a sí mismo, por haberse contagiado de un comportamiento que ambos tanto habían criticado.

Por eso, al salir del hospital sintió que ya no era el mismo, y no sabía quién era realmente. Sentía que se había abierto un inmenso boquete en su interior y que algo que antes lo llenaba todo había sido pulverizado de repente.

NANA

La noticia de la muerte de la abuela no tardó en llegar. Nana recibió una llamada de teléfono con un número desconocido. Su hermano le dijo que había muerto plácidamente en su cama. Nana evocó la pequeña casa de piedra en la que había nacido y que hacía tantos años que no veía, aquella donde Fangfang había probablemente también pasado los mejores momentos de su vida. Suspiró.

—No pareces muy sorprendida —dijo su hermano.

—Era muy mayor —contestó Nana.

Era solo una excusa. No tenía ganas de entablar ningún diálogo, de preguntarle si acaso se le había olvidado su facultad para anticipar la muerte de sus seres queridos.

—Hay otra cosa más —dijo su hermano—. La herencia. Le ha dejado la casa a Fangfang.

Aquella noticia dejó a Nana sin habla.

—Sí. Sus escasos bienes, a repartir entre todos nosotros, y la casa, para Fangfang. Podrás usarla tú mientras vivas con ella, pero supongo que…

No se atrevió a seguir. Después de todo, pensó Nana, qué sabía él de su vida, qué podía suponer. Se trataba de su hermano, el que vivía en el pueblo. Apenas habían mantenido una conversación en años. Sus diálogos eran de una languidez plana y sin sustancia. Él no sabía cómo le iba, pero debió de intuir algo, porque no terminó su frase.

—Supones que me van las cosas bien aquí y que no quiero volver, ¿verdad? —dijo Nana—. Pero te equivocas. Justamente estaba pensando si no ha llegado el momento de regresar.

Pronunció aquellas palabras de carrerilla, sin tomar aliento, sintiendo el rubor que le subía por las mejillas, porque era la primera vez en mucho tiempo que hablaba de esa forma con nadie.

—¿De verdad? No sabía.

Su hermano guardó silencio. Parecía incómodo. Nana había impuesto con su confesión una intimidad a la que no estaban acostumbrados, y ahora se encontraba en terreno desconocido. Nana percibió que su hermano no sabía bien cómo proceder, y desvió la conversación hacia temas prácticos.

—¿Hay ya fecha para el entierro?

—No sabemos todavía. Queríamos saber si vas a venir.

Se sintió extrañamente excluida, como si de un lado estuvieran ellos, los hermanos, y de otro ella, la rara, la distinta, la que vivía fuera.

—No tengo dinero para pagar los billetes.

Lo dijo con toda naturalidad, porque no encontró fuerzas ni manera de disfrazar la realidad.

—Las cosas no me van bien desde hace tiempo —prosiguió, al ver que su hermano no decía nada.

—Entiendo —dijo él, cauteloso, a la espera de más. Pareció reflexionar durante unos segundos antes de seguir—. Si quieres, entre todos podemos prestarte el dinero. Ya nos lo devolverás. Además, lo que nos ha dejado mamá no es mucho, pero algo te permitirá pagar.

Nana consideró sus palabras.

—¿Estás seguro?

—Sí.

Esta vez no vaciló ni un segundo antes de contestar.

***

La decisión de abandonar España de forma definitiva tomó cuerpo en su mente de forma espontánea durante esa conversación con su hermano. Sintió como si una energía nueva surgiera de su interior. Se vio a sí misma con un techo bajo el que vivir, de regreso a sus raíces, dispuesta a empezar de nuevo. Esa posibilidad hasta entonces abstracta se materializaba ahora con la noticia de la herencia. Existía ahora un destino físico y tangible al que dirigirse, y no simplemente la vaga idea de regresar. Miró atrás y vio los acontecimientos importantes de su vida discurrir ante sus ojos como una secuencia de diapositivas. Había abierto, sacado adelante, abandonado un negocio, ganado y perdido dinero, de la misma forma que había conquistado, condenado, arruinado, y recuperado afectos, y veía ahora con perspectiva cómo esas tensiones y contradicciones componían el frágil equilibrio de su existencia.

Descubrió también, durante ese proceso de reflexión, que ciertos aspectos de esa existencia, en concreto las metas, las ambiciones que no había logrado alcanzar, habían ensombrecido su día a día con preocupaciones inútiles. Deseaba regresar a China, entregarse a la tarea de cultivar las tierras de su madre, quitarse de encima ese alambicado andamiaje de ambiciosas metas con el que había vivido durante años, y ese poderoso anhelo conseguía de repente que viera las cosas con claridad.

Se preguntó por primera vez qué estaba haciendo en España, y por qué había tardado tanto tiempo en hacerse esa pregunta. Había venido con la ambición de una vida mejor, pero cuando la vida se complicó y puso en evidencia la dificultad de alcanzar esa meta, ella siguió aferrándose a ella como a un clavo ardiendo. Era la primera vez en años que cuestionaba la necesidad de redefinir sus objetivos, y había tardado demasiado tiempo, pensaba ahora, tiempo suficiente como para contaminar su alma con preocupaciones y miseria.

Sus hermanos compraron los billetes por Internet. Le dijeron que podía ir a recogerlos al aeropuerto el día del vuelo. No le comentó a nadie que se marchaba de forma definitiva. Pensó con tristeza que después de treinta y cinco años no había en Madrid ni una sola persona, al margen de su casero, a quien comunicarle su partida.

Después reflexionó y se dijo que tal vez debería acercarse a la tienda de Ling y Long, a los que hacía meses que no veía, pero solo consiguió llegar hasta un par de metros de distancia. Allí cambió de opinión, y se dio la vuelta.

Era consciente de la importancia de ese viaje, no solo por su carácter definitivo, sino también porque le permitiría reencontrarse con su madre, a la vez que devolver las cenizas de A'Lei al lugar al que pertenecían.

Contempló con nostalgia, a la hora de hacer las maletas, el sótano medio vacío. No pudo evitar pensar en los años que había vivido allí junto a Fangfang. Habían disfrutado de una intimidad de la que nunca gozaron antes del accidente, compuesta de pequeñas y cíclicas rutinas y de compromisos tácitos que ahora Nana listaba en su mente. La comida que le dejaba cada día en el contenedor de plástico, la tarea compartida de limpiar con un trapo húmedo el aparato de radio que todas las mañanas hacía compañía a Fangfang, o también los largos ratos después de la ducha, sentadas en silencio sobre el colchón, mientras Nana peinaba el cabello mojado de Fangfang y le cortaba las uñas. Después estaba también el calor de sus cuerpos durante las noches de invierno, los viajes al supermercado y el entusiasmo de Fangfang por empujar el carro de la compra. Su lenguaje, compuesto de muy pocas palabras, pero sin embargo inequívoco, al que con el tiempo lograron acostumbrarse y que ya no dejaba lugar a malentendidos.

Fangfang contemplaba con perplejidad a su madre mientras esta desmantelaba la casa, introducía la ropa en las maletas y apartaba cazuelas y utensilios de cocina para meterlos en un contenedor.

—Nos vamos de esta casa —le dijo a su hija.

Fangfang juntó las manos sobre su cabeza formando un triángulo.

—Nos vamos, eso he dicho. Vamos a vivir en otro lugar.

Nana se preguntó si se acordaría de su abuela.

—Viviste allí hace mucho tiempo, ¿recuerdas? La casa de la abuela. Ahora la abuela ha muerto y ha dejado la casa para ti.

La estancia fue perdiendo su identidad a medida que Nana guardaba cosas y se deshacía de otras. Procedía con lentitud, sin prisas, y mientras lo hacía hablaba con su hija. Era de noche, y Baobao y Ting ya estaban dormidos.

Debían despertarse a las cinco de la mañana y coger un taxi hasta el aeropuerto. Nana había saldado todas sus cuentas con el propietario y dejaría la casa vacía y las llaves del sótano en el buzón.

Su última noche en Madrid fue larga y cargada de recuerdos. Durante aquellas horas tumbada sin pegar ojo sobre el colchón, esperando que dieran las cinco de la madrugada, pensó en su hija, ese ser humano vulnerable y lleno de vivencias que respiraba acompasadamente a varios centímetros de su cuerpo.

Ya no volverían a ese lugar, Madrid, que la había marcado de por vida. Nana recordó el accidente. Hacía tiempo que se negaba a evocar ese fatídico día, y las semanas que lo sucedieron, pero ahora lo hizo con calma y serenidad. Entre todas las personas que habían rozado de cerca o de lejos la vida de Fangfang estaba la de aquel chico, ¿cómo se llamaba?, al que nunca volvieron a ver. Desapareció misteriosamente pocos días antes de que Fangfang recibiera el alta. Nana pensó ahora en él, por primera vez en años, con lástima y conmiseración, en su actitud algo servil y vacilante, en la inseguridad de sus ademanes y de su forma de expresarse, y en su juventud, una juventud limpia y resplandeciente, semejante a la de Fangfang, salpicada de desgracia en el lapso de un parpadeo. Cuando volvieron a casa con Fangfang y poco a poco quedó claro que no lo volverían a ver, Nana sintió que había sido demasiado dura con él. Le había echado las culpas, pero pronto comprendió que ella y A'Lei, con su ignorancia de los hechos y su falta de interés y despreocupación hacia la vida de su hija, eran mucho más culpables que él.

Las dinámicas y los afectos se transformaron secretamente tras lo sucedido. La presencia de Fangfang en casa lo revolucionó todo, hasta el aire que se respiraba. Deambulaba por las habitaciones colocando y descolocando objetos, las cucharas y los palillos de los cajones, la ropa de los armarios. A veces se sentaba en una silla durante horas, con la mirada perdida en el horizonte. Sin embargo, su silencio y su sigilo generaban desconcierto y mucha expectativa. Nunca se sabía lo que se disponía a hacer, y la banalidad de sus acciones sorprendía, por la determinación con la que estas eran llevadas a cabo. Ocupaba un espacio pequeño, casi se confundía con el entorno, pero sin embargo su presencia se dejaba sentir en todo momento, incluso cuando no la tenían al lado, imponiendo cierta retracción y cautela en los movimientos de los demás miembros de la familia.

Las nuevas necesidades de Fangfang a su vez impusieron cambios drásticos en sus rutinas. Alguien tenía que estar siempre en casa. Yan se volcó en su hermana al principio. Se ocupaba de asearla, de peinarla, de hablar con ella, pero su actitud cambió con los meses. Comenzó a mostrar reticencia cada vez que tenía que renunciar a sus planes para quedarse con Fangfang porque Nana y A'Lei necesitaban atender la tienda los fines de semana. Marcó más su territorio y sus silencios. Dejaba traslucir cierto resentimiento hacia sus padres. Parecía como si quisiera decirles pero sin palabras que ella no tenía la culpa de lo que había sucedido y que no se merecía eso. Cuando anunció tan inesperadamente que salía con ese chico y después que se casaban y se marchaban a vivir a Portugal, Nana tuvo la sospecha de que fue una huida premeditada. Por supuesto, ni ella ni nadie comentó nada. Nana comenzó a pensar que se había equivocado en la repartición de sus afectos. Siempre manifestó cierta inclinación hacia Yan, no sabía por qué, y ahora se preguntaba si había sido simplemente porque decidieron traerla primero a España y habían compartido más momentos juntas. Lo cierto era que después del accidente sintió que le debía algo a Fangfang, que estaba en deuda con ella y en obligación de cubrir ese vacío que siempre caracterizó todos los aspectos de su relación. Sentía, y no dejó de recriminarse por ello, que nunca supo escucharla, que le había prestado más oído y más atención a Yan porque Yan de alguna forma cumplía todas sus expectativas y eso generaba en ella un orgullo que nunca sintió ni supo manifestar hacia Fangfang. Ahora, sin embargo, pensaba a menudo, el destino había querido que fuese Yan la que se había distanciado, de manera ya irreversible, y Fangfang la que se había unido a ella, con un vínculo igualmente irreversible.

De alguna forma, Nana sentía que todos aquellos años eran un justo sacrificio por su parte de culpa en todo lo sucedido. A pesar de que nunca lo vivió exactamente como un sacrificio, sino como una serie de contingencias que habían hecho la vida más difícil, algo indeterminado le recordaba cada día que ella era responsable de los giros que había dado la existencia.

A todo eso se sumó después el deterioro paulatino de A'Lei. Nana aún recordaba el día en que esparció tres botellas de aceite de oliva por el suelo de la tienda y anunció con orgullo que era para disuadir a los ladrones. Soltó una larga y detallada perorata acerca de remedios naturales para prevenir delitos y la importancia que eso tenía para gente como ellos que regentaban su propio negocio. En ese momento, Nana tuvo la convicción de que algo iba mal. Sucedió mucho antes de que A'Lei empezara a beber a escondidas los licores que vendían en la tienda, a llegar tarde todas las mañanas y a quedarse dormido en el mostrador.

Curiosamente, Nana nunca le reprochó nada. Solo ahora se daba cuenta de que con A'Lei había demostrado una paciencia que nunca demostró hacia otras personas, que había sabido amarlo aceptando sus defectos y debilidades. En muchas ocasiones consiguió sacarla de sus casillas, hacerle sentir que era ella quien cargaba con todo el peso de la responsabilidad doméstica. Hubiese querido zarandearlo para que volviera a ser el mismo de antes, para que la ayudara con el lastre y las preocupaciones del día a día, pero por lo general esos arrebatos duraban poco tiempo. Después volvía a contemplar con lástima sus devaneos, preguntándose si era posible que además de a su hija estuviese también perdiéndolo a él.

Un día, A'Lei le dijo bien claro que no podía más. No dio detalles, pero a través de sus palabras se adivinaba un profundo sentimiento de derrota. Su actitud hacia Fangfang era torpe. Apenas se acercaba a ella, era como si conviviera con un ser hacia el que sentía miedo y respeto y cuya presencia infiltraba todos los rincones del hogar.

Más tarde, cuando su hija se lo llevó a Portugal, Nana se sintió sola, sola de verdad. Lo vivió como una soledad del alma, una oscuridad condensada y opaca, como si apagaran para siempre las luces que iluminaban el rincón más preciado de su mundo interior.

A'Lei, pensaba ahora, la había acompañado desde los inicios de aquella aventura en España, y desde mucho antes también. Casi era incapaz de recordar una existencia sin él. Había vivido dentro de ella incluso antes de conocerlo, porque de niña había soñado con encontrar a alguien honrado y paciente como él.

Él, en cierto modo, había sido el motor de todos los acontecimientos que habían tenido lugar hasta ahora en su vida. Y fue el rostro confiado y sonriente de A'Lei lo último que vio a las dos de la madrugada, tumbada sobre el colchón de su sótano, antes de ser transportada hacia las profundidades del sueño durante esa última noche en Madrid.

***

No había amanecido aún cuando sonó el despertador. La casa estaba a oscuras, pero la tenue luz de las farolas de la calle la iluminaba lo suficiente. Todo a su alrededor parecía estático, congelado, como si el tiempo se hubiese detenido. La estancia, con todo recogido, tenía un olor distinto e impersonal a cal y a ladrillo. Todos dormían. Nana contempló a Baobao ovillado sobre el colchón, y a Ting tumbada boca arriba, con la boca semiabierta, y una expresión plácida y relajada que recordaba a Fangfang. Hasta hacía muy poco tiempo no había empezado a darse cuenta de que se parecían. Sus facciones redondas y su rostro inflado de bebé habían ido afilándose poco a poco, marcando sus pómulos, resaltando sus ojos negros y luminosos como canicas. Baobao, en cambio, poseía un rostro de expresión más ruda. Tenía una tez oscura y mate y una mirada terca que en ciertos momentos recordaba a Dapeng. No crecerían hablando español, después de todo. Fue el primer pensamiento que cruzó la mente de Nana, aún abotagada por el sueño. Regresarían al pueblo y solo hablarían chino. Sonrió con cierta ironía. Todo regresaba a su lugar de procedencia. La idea de Ting y Baobao en China evocó el recuerdo de Dapeng. La noche anterior, hipnotizada por la nostalgia del pasado, solo habían surgido en ella pensamientos hacia sus seres más cercanos y queridos. Ahora, ya casi de mañana, todo había adquirido un sesgo más afilado, y las realidades presentes, al margen de los recuerdos, se agolpaban en su conciencia como un ejército de hormigas.

Una vez en China se hallarían peligrosamente cerca de Dapeng, pero, aun así, a horas de distancia, y desde luego no lo suficientemente cerca como para temer que pudiera entrometerse en sus vidas. En realidad, Dapeng tampoco quería saber nada de ellos. En eso Nana no trataba de engañarse, pero seguía temiendo un súbito cambio de actitud motivado por su afecto hacia Baobao.

Trató de no pensar en ello. Se levantó con esfuerzo del colchón, abrió la puerta y dejó la maleta fuera. Después echó un vistazo general a ese lugar que no volvería a ver y que probablemente en el futuro alguien, aquellos que tenían intención de derruir el edificio, utilizarían como desván. A pesar de que ese sótano no le había brindado glorias ni alegrías, lo contempló por última vez con un desgarro de emoción. De alguna forma, aquellas paredes habían absorbido su sudor, sus tormentos y todos sus pensamientos durante aquellos años. Paredes que le habían proporcionado refugio contra la intemperie, paredes que se venían abajo, con parches descascarillados y manchas de humedad, pero paredes misericordiosas que a su regreso de la guardería y del supermercado la habían escudado de la hostilidad del mundo exterior.

—Adiós —dijo, dirigiéndose a nada en concreto y recorriéndolo todo con la mirada por última vez.

Después se apresuró a despertar a los niños y a Fangfang.

Fangfang contempló algo aturdida la estancia vacía y las maletas en la puerta.

—Ya te expliqué ayer —le dijo Nana—. Nos marchamos a China. A otro lugar.

Se montó en el taxi hacia el aeropuerto sintiéndose como en una nave que la condujera hacia el espacio. El paisaje de luces y sombras discurría veloz y silencioso ante sus ojos, como en un sueño. Fangfang parecía consciente de algo, pero Nana hacía tiempo que había dejado de sentir frustración ante la imposibilidad de determinar qué era ese algo. ¿Sería tal vez consciente de estar viviendo uno de los instantes más cruciales de su existencia, un instante que la alejaba definitivamente del lugar y de las circunstancias que veinte años atrás habían cambiado su vida para siempre? Nana se estremeció ante la idea. El perfil de Fangfang, pegado a la ventanilla del taxi, reflejaba una expresión indiferente. Nana sintió deseos de abrazarla, algo que no había hecho nunca, ni cuando aterrizó en España después de años sin verla, ni cuando la vio en el hospital después del accidente. Ahora, su mente enviaba órdenes que su cuerpo, rígido como un palo, rechazaba, porque a pesar de sus deseos no fue capaz siquiera de hacer un amago de acercamiento.

Nana volvió a mirar por la ventana. El taxista no hablaba. Su mirada cansada y desgastada permanecía fija sobre la carretera. Ya antes de llegar al aeropuerto, Nana sintió cómo las cosas se difumaban a su paso, igual que pierde intensidad y relieve la realidad a medida que cada segundo que pasa la convierte en pasado, en recuerdo. Sentía, con una sensación casi física, que España se desintegraba a medida que ella avanzaba hacia su destino y la iba dejando atrás. Se preguntó qué rincón ocuparía en su memoria ese lugar una vez que estuviera en China. ¿Y cómo hablaría de España a sus conocidos y familiares? Años atrás nunca se le hubiese ocurrido dar el paso de regresar, sin importar cuál fuera su situación, y en ese sentido la decisión que acababa de tomar revelaba cuánto habían cambiado su universo de prioridades, y el orden de las cosas en su cabeza.

Tal vez algo se le había contagiado del carácter español, pensó por primera vez. Tal vez esa total ausencia de preocupación por las apariencias y por la imagen que ella misma proyectaba hacia los demás era la consecuencia no ya de haber vivido situaciones críticas que habían redefinido sus valores, sino de cierta influencia de la cultura española con la que había convivido tanto tiempo. No sabía, ni tampoco sentía un intenso deseo de responder a ninguna pregunta.

Extrañamente, sintió un potente influjo de energía cuando llegaron al aeropuerto, una especie de adrenalina igual a la que se siente desde lo alto de un trampolín antes de saltar al vacío. Pagó al taxista con los pocos ahorros que le quedaban, guardados en un sobre de papel doblado, y salieron del taxi. Se imaginó a sí misma a ojos de otras personas, una mujer china de edad indeterminada arrastrando por un lado una maleta vieja y una urna con cenizas, y por otro a una mujer joven y medio tonta, a un niño maleducado y a un bebé ansioso que no dejaba de patalear. Una escena patética, podría haberse pensado, una imagen que con solo evocarla la obligaba a agachar la cabeza de pura vergüenza igual que le sucedió cuando se despidió de su hija Yan en el aeropuerto el día en que regresaron de Portugal. Ahora, sin embargo, no se sentía de esa forma. Se sentía poderosa y fuerte, resplandeciente, abriéndose paso a lo largo de un ancho pasillo con una muchedumbre de gente a ambos lados que la aplaudía con entusiasmo y admiración. Sería un viaje de avión horroroso, pero no le importaba. Su meta la enorgullecía, y ese orgullo emergente era de una naturaleza distinta a nada que hubiese sentido anteriormente. Había decidido, sencillamente, vivir una vida simple, cultivar sus tierras, vender sus verduras en el mercado, y luchar por mantenerse sana y presente el mayor número de años posible y el tiempo necesario hasta que sus nietos fueran mayores y pudieran ocuparse de Fangfang. Lo había decidido, con una voluntad férrea que la hacía confiar plenamente en el éxito de aquella empresa y con la meta de evitarle a su hija una vida al lado de Dapeng. Empezaría a explicarles a sus nietos, desde ya, que debían cuidar de su madre para que en el futuro su abuela pudiera morir en paz. Estaba convencida de ello, de que saldría adelante, de que todo iba a mejorar. Eso le gritaría a esa audiencia apostada en los flancos de aquel ancho y majestuoso pasillo, que viviría hasta muy mayor, que viviría feliz y para siempre, y ellos seguirían aplaudiendo con, si cabe, aún más entusiasmo y admiración.

Agradecimientos

Muchas gracias a Aurelio Major, por su papel crucial en la publicación de esta novela, así como a mi agente, Antonia Kerrigan, y a todo el equipo de Alrevés.